Henni Liz Borßdorff

Winterjunge

Blizzard

Geboren in Brüssel, wuchs die Autorin ab dem dritten Lebensjahr im Ruhrgebiet auf. Aufgrund eines Lungenleidens hielt sie sich schon als Kind häufig in Luftkurorten auf und begann früh mit dem Lesen von Märchenbüchern. Da ihr Vater beruflich ab und an in Skandinavien zu tun hatte und sie ihn, wann immer das möglich war, begleitete, entwickelte sie eine Vorliebe für den Norden, den Schnee und die Märchenwelt Hans Christian Andersens. Auch verliebte sie sich in Rovaniemi, die Stadt, der sie in der Wintertrilogie ein Denkmal setzt.

HENNI LIZ BORßDORFF

Winterjunge

BLIZZARD

GOLDHOUSE

2.Auflage Oktober 2015
durch GoldHouse Verlag e.K., Mannheim

Deutsche Erstausgabe 2014, Oldigor Verlag, Rhede
Covergestaltung im Verlag
Foto: © ankiro - Fotolia.com, © auremar – Fotolia.com
© doris oberfrank-list – Fotolia.com
ISBN 978-3-9816096-6-0

www.goldhouse-verlag.de

Eine alte Geschichte

Er wollte hier raus. Da gab es nichts mehr zu überlegen. Aber wie verabschiedete man sich von einem Haus?

Langsam ging er durch den Flur, stieg leise die Treppe hinauf, sechzehn Stufen in abblätterndem Dunkelrot, immer mit einem Finger die Wand entlang streifend. Vierzehn, fünfzehn, sechzehn. Oben blieb er eine Weile stehen, blickte der Reihe nach auf die alten Messinggriffe der drei Zimmertüren. Zögerlich drückte er die Klinke der mittleren hinunter, trat ein und machte sie hinter sich zu. Er blieb mitten im Raum stehen, sog die Luft ein. Nein. Es würde ihm nichts ausmachen.

Endlich fiel die Haustüre ins Schloss. Die Schwester war los zum Gitarrenunterricht. Er war allein. Vorsichtig zog er das Tablett mit den zerstörten Teilen unter seinem Bett hervor.

Wie er seinen Vater dafür hasste. Heute Nacht also!

Er holte Kleber, Papier, Schere und Stift und begann zu basteln. Alle vierundzwanzig Häuschen mussten in Ordnung sein – sonst würde es nicht funktionieren. Die Teile, die unwiederbringlich kaputt waren, hatte er im Grundriss nachgezeichnet, so genau wie nur irgend möglich. Dann mit dem Bastelmesser die Linien entlang – gerade, glatte Schnitte. Jetzt kam die knifflige Klebearbeit. Ihm wurde heiß. Er faltete, ritzte ein, schrieb, wenn nötig, kleine Zahlen auf die Papphäuschen. Die Nase lief. Egal.

Heiligabend hatte ihm keinen Spaß gemacht. Schon vorher war klar gewesen, wie er enden würde: mit zu viel

Bier, das sein Vater in sich hineinschüttete, und dem öden Gesicht seiner Mutter. Über das Geschenk von Andrea hatte er sich allerdings gefreut.

‚Weil du doch so gerne werkelst', hatte auf dem Anhänger mit dem Weihnachtsmann darauf gestanden. Die Bastelsachen, verschiedene Kartonstärken, mehrere Sorten Kleber, Cuttermesser, kamen ihm gerade recht.

Das Geschenk von seinem Vater hätte er am liebsten gar nicht ausgepackt. Und nur, weil seiner Mutter wieder mal die Tränen in den Augen gestanden hatten, hatte er sich dann doch bequemt. Zwei Personenwagen und ein stärkerer Trafo. Voriges Jahr war ein Schienenbus drin gewesen, und Weihnachten davor, also 1977, hatte er die Grundausrüstung bekommen: Schienen und eine kleine Dampflok. Seinetwegen konnten sie das alles verkaufen. Oder für seinen kleinen Bruder verwahren. Andrea spielte nicht mit der Eisenbahnanlage.

Eine halbe Stunde später hörte er, wie die Haustür aufgeschlossen wurde. Hastig legte er alles aufs Tablett zurück, schob es wieder unter sein Bett, wandte sich um und schaltete den Trafo ein. Der Schienenbus drehte seine Runden.

Noch eine halbe Stunde später saßen sie um den Esstisch.

„Was hast du den ganzen Tag gemacht?" Er konnte das Misstrauen in der Frage seines Vaters genau hören.

„Eisenbahn gespielt!"

„Macht Spaß, ja?" Der massige Mann durchbohrte ihn mit seinen wässrig-blauen Augen, öffnete die zweite Flasche Bier. „Ob es Spaß gemacht hat?"

„Ja!"

Ab da wurde wieder schweigend gegessen. Seine Zwillingsschwester verschwand bald nach oben, um ihre neuen Bücher – sie bekam immer welche zu Weihnachten – zu lesen. Er ging ebenfalls hoch, dieses Mal hastig, machte die Eisenbahnanlage an, stellte den Stuhl so, dass die Lehne die Türklinke blockierte. Jetzt nichts mehr dem Zufall überlassen. Der Schienenbus drehte wieder seine Runden, dahinter die neue Lok. Derweil kramte er unter seinem Bett, holte die letzten reparaturbedürftigen Häuschen hervor. Um neun war er fertig. Er arrangierte das Dorf auf dem Tablett, genau wie letztes Jahr, und schob alles wieder unters Bett. Hoffentlich funktionierte es, obwohl nicht alle Wände aus dem Originalkarton waren.

Das größte Problem wäre der Wecker. Die ganze Familie würde wach, wenn dieses Ding losrappelte. Das kam also nicht in Frage. Er musste bis Mitternacht wach bleiben – das war die einzige Chance.

Am nächsten Morgen hätte er heulen können. Er schlug sich die Fäuste vor den Kopf. Das durfte ja nicht wahr sein. Verflucht! Warum hatte er nur so einen Bärenschlaf? Er biss sich auf die Lippen, bis ihm die Tränen in die Augen traten.

Die nächste Gelegenheit bot sich Silvester. Da konnte er bis um zwölf aufbleiben. Er musste – musste es schaffen. Bevor der Vater dahinter käme, was er vorhatte. Der Vater! Angst kroch in ihm hoch. Aber zwischen Weihnachten und Silvester wurde nicht viel geputzt. Jedenfalls nicht unter den Betten. Da wäre sein kleines Dorf sicher.

Als der 31.Dezember da war, wachte er mit Herzklopfen auf. Was seine Mutter wohl sagen würde? Aber sie half ihm nie. Sogar dann nicht, wenn der Vater wieder zu viel getrunken hatte und auf ihn eindrosch. Oder wenn Onkel Arno seine endlosen Fragen stellte. Wo er sich herumtreibe und warum auf den Fotos nichts zu sehen wäre. Als ob er darauf eine Antwort gehabt hätte. Sein Vater holte aus. Und seine Mutter stand da und begann zu heulen. Andrea hatte sich dazwischen geworfen, als er mit blutender Nase auf dem Boden lag, der schwere Mann über ihm, die Hand erneut zum Schlag erhoben. Da hatte sie sich gleich auch eine gefangen.

An Andrea mochte er jetzt lieber nicht denken.

Es wurde Abend, das Essen war beendet und die Eltern schalteten den Fernseher ein. Gäste kamen nicht. Es gab keine Freunde mehr, die die Eltern hätten einladen können. Von Onkel Arno einmal abgesehen.

Mitternacht. Sein klopfendes Herz saß im Hals, dröhnte in den Ohren, der Kopf drohte zu zerspringen. Gleich nach dem zwölften Schlag stießen sie an. Vater, Mutter und der Onkel mit Sekt, Andrea und er mit Apfelsaft. Er hielt sein Glas mit beiden Händen fest, damit keiner sein Zittern bemerkte, blickte niemandem ins Gesicht. Schon gar nicht Andrea. Eine Viertelstunde später gingen sie nach oben, jeder in sein Zimmer, machten sich bettfertig und löschten das Licht.

Leise, ganz leise schob er die Bettdecke zurück, setzte sich auf, beugte sich über den Rand seines Betts, zog das Tablett hervor. Sein Herz zersprang, als er das bekannte Wispern vernahm. Er knöpfte die Schlafanzugjacke auf, unter der er seinen warmen Pullover schon anhatte. Sacht stieg er aus dem Bett, streifte die lange Hose über die Schlafanzughose, zog seine hohen Schuhe an, band hastig und viel zu locker die Schnürsenkel, kniete sich vor sein Werk.

Bitte lass es funktionieren. Bitte! Er nahm das Häuschen mit der drei in den Blick. Ganz tief holte er Luft, beugte den Kopf nach unten, noch tiefer. Eine Gänsehaut überlief ihn. Und da spürte er es. Er wurde gezogen, weggezogen wie von einem Magneten. Verschwand im Nichts.

Als er nach einer halben Stunde doch noch einmal zurückkam – warum eigentlich, hätte er nicht sagen können – brannte Licht in seinem Zimmer. Der Vater starrte ihn an, die Augen vom Trinken gerötet. Er holte aus, traf ihn mit seiner fleischigen Hand ins Gesicht, dass seine Nase blutete. Er setzte sich zur Wehr, aber der breite, kräftige Mann hielt ihn fest und schrie auf ihn ein. „Habe ich dir nicht verboten, dass du jemals wieder …"

„Friedrich!" Die Mutter versuchte von der Seite, die Hand des Mannes zu fassen.

Ganz plötzlich lockerte sich der Griff, als sich der Vater zu seiner Frau drehte. Wie ein Aal entwand sich der Junge der Umklammerung, beugte sich blitzschnell über sein Dorf und stieß sich ab, spürte nur noch, wie jemand seinen rechten Fuß zu fassen bekam. Na gut! Sollte der sich mit seinem Schuh amüsieren. Da, wo er jetzt hinging, bekäme er neue Schuhe.

30. November

Mehr als 30 Jahre später Flop!

Ich hasste diese Jahreszeit mit ihrem Geniesel. Wenn es hier wenigstens geschneit hätte. Das kam aber nur noch alle Jubeljahre einmal vor. Klimakatastrophe! Sagte jedenfalls unser Erdkundelehrer. Und wenn es einmal schneite, dann verwandelte sich der Schnee ruckzuck in Dreckhaufen. Im Winter waren Großstädte wie Essen einfach ein Unglück. Darum hieß Winter für mich: Skifahren in den Dolomiten – und nichts anderes.

Der Regen legte richtig los. Meine Laune sank nicht nur deshalb gegen null. Das Kratzen im Hals war über Nacht zu einem Kloß angewachsen. Dabei hatte ich am Samstag gar nicht so lange in der Kälte stehen wollen. Verdammter Mist! Jasper war nicht wirklich prickelnd gewesen. Andererseits hatte ich endlich mal ein Date mit einem Jungen gehabt. Aber der Abschied vor der Haustür. Oberpeinlich! Küssen war nicht mein Ding. Jedenfalls nicht mit dem. Gut, dass uns niemand zugesehen hatte.

Heute die Lateinarbeit. Nächste Woche Englisch. Und als Höhepunkt Mathe. Alles noch vor den Weihnachtsferien.

Mit megamieser Laune schleppte ich mich ins Bad, sagte meinem Spiegelbild guten Morgen. Och nee! Ich sah total scheiße aus: zwei gelbe Fremdkörper in der Nähe meines rechten Mundwinkels. Hätte ich Jasper doch bloß stehen lassen. Aber dazu hatte mir der Mumm gefehlt – einfach Tschüss und ins Haus hatte ich nicht fertiggebracht. Das hatte ich nun davon: Ekelpickel! Ich machte mich sofort daran, sie in Clearasil zu ertränken. Dann kramte ich aus unserer gigantischen Medizinschublade eine Schmerztablette hervor. Keinen Bock auf Nachschreiben. Also runter damit.

Ich schlurfte die Treppe hinunter und trottete in unsere neue Hightech-Küche, frühstückte mühsam die Hälfte meiner Portion Müsli. Meine Eltern waren auf Bio gepolt. In der Klasse hatten wir eine Tauschbörse: Vollwertbrot gegen Nutellaschnitten oder Brötchen mit platt gequetschtem Negerkuss zwischen Ober- und Unterhälfte. Meine ultragesunden Butterbrote fanden immer reißenden Absatz – wahrscheinlich wegen der dicken Scheibe Möhrenkäse, die zwischen der Salatcreme und zwei Lollo-Rosso-Blättern lag. Sollten die anderen auch ab und zu die Chance auf ein gesundes Frühstück haben. Ich erbarmte mich und verdrückte das Negerkussbrötchen. Musste ja schließlich auch weg.

Nach der Klassenarbeit fühlte ich mich noch miserabler.

Anna legte einen Arm um meine Schultern. „Mensch Lu! Ich wär gar nicht erst gekommen. Aber dich muss man ja erst erschlagen, bevor du mal zu Hause bleibst.“

Ganz gelogen war das nicht. Ich war echt lieber in der Schule als zu Hause. Meine Eltern arbeiteten ohne Ende, und hier hatte ich meine Freundinnen. In unserem Riesenhaus, in dem wir seit zwei Jahren wohnten, war es so was von ruhig – genau genommen öde. Im Gegensatz zu dem Zuhause von Anna, die noch drei Geschwister hatte. Was hätte ich darum gegeben, wenn ich auch welche hätte.

Zu Hause verschwand ich sofort in meinem Zimmer – Palast, wie Anna es nannte – drehte die Heizung höher, warf meine Klamotten auf das große, halbrunde, orangefarbene Sofa, das ich Anfang des Jahres zum Geburtstag bekommen hatte, und legte mich hin. Meine Stirn war ganz heiß und ich hatte Schüttelfrost. Ich muckelte mich in meine extragroße Daunenbettdecke ein. Es war jetzt im Moment schön, einfach nur krank zu sein. Ich schob alles, was Klassenarbeit und Test hieß, über meinen Gedankenrand – sollten sie doch ohne mich stattfinden.

Als ich spät abends aufwachte, ging es mir fürchterlich.

„Dass du unbedingt jetzt krank werden musst. Ich kann unmöglich aus dem Büro bleiben. Du weißt doch, das Projekt", jammerte meine Mutter.

„Ja, Mama. Ich wollte dich ärgern", sagte ich, ohne eine Miene zu verziehen.

„Andrea hat vor fünf Minuten angerufen. Sie wünscht dir gute Besserung."

Andrea. Wie immer, wenn der Name meiner Tante fiel, mischte sich in den Ton meiner Mutter eine Spur Verachtung. Ich wurde hellhörig. „Was hat sie noch gesagt?"

„Sie schickt dir etwas, damit du das Kranksein genießen kannst."

„Cool."

„Sie hat wirklich *genießen* gesagt – typisch Andrea."

Ich lächelte matt. Andrea war meine Patentante und eine wirklich außergewöhnliche Person. Andrea war Motorradfahrerin. Andrea führte ein unstetes Leben, wie mein Vater stets mit diesem gewissen Unterton in der Stimme sagte. Und Andrea entwarf ihre Outfits selbst. Wunderschöne Seidentücher, auf die ganze Geschichten gemalt waren. Eigentlich hätte meine Tante alleine für ihre Tücher einen eigenen Schrank gebraucht. Zusammen mit den Schuhen – einschließlich der Motorradstiefel – wären schon zwei Schränke für nur zwei Sorten Kleidung nötig gewesen. Aber Andrea besaß überhaupt keine Schränke. Sie lebte aus Kisten und Koffern – immer auf dem Sprung. Wollte ich später auch machen. Andrea hätte ohne größeren Aufwand sofort umziehen können. Hatte sie auch schon oft getan.

Andreas dicke rote Mähne war übrigens nicht gefärbt. Warum hatte ich die bloß nicht geerbt und musste mit diesen langweiligen blonden Glatthaaren durchs Leben? Auch mein Vater hatte einen Rotstich in seinem verbliebenen Haar. Aber er besaß nichts, überhaupt nichts von Andreas besonderem Wesen. Im Grunde genommen kam er in meinem Leben kaum vor – immer war er unterwegs. Alles wegen seinem blöden Beruf.

Andrea war die krasseste Person, die ich in meinem vierzehnjährigen Leben kannte – und ein Päckchen von ihr war eine super Aussicht.

1. Dezember

Das Päckchen

Am nächsten Morgen hatte der Kloß im Hals Gebirgsausmaße angenommen – da ging kein Frühstück dran vorbei. Der Arzt kam.

„Als Privatpatientin finde ich es selbstverständlich, dass Sie kommen", tönte meine Mutter gleich an der Haustüre.

Der Arzt machte ein bedenkliches Gesicht. Ob schon einmal an die Entfernung der Mandeln gedacht worden sei.

„Ich will mit in den Skiurlaub", hauchte ich gequält.

„Die Entzündung muss erst abgeklungen sein. Im neuen Jahr werden wir uns noch einmal darüber unterhalten."

Meine Mutter hastete in die Apotheke, kaufte ein Antibiotikum und düste zur Arbeit. Ich war total k.o., hatte noch nicht einmal Lust, den Fernseher einzuschalten, obwohl ich bequem von meinem Bett aus fernsehen konnte. Ich überlegte, welches Unterrichtsfach ich gerade versäumte. Und dann fiel mir siedend heiß ein, dass ich noch gar keine Geschenke hatte. Also war klar, dass ich bald wieder gesund sein musste, um auf den Weihnachtsmarkt zu gehen. Ich liebte die Atmosphäre, wenn es überall nach Waffeln und Glühwein duftete und alles winterlich geschmückt war. Mist, dass meine Eltern damit nichts anfangen konnten.

„So ein Kitsch kommt mir freiwillig nicht ins Haus", hatte meine Mutter gesagt, als ich von Annas fettem

Schokoladen- Kalender und dem vielen Tannengrün in ihrer Chaos-Wohnung schwärmte.

„Schlimm genug, dass wir einen Baum mit so albernem Zeugs dran hinstellen müssen, wenn die Familie Heiligabend anrückt." Meine Mutter hatte gestöhnt, als ginge es ihr an den Kragen.

Na gut – dann eben nicht. Aber Geschenke mussten sein. Eigentlich hätten meine Eltern nichts gebraucht, denn sie hatten bereits alles. Im Gegensatz zu meiner Freundin Anna und deren Familie. Annas Sachen waren irgendwie nicht gerade edel – irgendwie arm. Allerdings konnte, im krassen Gegensatz zu mir, Anna niemand so leicht einschüchtern. Bei drei Brüdern kein Wunder. Der Vater war schon wieder arbeitslos und die Mutter ging viermal die Woche putzen. Ich war echt gerne bei Anna. Sie wohnte in einer Mietskaserne, wie mein Vater es nannte. In einem Stadtviertel voller Kneipen und jeder Menge Kinder und Jugendlicher. Im Sommer fuhren wir Inliner und Skateboard auf der Straße. Anna war spitze auf dem ollen Skateboard, das sie ihrem Bruder abgeschwatzt hatte – und einmal hatte es sogar eine Schlägerei gegeben. Annas ältester Bruder hatte ins Krankenhaus gemusst. Der hatte was abgekriegt. Ich war ehrlich gesagt lieber bei Anna als in unserem Superhaus. Alleine hätte ich mich allerdings nicht in diese Gegend verirrt, wozu Andrea mit Sicherheit „spießig" gesagt hätte. Andrea! Für die lohnte es sich, auf den Weihnachtsmarkt zu gehen.

In der Mittagszeit klingelte es an der Haustür. Ich rappelte mich hoch und warf mir den funkelnagelneuen Bademantel über: eine flauschige Wolke in Lila.

"Ein Päckchen für dich. Du bist doch Lu Kranich?" Der Mann von der Paketpost drückte mir einen flachen

Karton in die Hand. Ich unterschrieb auf dem schwarzen Teil, das er mir hinhielt, und murmelte ein mattes *Danke*. Der Bote schätzte meinen gequälten Gesichtsausdruck richtig ein und wünschte mir gute Besserung.

Ich flüchtete ins warme Wohnzimmer, wo ich mich in einem der großen Ledersessel niederließ. Cool! Andreas Päckchen also. Ich riss die Pappdeckel auf und zum Vorschein kam violettes Geschenkpapier, das ich vorsichtig auffaltete. Als erstes fiel mein Blick auf einen fliederfarbenen Briefbogen mit einem feinen silbernen Rand.

Hallo du armes krankes Huhn,

ich wollte dir schon längst dieses Päckchen schicken und nun ist es endlich so weit. Hoffentlich geht es dir bald so gut, dass du mit der Arbeit loslegen kannst. Es eilt nämlich, da die Adventszeit ja schon begonnen hat. Aber ich glaube, wir sind noch rechtzeitig. Dafür musst du dich aber ranhalten.

Gib gut auf dich 8!
Liebe Grüße – Andrea

P.S. Wir sehen uns bald

Wir sehen uns bald? Yeah! Halsschmerzen hin oder her, das war eine absolut gute Nachricht. Ich widmete mich weiter dem Inhalt des Päckchens und packte ein in weißes Seidenpapier eingewickeltes Lebkuchenherz aus, auf dem in ebenso weißem Zuckerguss stand: *Liebe ist kosmisch…* Kosmisch? Ich sann dem Wort hinterher. Was war damit gemeint? Na egal! An seinem silbernen Band wollte ich das Lebkuchenherz über mein Bett an die

Wand hängen. Ob Andrea es wohl auf einer Kirmes gekauft hatte? Jetzt war noch ein flaches Päckchen übrig. Vorsichtig entfernte ich das mit silbernen Sternchen übersäte Papier. Zum Vorschein kamen sechs Bastelbögen, auf denen kunstvolle Fachwerkhäuser in auseinandergeklapptem Zustand aufgedruckt waren. Sie hatten an den Rändern Falze zum Zusammenkleben und auf jedem Gebäude stand eine Zahl. Außerdem enthielt das Päckchen noch eine Dose mit Pastellkreiden und eine Tüte mit Strohhalmen. Wie schön. Aber es sah nach ziemlich viel Arbeit aus. Auf jeden Fall kein Kleinkinderbastelkram – das erkannte man auf den ersten Blick. Im Geiste sah ich das Dörfchen schon auf meiner Fensterbank – passend dekoriert mit kleinen Tannenzweigen, Kiefernzapfen und Moos. Kitschig und wunderschön. Wunderschön kitschig. Ich kicherte in mich hinein und begann, die Bastelanleitung zu studieren. Da ich jede Menge Zeit hatte, las ich ausnahmsweise gründlich.

Am Ende sollten die Dächer der zusammengeklebten Häuschen mit den Strohhalmen, die man für die jeweilige Dachgröße zuschneiden musste, gedeckt werden. Auf der Bedienungsanleitung war das fertige Winterdörfchen abgebildet. Mit Moos, Watteschnee und kleinen Tannenzapfen. Genauso, wie ich es mir vorgestellt hatte. Wie süüüß! Genau das Richtige, wenn man krank war. Ob Andrea daran gedacht hatte, dass ich als Märchentante galt, weil ich früher so furchtbar doll für die *Schneekönigin* geschwärmt hatte?

„Von wem sie das wohl hat", hatte Andrea damals gesagt.

Zu meiner Verwunderung hatte sich die Miene meines Vaters verdüstert.

„Hör auf damit!", hatte er meine Patentante angefaucht.

Ich habe nie begriffen, warum er das so böse gesagt hat. Diese Szene fiel mir gerade jetzt ein, als ich das Bild des Märchendorfs begutachtete.

Andrea wusste natürlich, dass ich ein Deko-Fan war. Auf der breiten Fensterbank in meinem Zimmer standen – nicht ganz passend für diese Jahreszeit – jede Menge Elfen mit und ohne Papierblumen.

Ich fühlte mich immer noch fiebrig und beschloss, eine Runde zu schlafen. Irgendwann stand meine Mutter vor meinem Bett.

„Geht's dir besser? Ich will noch schnell ins Fitnessstudio. Bin verabredet. Ist dir doch recht, oder?"

Ich nickte nur.

„Bis nachher, mein Schatz. Ciao!"

Ich war so verschlafen, dass ich ihr noch nicht einmal Tschüss sagte.

Nachts wurde ich wach. Ich fand es merkwürdig hell, zwang mich, die Augen etwas weiter zu öffnen.

Liebe ist kosmisch ... Die Aufschrift auf Andreas Lebkuchenherz an der Wand strahlte mich regelrecht an. Ich und Liebe. Ausgerechnet! Ich drehte mich um und schlief wieder ein. Erst am nächsten Morgen begann ich, mich zu wundern.

2. Dezember

Das Winterdorf

Ich wurde wach, als sich unsere Haushälterin vor meinem Bett aufbaute. Frau Sawinsky kam viermal die Woche, machte sauber, kaufte ein und kochte für mich das Mittagessen. Die große, runde Frau, die immer eine altmodische Kittelschürze mit Blumen drauf trug, arbeitete schon lange in unserem Haushalt. Wir hatten sie vor zwei Jahren mit in unser neues Haus umgezogen.

„Sonst bist du ja schon blass genug. Aber jetzt siehst du aus wie der Schnee, den wir dieses Jahr nicht kriegen. Jedenfalls nicht hier."

Ich lächelte matt.

„Ich habe dir Salbeitee gekocht. Der hilft."

„Och nee!", hauchte ich.

„Jede Wette!"

Sie stellte die Tasse auf meine große Kommode neben meinem Bett und stemmte ihre Ringerarme in die Hüften. „Salbei glättet den Hals."

„Na gut …"

Nach mühsamen Schlucken kramte ich mich gemütlich in meinem Bett zurecht, griff nach dem ersten Bastelbogen und begann vorsichtig, das Haus mit der Eins darauf auszuschneiden. Frau Sawinsky walzte durch mein Zimmer und blickte, Genugtuung im Gesicht, auf die mittlerweile leere Tasse.

„Sehr gut, Lu!"

Ich machte Männchen und Frau Sawinsky lachte ihr tiefstes Lachen. Dann betrachtete sie meine ausgebreiteten Pappen.

„Früher habe ich auch mit meinen Kindern gebastelt. Aber die sind längst aus dem Haus. Dabei steh ich auf Dekokram.“ Sie strahlte mich an. „Es ist ganz schön schwierig, das alles sauber auszuschneiden und so zu verleimen, dass es ordentlich hält.“ Sie nahm einen Bogen in die Hand. „Schau mal, wie viele Ecken und Zacken dieses Haus mit der Acht drauf hat.“

Sie hatte recht. Wir hätten Scheren in mehreren Größen gebraucht. Am besten auch noch ein superscharfes Bastelmesser und ein Lineal aus Metall, damit man gerade Schnitte hinbekam und die Ecken genau ausstanzen konnte. Mein Vater verwahrte solche Dinge in seinem Schreibtisch.

„Dann helfen Sie mir doch.“

Und weil Frau Sawinsky der Ansicht war, dass es bei uns ohnehin nicht dreckig sei, nahm sie Platz und machte sich mit einer spitzen, kleinen Schere an einem Bastelbogen zu schaffen. Ich verließ kurz mein Bett, um Cutter und Lineal zu holen. Dann vertieften wir uns in die Arbeit. Nein – das war wirklich keine Kleinkinderbastelei.

„Einfach nur Häuser – das geht nicht“, sagte Frau Sawinsky. „Ein Dorf braucht einen Bäcker, einen Schuster, ein Lebensmittelgeschäft, einen Friseur und eine Apotheke.“

Ich machte auf kleine, brave Schülerin und nickte ganz doll, während sie begann, die ersten Häuser zu beschriften und zu bemalen. Dabei machte sie mit ihren fetten Händen, die voller Speckkuhlen waren, einen routinierten Eindruck. Nach kurzer Zeit legte sie mit dem Wort „Früher …“ los. Ich liebte die alten Geschichten über Weihnachtsbäckerei und Knappheit nach dem Krieg, über die Zeit, als Frau Sawinsky selber klein gewesen war. Es war so völlig anders als in meinem eigenen Leben, in dem ich alles hatte, was man heutzutage haben konnte. Jedenfalls kam es mir so vor.

So verging der Vormittag im Flug und bis Frau Sawinsky gehen musste, hatten wir in mühevoller Kleinarbeit sechs der Häuschen fertig. Bald wäre wenigstens mein Zimmer etwas winterlich dekoriert.

Ich schaltete den Fernseher ein. Nach der Werbung begann ein Film über Santa Claus, der in einem Kaufhaus dauernd „Hohoho" machte, was ich saudämlich fand. Ich erinnerte mich an die Weihnachtsfilme vom letzten Jahr, in denen auch ständig „Hohoho" vorgekommen war, und schaltete wieder ab. In unserem Wohnzimmer gab es einen Schrank voller Spielfilme.

Ich kramte die DVD von „Drei Männer im Schnee" aus dem hintersten Winkel. Die altbackene Liebesgeschichte hatte es mir angetan – auch wenn sie mir jedes Mal einen Stich versetzte. Ich hatte nämlich zwei grundlegende Probleme. Nummer eins: Ich verliebte mich nicht. Meine Mitschülerinnen waren da ganz anders drauf, wie ich fand, während ich mir nicht einmal vorstellen konnte, mit einem der Jungen, die ich kannte, zusammen zu sein. Bloß nicht an die peinliche Geschichte mit Jasper denken. Für den galt ich jetzt mit Sicherheit als doofe Zicke. Ich befühlte meine Pickel. Wer weiß, was er alles über mich herumposaunte.

Es wurde ein supergemütlicher Spätnachmittag. Als meine Eltern endlich nach Hause kamen, lag ich immer noch in meinem Bett, guckte den Film gleich noch mal von vorne.

„Was war denn in Andreas Paket?" Meine Mutter blickte auf den Papierhaufen, der auf dem Fußboden herumlag.

„Bastelkram für Fortgeschrittene und ein Lebkuchenherz. Steht drauf: *Liebe ist kosmisch.*“ Ich hielt meiner Mutter das Herz unter die Nase und erhob mich, um mit nach unten zu gehen.

“War Andrea wohl auf einem Jahrmarkt“, stellte mein Vater fest, als ich ihm das Herz zeigte, und blätterte in der *Frankfurter Allgemeinen Zeitung.*

„Was Andrea wohl damit ausdrücken will?“, sagte ich mehr zu mir als zu meinen Eltern.

Mein Vater zuckte nur kurz mit den Schultern.

Ich dachte nach. *Liebe ist kosmisch* bedeutete, dass sie, also in diesem Fall die Liebe, nicht von dieser Welt war. So richtig anfangen konnte ich mit diesem Gedanken nichts, aber da das Lebkuchenherz von Andrea war, beschloss ich, mich nicht weiter zu wundern, sondern abzuwarten, bis sie hier auftauchte.

Schon bald, genau genommen nach dem zweiten Durchgang von „Drei Männer im Schnee“, den ich zur Abwechslung unten im Wohnzimmer eingelegt hatte – trottete ich wieder eine Etage höher in mein Zimmer, und aus irgendeinem unerfindlichen Grund musste ich an mein Problem Nummer zwei denken, das ich Anna erst neulich anvertraut hatte und das aus mehreren Teilen bestand: „Ich bin viel zu unauffällig. Und zu brav. Ich kann nicht richtig rumzicken und braun werd ich auch nicht.“

„Keine Sorge. Rumzicken bring ich dir bei. Sag doch mal zu deinen Alten …“

Und dann hatte Anna Sachen losgelassen, von denen ich nicht mal geträumt hätte, geschweige denn sie jemals aussprechen würde. Den Rest könnte man mit Selbstbräuner und diversen Solariumbesuchen regeln, hatte Anna gemeint.

In der Nacht wurde ich von einem Geräusch geweckt. Bestimmt war es schon ganz spät. Vielleicht sogar Mitternacht. Ich spitzte die Ohren. Jemand wisperte. Ich wurde neugierig, horchte ganz intensiv.

„Wann wird sie endlich fertig?"

„Warum macht sie nicht weiter?"

Mir blieb das Herz stehen. Die Worte kamen nicht aus der Richtung des Elternschlafzimmers. Sie kamen – nein, das war nicht möglich. Ich hatte wieder Fieber. Ich nahm das Thermometer vom Nachttisch und maß. Dann fiel mein Blick auf die Wand und heute erschrak ich, als ich die leuchtende Schrift auf dem Lebkuchenherz entdeckte. Fieber hatte ich aber nicht. Dafür standen die Härchen auf meinen Armen senkrecht und spielten Gänsehaut. Von ferne schlug eine Kirchturmuhr einmal. Angestrengt lauschte ich in die Stille – es war nichts mehr zu hören. Ich bemerkte gar nicht, dass auch die Schrift nicht mehr zu sehen war. Sie war ganz einfach erloschen, so, als hätte ihr jemand den Strom abgedreht.

Das fiel mir erst am nächsten Morgen wieder ein.

4. Dezember

Das Dorf wächst

Es ging mir besser. Was mich allerdings verwirrte, war die Erinnerung an die letzte Nacht. Was sollten solche zusammenhanglose Sätze wie *wann jemand endlich fertig würde?* Womit denn, bitte schön – und etwa mitten in der Nacht oder wie jetzt? So ein Quatsch! Und hatte der Schriftzug auf dem Herz an meiner Wand nicht geleuchtet?

Frau Sawinsky kam kurz nach acht mit frischen Brötchen.

„Helfen Sie mir heute wieder bei dem Weihnachtsdorf?"

„Gern! So ein Dorf muss ja schließlich zusammenwachsen. Und heute ist schon der vierte Dezember."

„Wieso *schon*?"

„Einen Tag nach Heilige Drei Könige wird abgeräumt."

„Wer?"

„Dein kunstvolles Dörfchen."

„Warum das denn?"

„So war es immer schon. Aber das ist erst am siebten Januar." Und dann lachte sie voll komisch.

Wir schnitten zu, falzten, leimten, fügten Teile zusammen, bis es Zeit für Frau Sawinsky wurde, ans Mittagessen zu denken.

Zu den drei Wohnhäusern, der Bäckerei, dem Schuster und der Apotheke waren noch zwei Bauernhöfe, eine Kneipe, ein Schuppen und drei weitere Fachwerkhäuser gekommen. Besonders aufwändig waren die winzigen Wahrzeichen, die an den Geschäften und an der Dorfkneipe angebracht werden mussten. Zum Beispiel kam an die Bäckerei eine Brezel und beim Schmied hing ein Hufeisen neben der Türe. Kleine, filigrane Teile aus Metall. Echt süß.

Endlich machte ich mich daran, meine Sommerelfen einzusammeln, um Platz für das Winterdorf zu machen. Auf meiner Fensterbank ordnete ich die Häuschen um einen imaginären Platz, auf dem die Kirche stehen sollte. Und plötzlich dachte ich, dass das Flüstern der letzten Nacht aus der Richtung des Fensters und nicht aus dem Elternschlafzimmer von nebenan gekommen war. Ich musste grinsen. So ein Quatsch! Aber es wäre natürlich absolut cool gewesen, wenn mal was wirklich Verrücktes passierte. Schließlich war das Dorf ja ein Geschenk von Andrea.

Ich nahm noch einmal ihren Brief in die Hand. Dort stand etwas von „Eile“, damit es noch rechtzeitig fertig würde. Damit war zweifelsohne das Adventdorf gemeint. Und plötzlich fiel mir ein, dass ich mich ja noch gar nicht bei Andrea bedankt hatte. Ich ging zum Telefon und gab den Namen ein. Am anderen Ende reagierte die Blechmarie, wie mein Vater den Anrufbeantworter nannte. Andreas Blechmarie sagte folgendes:

Bin momentan von der Bildfläche verschwunden.
Mache gerade einen kosmischen Ausflug.
Jede Suche ist zwecklos.
Doch wer die schräge Acht liebt, sollte Acht geben, dass er mich nicht verpasst.

Fröhliche Weihnachten allerseits.

Dass Andrea des Öfteren von der Bildfläche verschwand, war nichts Ungewöhnliches. Auch dass sie witzige oder kuriose Sprüche auf die Blechmarie sprach, kannte ich. Aber dass Andrea einen „kosmischen Ausflug“ machte, ergab keinen Sinn. Stand nicht schon auf dem Lebkuchenherz „kosmisch“? Merkwürdig, dass dieser Begriff in so kurzer Zeit zum zweiten Mal auftauchte. Andrea machte doch keinen Ausflug ins Weltall – bei aller Verrücktheit nicht. Und auf die „*schräge Acht*“ konnte ich mir auch keinen Reim machen. Andrea schrieb in ihrem Brief, dass wir uns bald sehen würden. Wie denn, wenn sie „von der Bildfläche verschwunden“ war? Ratlos stand ich in meinem Zimmer und guckte auf den Schuhkarton, in dem meine Elfen gestapelt lagen. Ich war echt enttäuscht. Da fiel mein Blick wieder auf das Lebkuchenherz und ich erinnerte mich, dass der Schriftzug nachts geleuchtet hatte. Waren die Buchstaben etwa gar nicht aus Zuckerguss? Vorsichtig fuhr ich mit dem Zeigefinger über den Schriftzug. Keine Ahnung, aus welchem Zeug er gemacht war.

Anna erschien gegen zwei Uhr mit Bärenhunger, schnupperte Richtung Küche und strahlte. Sie warf ihren angedreckten Parka, dessen Reißverschluss kaputt war, auf den Boden und entstieg ihren abgewetzten Schuhen.

„Hab total nasse Füße.“

„Nimm meine Hausschuhe. Ich habe noch ein Paar andere.“

Bei Tisch haute Anna rein, als gäbe es kein Morgen, erzählte kauend von der Schule und dass es mal wieder Ärger gab, weil sie ihr Klassenarbeitsheft für Mathe nicht dabei gehabt hatte.

„Wie die Backhaus sich anstellt. Die ist echt gestört.“

Sie strich ihre braune Lockenmähne aus dem Gesicht. „Jasper erzählt herum, dass du was von ihm willst."

„Nicht wirklich, oder?" Ich war entsetzt. „Das glaubt doch hoffentlich keiner."

„Also, ich weiß nicht." Sie schob sich eine neue Fuhre Hähnchenbrustfilet in den Mund.

„Jasper ist das Allerletzte." Ich schäumte vor Wut.

„Was regst du dich auf?", entschlüsselte ich ihren durchgekauten Satz.

„Der ist doch oberblöd", rief ich.

„Okay, okay, okay – brauchst nicht so zu schreien!" Kauen und Schmatzen. „Ich gehe rum und behaupte das Gegenteil. Zufrieden?"

„Schwör!"

Anna ließ das Messer auf den Tellerrand scheppern und hob die Hand mit Schwörerfingern.

Nach dem Essen gingen wir in mein Zimmer.

„Wie süüüß!" Sie strahlte mein Dorf an.

„Find ich auch." Arm in Arm standen wir vor dem Kunstwerk auf meiner Fensterbank.

„Vor allem das Häuschen mit der schiefen Acht finde ich niedlich. Das wird die Dorfkneipe. Wie soll sie heißen?"

Was hatte Anna da gesagt? Schiefe Acht?

„Die Acht ist ja wirklich schief."

„Sag ich doch. Bin ja nicht blind."

„Und schief …" Ich starrte auf das Häuschen mit der Acht.

„Hä?", machte Anna.

„… ist doch dasselbe wie schräg", murmelte ich.

Anna sah mich an, als hätte sie einen Idioten vor sich. „Sag mal, ist was mit dir?"

„Nee, schon gut", sagte ich rasch.

Anna, die auch basteln wollte, bekam Probleme mit

ihrem Häuschen. Sie hatte mit dem Ausschneiden ihre Mühe und das Dach ihres Bauernhofs wurde nicht dicht.

„Wir kleben einfach noch mehr Strohhalme drüber. Dann sieht man es nicht“, beschloss sie und goss reichlich Flüssigkleber über die Pappe.

Am Abend fehlten nur noch vier Häuschen.

„Die mach ich morgen fertig. Ich soll ja noch ein paar Tag zu Hause bleiben.“

Anna stemmte die Arme in die Seiten. „So siehst du auch aus. Noch käsiger als sonst.“

„Danke! Du baust mich auf.“

„Na gut! Dein Gesicht ist weiß wie ein Sahnetörtchen“, grinste sie, „aber immerhin lieblicher als der bleiche Tod. Gut so?“

In der Nacht wusste ich nicht, ob ich gerade aufwachte oder in einen neuen Traum hinüber glitt. Da war wieder so ein merkwürdiges Murmeln. Seit wann gab es in unserem Haus solche rätselhaften Geräusche? Für einen Moment traute ich mich nicht, die Augen zu öffnen – hatte sich eine Gestalt in mein Zimmer geschlichen? War nicht erst neulich in einer Fernsehsendung behauptet worden, dass Geister keine Hirngespinste waren? Sollte ich laut schreien?

Atemlos horchte ich ins Dunkel. Da! Wer flüsterte da? Mein Kopf schoss in die Höhe. Das waren nicht meine Eltern. Oder doch? Ein undeutliches Wispern war es, aber es rührte nicht vom Elternschlafzimmer. Es kam aus der Richtung des Fensters.

Die feinen Härchen an meinen Armen standen sofort aufrecht. Wer sprach da? Kein Grund zur Aufregung, befahl ich meinem Kopf. Das sind keine Gespenster. Vielleicht befanden sich ja Leute vor dem Haus. Aber um diese Uhrzeit? Es war doch bestimmt schon Mitternacht durch.

Schluss mit den blöden Grübeleien. Jetzt wird geschlafen, befahl ich mir. Ich drehte mich zur Wand – da war es wieder zu sehen: *Liebe ist kosmisch…*

Ich werde allmählich verrückt, dachte ich und starrte auf die leuchtende Schrift. Plötzlich hörte das Flüstern auf und vor meinen Augen verglomm die Schrift. Ich wandte mich zu meinem Wecker um – es war Punkt ein Uhr. Ich hatte Wachträume. So was sollte es ja geben. Hing sicher mit der Krankheit zusammen. Eine Weile horchte ich noch ins Dunkel hinein. Es war nichts zu hören. Ich spann halt schon mal. Alles war ruhig. Ich drehte mich noch einmal um und zog mir die Decke über den Kopf.

5. Dezember

Salto

Gleich nach dem Aufwachen blickte ich auf das Herz an der Wand. Ich setzte mich auf und fühlte noch einmal sacht über die Schrift. Ganz klar Zuckerguss. Irrtum ausgeschlossen. Wahrscheinlich chemisch aufgemischt. Irgend so ein Neonzeugs drin. Und das Geflüster heute Nacht? Was man sich so alles einbildete, wenn es dunkel war …

„Wir müssen dringend in die Stadt. Und anschließend zum Tennis", sagte mein Vater durch die halb geöffnete Küchentüre.

„Ich hoffe, das ist okay für dich. Wir hatten den Platz schon letzte Woche gebucht." Meine Mutter hatte ihr Frühstück bereits beendet, während ich zum ersten Mal in mein Vollkornbrötchen biss.

Meine Eltern fuhren los und ich frühstückte alleine weiter, ging anschließend in mein Zimmer und bastelte die letzten vier Häuser fertig. Nun baute ich mein Deko-Dorf auf. Die Kirche kam in die Mitte. Vor ihrem Portal, auf dem eine große Vierundzwanzig prangte, war der Marktplatz. Gegenüber der Kirche stand eine Häuserzeile, in deren Reihe das Haus mit der schiefen Acht stand. Das sollte, wie Anna vorgeschlagen hatte, die Kneipe sein. Die Kneipe steht immer in der Nähe der Kirche, hatte Andrea einmal gesagt. So kann man nach dem Kirchgang direkt zum Frühschoppen übergehen. Fand ich praktisch.

Wie sollte das Gasthaus nur heißen? Mir fiel „Gasthof zum Löwen“ ein. Da hatten wir einmal übernachtet, als wir unterwegs in den Skiurlaub waren. Aber so ein gigantischer Name für so ein kleines Häuschen? Ich musste kichern. Da mein Zimmer richtig groß war, stand ziemlich viel herum. Ich sah mich um, suchte nach einem Tipp. Neben dem Sofa war ein riesiger Korb mit Stofftieren, die ich der Reihe nach in Augenschein nahm. Aber eine Alternative zum Löwen war nicht dabei. Da fiel mein Blick auf das Lebkuchenherz: *Liebe ist kosmisch… Gasthaus zum Kosmos.* Das war es. Ein winzig kleiner Gasthof und der unendliche Kosmos gaben ein gutes Paar ab. Gefiel mir besser als Löwe. Ich schrieb in winzigen Buchstaben über die schiefe Acht ‚Gasthof zum Kosmos' und stellte die Dorfkneipe an ihren Platz. Die Bauernhöfe kamen an den Rand des Dorfes. So, jetzt fehlten noch die Zutaten und ich stapfte in den Garten. Dekorieren – das war wirklich mein Ding. Ich plante ein Gesamtkunstwerk, mindestens von derselben Qualität wie auf dem Bild der Bastelanleitung.

Von der großen Tanne brach ich kleine Zweige ab und hinten im Garten neben dem Kompost fanden sich reichlich Moos und Gras. Ich wollte kleine Grashaufen vor den Bauernhöfen aufschichten, was dann wie Misthaufen aussehen sollte. Wenn schon, denn schon. In den Schuppen mit der Nummer dreizehn sollte die Heuernte – auch hierfür war das trockene Gras geeignet.

Das Dorf wurde perfekt. Absolut! Ich würde später mal Dekorateurin werden. Oder Designerin. Oder beides.

In der Nacht passierte es wieder: Gewisper. Jetzt wollte ich es wissen. Was wurde da von wem schon wieder geredet? Ich lauschte mit voller Konzentration in die Dunkelheit. Da flüsterte es: *„Schön hat sie das gemacht.“*

„Aber das Dach ist nicht dicht.“

„Ich denke doch. Es wurde nachgearbeitet."

„Tatsächlich!"

„Warum kommt sie nicht gucken?"

Ich bekam die heftigste Gänsehaut meines Lebens. Fühlte mich wie elektrisiert. War etwa ich gemeint? Ich befühlte meine Stirn. Nein, das konnte nicht sein. Ich blickte zur Wand, und tatsächlich, da leuchtete wieder die Aufschrift des Lebkuchenherzens: *Liebe ist kosmisch…* Ich werde ganz sachte verrückt, durchfuhr es mich. Ich stellte eine Weile das Atmen ein, starrte und horchte in einem. Wenn doch bloß nicht mein Herz so laut geklopft hätte.

Leise stand ich auf, ging ans Fenster, schob den Vorhang ein Stückchen auf und blickte auf die Straße. Ich hatte es irgendwie geahnt. Es war niemand zu sehen. Die Straße war wie leergefegt. Ich strich mit beiden Händen meine Haare aus dem Gesicht und schaute auf das Adventdorf. Da konnte ja wohl niemand reden. Plötzlich musste ich grinsen und dachte, ich sei halt übergeschnappt. So was sollte es ja geben. Ich klemmte die Haare hinter die Ohren und beugte mich über das Dorf. Durch den dünnen Stoff des Vorhangs kam gerade so viel Licht von einer Straßenlaterne, dass ich die Umrisse und den Marktplatz sehen konnte. Je länger ich hinsah, desto genauer war alles zu erkennen. Da stand ganz deutlich eine Eins auf einem der Häuschen. Und welche Nummer war das hier? Um besser sehen zu können, ging ich mit meinem Kopf ganz tief über den Marktplatz, hielt mit beiden Händen die Haare zurück. Da passierte es: Ich wurde angezogen. Unweigerlich, magnetisch, magisch. Mein Kopf wurde nach unten gezogen, als hänge mir jemand ein unglaubliches Gewicht um den Hals – Gegenwehr zwecklos. Ein Schwindel ergriff mich und dann ging alles ganz schnell. Der Boden schwand unter meinen Füßen, ich verlor die Kontrolle, es rauschte in meinen Ohren, ich überschlug mich und landete hart mit dem Hintern auf einem Holzfußboden.

„Scheiße!“ Benommen blieb ich sitzen. Meine Innereien zitterten in meinem Körper, als hätte man sie kräftig durcheinander geschüttelt. Mein Blick klebte am Fußboden und suchte nach etwas Vertrautem, das dafür sorgte, dass ich wieder zu mir kam. Etwas, das mich davon überzeugte, dass ich noch normal war.

„Du hättest ja wohl etwas Wärmeres anziehen können. Zumindest ein Paar Socken würde ich empfehlen.“

Ruckartig hob ich den Kopf. Vor mir baute sich ein Mann in einem rot-blau karierten Hemd auf. So geht also Halluzinieren, durchzuckte es mich. Langsam drehte ich meinen Kopf einmal nach links, dann nach rechts. Der Mann stand immer noch da. Er sprach eindeutig mit mir – sonst war niemand zu sehen.

„Mir wird schlecht.“ Ich starrte ihn an.

„Das kommt schon mal vor. Wegen dem Dreh und der Plötzlichkeit, mit der es vonstatten geht.“

„Wie?“

„Ich such mal was zum Überziehen für dich. Und nächstes Mal ziehst du besser was Richtiges an.“

Der Mann ließ mich auf dem Boden sitzen, murmelte etwas wie ‚Kommt einfach im Schlafanzug‘ in sich hinein und ging irgendwohin. Ich war total benebelt, schloss einmal ganz feste die Augen und riss sie wieder auf. Ich saß in einem Hausflur und es roch nach Leder. Unter mir war ein Holzfußboden und über mir eine Holzdecke. Ich saß in einem Fachwerkhaus, wie man an den Wänden mit ihren Balken sehen konnte. Aber wie um alles in der Welt …?

Da kam der Mann zurück. Er hatte einen braunen Riesenpullover über dem Arm und ein Paar Wollsocken in der Hand. „Hier, zieh das mal über."

Automatisch griff ich nach den Socken und streifte sie über meine nackten Füße.

„Jetzt den Pullover." Der Mann ließ eine Art Wollzelt neben mir auf den Boden fallen.

Ich gehorchte. Das wollene Monstrum hing mir bis auf die Knie und die Socken hatten trotz meiner großen Füße Übergröße.

„Ich bin der Schuster. Du bist in Nummer eins."

„Nummer eins?"

„Genau! Merk dir das. Man kann nämlich nur durch das Haus zurück, durch das man gekommen ist. Verstanden?"

„Nee, ist klar! Also, wie …?"

„Du musst um spätestens eine Minute vor eins wieder verschwinden – oder vierundzwanzig Stunden bleiben. Wie du willst. Alles klar?"

„Wie jetzt?"

„Also noch mal: An- und Abflug ist nur zwischen Mitternacht und ein Uhr."

„Äh", machte ich.

„Ist doch nicht schwer zu begreifen, oder?"

„Nee … ist klar!", hörte ich mich schon zum zweiten Mal sagen.

„Na bestens. Dann kannst du genauso gut mit in die Werkstatt kommen."

„Ja, aber …", stammelte ich herum und fühlte mich total dämlich.

„Da steht ein Stuhl. Kann man sich draufsetzen."

Wie in Trance trottete ich hinter dem Schuster her. Er war ein großer, kräftiger Kerl, der einen Bauch vor sich hertrug. Die Werkstatt war voller Stiefel: hellbraune, dunkelbraune, rote, schwarze. Und, wie es aussah, in allen erdenklichen Größen.

„Du kannst welche ausleihen. Aber zurückgeben, bevor du hier verschwindest.“

„Ja klar.“

„Versuch diese mal.“ Der Schuster, den ich älter als meinen Vater einschätzte, hielt mir ein Paar schwarze, klobige Stiefel hin. Sie waren etwas zu groß, aber total bequem. Innen hatten sie ein Fell.

„Danke. Die … die passen“, stotterte ich.

„Na dann geh ruhig mal nach draußen.“

Ich erhob mich zögerlich, öffnete die Tür der Werkstatt, die sich auf der anderen Seite des Hauses befand, und schlich nach draußen. Dort spähte ich um mich, als müsste ich mich gleich verstecken wie jemand, der etwas Verbotenes macht. Kalte Luft und Schnee empfingen mich. Vor dem Haus standen Tannenbäume. Ich blickte auf den Marktplatz und die Kirche. Auf ihrem Portal stand eine große Vierundzwanzig. Die Turmuhr zeigte halb eins. Ich hatte also noch neunundzwanzig Minuten Zeit. Auf Zehenspitzen schlich ich über den Platz. Trotz der klobigen Stiefel. Aus der Kirche kam leises Orgelspiel. Ich ging an das Portal und horchte an der Tür. Die Musik war wunderschön. So leicht und sanft – und irgendwie feierlich. Andächtig umrundete ich die Kirche und kniff mir selbst in den Arm. Noch einmal und noch einmal. Es tat weh. Ich wendete mich der Häuserzeile zu, die der Kirche gegenüberstand. Es sah beinahe aus, als würden sich die Häuser anfassen. Blickten sie mich an? Mein Mund formte automatisch ein *Hallo*. Mein Atem bildete feinen Nebel. Ich war eindeutig am Leben – so viel war sicher.

Die Fenster der Dorfkneipe waren erleuchtet und ich konnte Stimmen hören. Die Kneipe war gut besucht. Ich schlich mich zu einem der Fenster, um hineinzuschauen, aber die Scheiben waren beschlagen. Langsam und gründlich blickte ich mich nach allen Seiten um. Dann atmete ich ein paar Mal tief durch, kehrte gemächlich zum Haus des Schusters zurück und öffnete die Tür.

„Na? Hast wohl Angst, zu spät zu kommen."

Ich zuckte mit den Achseln. „Kann sein."

„Das gibt sich mit der Zeit."

„Welche Zeit?"

„Ich bin sicher, du wirst es begreifen. Ich heiße übrigens Brahmeier."

„Und ich bin Lu. Lu Kranich."

„Dann mach's mal gut, Lu." Er reichte mir seine Pranke. „Und bis morgen, möchte ich meinen."

„Bis morgen?"

„Ich denke doch. Falls es nichts Zwingendes gibt, das dich am Kommen hindert." Er blickte mich an. „Oder gefällt es dir hier nicht?"

„Äh – doch. Ja klar."

„Dachte ich mir." Er lächelte. „Da geht's lang. Aber die Stiefel ausziehen."

„Oh. Entschuldigung."

„Keine Ursache. Und meinen Pullover bitte hier lassen. Den brauche ich nämlich."

Ich streifte Socken und Pullover ab und reichte sie Herrn Brahmeier.

„Die Socken kannst du behalten. Ich schenke sie dir." Er hielt sie mir vors Gesicht. „Sie helfen dir dabei, dass du morgen nicht denken musst, du wärst einer Wahnvorstellung aufgesessen."

Was hatte er da gesagt?

„Oder bist du bereits im Besitz solcher Socken?“

Im Besitz solcher … Was redete der Mensch da eigentlich?

„Und bitte rückwärts aus der Tür, zu der du hereingekommen bist.“

Mechanisch zog ich die Socken wieder an, ging zu der von Herrn Brahmeier aufgehaltenen Tür, drehte mich um und trat über die Schwelle.

Ein sanftes Rauschen erfüllte mich. Dieses Mal wurde mein Kopf nach hinten gerissen, die Beine lösten sich vom Boden und in einer Art Rolle rückwärts wirbelte ich herum, landete auf dem dicken, weißen Teppich in meinem Zimmer. Ich hatte ein solches Herzklopfen, dass ich mich nicht traute, mich zu bewegen. Herzinfarkt mit vierzehn, schoss es mir durch den Kopf. Nebenan rührte sich jemand. Ich riss mich zusammen, sprang auf und warf mich ins Bett. Gerade noch rechtzeitig – denn da stand meine Mutter im Türrahmen.

„Was war das für ein Rums?“

„Wieso Rums?“

„Jetzt sag bloß, du bist aus dem Bett gefallen.“

„Ich glaube ja.“

„Wie, du glaubst? Bist du nun oder nicht?“

„Äh – keine Ahnung.“ Meine Kleinkinderstimme, die ich automatisch anschlug, ärgerte mich. „Ja, ich bin irgendwie aus dem Bett gerollt.“

„Fühlst du dich wieder fiebrig?“

„Ja. Nein. Ich habe irgendwas Komisches geträumt“, sagte ich so zerknirscht wie möglich.

Meine Mutter schloss die Türe. Um diese Uhrzeit für meinen Geschmack zu laut.

Ich zog die Beine an und befingerte die dicken Wollsocken. Die Schrift auf dem Lebkuchenherz war soeben verglommen. Ich schlief ziemlich lange nicht ein. Wie auch, wenn mir das Herz dermaßen laut schlug, als säße es im Gehörgang. Sich etwas vorzustellen, war das eine. Zu erleben, wie etwas, das man sich vorstellt, Wirklichkeit wurde, war das andere. Es machte Angst und zugleich euphorisch. Aber etwas, das man in Kleinformat als Kunstwerk auf der Fensterbank stehen hatte, in echt zu erfahren, war außerhalb jeder Vorstellung.

6. Dezember

Nikolaus

Irgendwann musste ich wohl doch noch eingeschlafen sein. Jedenfalls war es schon nach zehn, als ich endlich aufwachte und auf die große weiße Uhr mit den feinen, goldenen Zeigern blickte, die über meiner Zimmertüre hing. Durch die Vorhänge sickerte das matte Licht eines verregneten Morgens. Meine Gedanken fuhren sofort Achterbahn, genau wie um ein Uhr, als ich zurückgekehrt war aus – ja, woraus denn eigentlich? Aus einem Dorf, das noch vor wenigen Tagen ein Bastelbogen gewesen war? Wenn ich nicht den Mund hielt, stünde morgen in der Zeitung: *Gefährlicher Virus treibt Vierzehnjährige in den Wahnsinn! Lu K. in Quarantäne! Impfstoff noch nicht entwickelt!*

Deutlich sah ich die Schlagzeile vor mir. Oh my god! Das konnte ich meinen Eltern nicht antun. Und Anna und überhaupt alle Freundinnen und Mitschüler würden mich nur noch mitleidig anstarren: ‚Wir kennen jetzt eine, die ist total verrückt. Voll gestört!'

Es kann nicht sein, was nicht sein darf. Es konnte nicht sein, dass ich um Mitternacht in mein Deko-Winterdorf gefallen war und mich dort mit einem Schuster namens Brahmeier unterhalten hatte. Es durfte nicht sein. Diese nicht gekannte Mischung aus Furcht, dass es vielleicht doch stimmte oder dass ich nicht ganz dicht war, und Euphorie, dass sich das Erlebnis möglicherweise wiederholen ließ, brachte mich um den Verstand – vorausgesetzt, ich besaß noch einen Rest davon. Es hatte keinen Zweck, liegen zu bleiben und zu grübeln. Also schwang ich mich aus dem Bett, als gerade meine Mutter hereinkam.

„Seit wann schläfst du mit Socken?"

„Wie?" Ratlos starrte ich auf meine Füße wie auf einen Fremdkörper.

„Noch dazu mit so dicken, grässlichen Wollstrümpfen. Wo zum Teufel sind die überhaupt her?"

„Äh …", machte ich nur und knabberte an dem Nagelhäutchen meines kleinen Fingers.

„Solche fürchterlichen Socken haben wir doch gar nicht."

Ich glotzte immer noch auf die dicken Strümpfe an meinen zu langen Füßen und hob und senkte die Schultern. Unfähig, etwas Gescheites von mir zu geben, biss ich den Hautfetzen ab. Die Wahrheit wäre gewesen, dass ich letzte Nacht barfuß in einem Haus meines winterlichen Deko-Dorfes – und zwar in der Nummer eins – gelandet war und ein Schuster mir die dicken Strümpfe geschenkt hatte. Da fiel mir ein, dass ich total vergessen hatte, mich zu bedanken.

„Die … die hat mir jemand geschenkt." Mein kleiner Finger blutete.

„Warst wohl mit Anna los und hast wieder mal gefroren."

„Bingo!" Das rote Tröpfchen auf meinem hellblauen Schlafanzug ergab Lila.

„Sind die Dinger etwa von Annas Vater?"

„Äh", machte ich schon wieder, als ein weiterer Blutfleck meine Hose färbte.

„Na egal. Wenn du nächstes Mal shoppen gehst, bringst du dir gescheite Thermosportsocken mit und zieh dich demnächst wärmer an. Dann brauchst du nicht die

Socken von anderen Leuten. Schon gar nicht solche abgewrackten, unförmigen Teile.“

„Ist okay.“

Meine Mutter ging in unsere neue Megaküche, um Frühstück zu machen, während ich in Herrn Brah – wie hieß er noch? – Herrn Brahmeiers Socken mit den Zehen wackelte. Grinsend saß ich auf der Bettkante und drückte noch einen Tropfen Blut aus meinem kleinen Finger. Ich spürte fast nichts. Was sollte ich mich eigentlich aufregen? In der nächsten Nacht würde ich den Test machen, um herauszufinden, ob ich nun durchgeknallt war oder nicht. Und wenn ich nicht geträumt hätte und es diesen Ort tatsächlich gab? In meinem Gehirn fand ich keinerlei Anzeichen für eine brauchbare Antwort. Also die nächste Frage. Was, wenn ich dasselbe erleben würde wie letzte Nacht? Automatisch hielt ich die Luft an. Dann war das zwar völlig irre, aber absolut cool. Ich atmete mehrmals tief durch, ging mit diesem vorläufigen Ergebnis unter die Dusche, die mit ihren neun Köpfen von allen Seiten auf einmal losdüste. Ich schäumte mich mit meinem Lieblingsduschbad, das nach Pfirsich duftete, ein, spülte mich ausgiebig ab und drehte zum Schluss den Wasserhahn ganz kurz auf kalt. Vielleicht würde ich dadurch wieder normal werden und die Sache löste sich von selber. Den Kälteschock nahm ich fröstelnd in Kauf.

Nach dem Frühstück, das ich ziemlich wortkarg einnahm, was hätte ich auch erzählen sollen, kehrte ich in mein Zimmer zurück. Gegessen hatte ich kaum etwas. Wie auch, wenn einem die Aufregung den Magen zuschnürte. Immerhin hatte ich es geschafft, so alltäglich wie möglich zu gucken.

Vorsichtig näherte ich mich der Fensterbank. Vor meinem inneren Auge spulte sich noch einmal alles ab, was ich sorgfältig in meinen Gedanken verstaut hatte. Dabei starrte ich auf das Dorf, das mit sämtlichen Kleinteilen der Deko unverändert an seinem Platz stand. Ich konnte nichts und niemanden entdecken. Was hatte ich auch erwartet? Kleine Männchen etwa? Ich gluckste in mich hinein. Suchte ich eine logische Erklärung für die letzte Nacht? Ich beugte mich ganz langsam vor, ging mit dem Kopf immer tiefer.

„Lu! Bist du kurzsichtig?"

Ich zuckte zusammen. Mein Vater stand plötzlich hinter mir.

„Nein, bin ich nicht." Vor Schreck bekam ich Schluckauf.

Ungläubig schüttelte mein Vater den Kopf. „Sah aber gerade so aus. Vielleicht solltest du bei Gelegenheit deine Augen kontrollieren lassen."

„Ich wollte – Hick – nur mal an meinem – Hick – Dorf riechen." Puh, das war knapp.

„Wir haben uns bei der Oma angesagt."

„Ohne mich."

„Du kommst mit. Und trink mal was, damit diese alberne Hickserei aufhört."

„Komm ich – Hick - nicht."

„Adventbesuch", sagte mein Vater im Befehlston.

„Keinen Bock."

„Dann mach dir einen."

„Nicht auf – Hick – Oma. Und auf *Mensch ärger dich nicht* schon gar nicht." Ich hielt die Luft an, aber mein Schluckauf hatte eigene Pläne.

„Wir fahren, wie du weißt, am ersten Weihnachtstag weg und können Oma nur noch heute besuchen."

„Die ist voll depri", schimpfte ich und hickste immer noch.

„Keine Diskussion."

„Warum kann Andrea nicht – Hick – auch mal dorthin kommen? Dann wäre es cool."

„Du weißt, dass es Zoff gibt mit Andrea und Oma in einem Raum."

Vor allem mit dir, dachte ich, und sagte: „Ich wär ja auch da und dann …"

„Schluss jetzt!", brach mein Vater die Diskussion ab.

Unglücklich sah ich auf mein Winterdorf, das Häuschen mit der Nummer eins fest im Blick. Auf geheimnisvolle Weise hatte sich mein Schluckauf davongemacht.

Es half alles nichts. Na gut, also erst Oma und heute Nacht dann … Mich beschlich ein komisches Gefühl in der Magengegend, viel stärker als vor einer Mathearbeit. Und das wollte was heißen.

In mir sträubte sich etwas gegen diesen Besuch, und zwar nicht zum ersten Mal. Meine Großmutter war immer so ernst, irgendwie vergrämt, vergrätzt, verbittert und alles auf einmal. Und besonders grässlich fand ich, wenn Onkel Arno, der Bruder meines Großvaters, da war. Wie der einen anglotzte. Und ausfragte, wenn man nur das kleinste bisschen erzählte. Als wollte er einen verhören. Voriges Jahr hatte er mich ausgequetscht, ob die Vorweihnachtszeit nicht die schönste Zeit wäre. Ob ich das nicht auch fände. Und dass ich bestimmt einen Adventkalender hätte. Absolut blöde Fragen. Als wäre ich im Kindergarten. Depri-Oma hatte dann zum Glück irgendwann gesagt, er solle endlich aufhören mit seiner Fragerei. Ob er nicht merke, wie sehr er sie quälen würde. Dabei hatte er mich und nicht meine Großmutter gequält.

Außerdem musste gespielt werden – da bestand meine Oma drauf. Besonders blöde fand ich ihre Ansicht, dass bei jedem Gesellschaftsspiel nach wie vor immer irgendwie gewürfelt und einer übertrumpft würde. Da könne man auch gleich das gute alte *Mensch ärger dich nicht* spielen. Bei dem bloßen Gedanken daran begann ich zu gähnen. Wie alt war ich eigentlich? Und warum nur hatte ausgerechnet ich keine modernere Großmutter abbekommen? Hatten andere doch auch …

Von dem Kuchen und den Plätzchen konnte ich nichts herunterbringen. Ich nahm mich, so gut es ging, zusammen, versuchte, mich zu konzentrieren, meine Gedanken weg vom Winterdorf hin zum Spielverlauf zu bringen. Es war zwecklos. Ich bemerkte weder, dass ich jemanden rauswerfen konnte, noch bekam ich richtig mit, dass mich jemand rausschmiss. Endlich war eine Runde zu Ende, ich musste wohl verloren haben und meine Eltern mühten sich mit einem Gespräch ab.

Ich stand vom Esstisch auf und setzte mich in die Leseecke – in einen riesigen, uralten Plüschsessel neben einem Eichenregal voller Fotoalben und einer Stehlampe, die ich anknipste. Von dem Nachmittag gelangweilt, aber innerlich aufgewühlt, zählte ich die Anzahl der Streifen auf der Tapete. Ich musste die Zeit herumbringen. Egal, wie! Zu einem Muster gehörten immer acht Streifen. Dass Andrea niemals hier auftauchte … Und wieder acht Streifen. Wahllos zog ich ein Album in dunkelrotem Ledereinband aus der hinteren Reihe des Regals heraus und begann zu blättern. Andreas Kinderfotos durch die Jahreszeiten. Meine Bilder waren alle auf dem Computer abgespeichert. Andrea war fast nie alleine auf den Fotos. Immer mit einem Freund. Genauso klein wie sie selber. Der ganz kleine Junge, der ebenfalls auf einigen Bildern zu sehen war, war mein Vater. Auf einem Foto saß Andrea mit ihrem Freund in einem Planschbecken, auf einem anderen sah man beide mit ihren Rollern, Andrea mit einem roten und den Jungen mit einem blauen. Wie süß! Ich blätterte weiter. Das da musste Onkel Arno in jungen Jahren sein. Sein Gesicht hatte schon damals ausgesehen wie ein Pfannkuchen, aus dem er mit seinen Schweinsäuglein in die Kamera stierte. Ich fand ihn furchteinflößend, so breit und massig, wie er bereits damals ausgesehen hatte. Daran konnte auch sein unschuldiges Kindergrinsen nichts ändern. Er hatte seinen Sohn an der Hand. Wie hübsch Andreas Cousin aussah. Ganz anders als sein fetter Vater. Wie hieß der eigentlich? Na egal – er hatte sich bereits mit Anfang zwanzig von der Familie abgesondert, war nach Nordeuropa ausgewandert. Wohin genau, hatte ich vergessen. Ein Schnappschuss zeigte Andrea und ihren Freund auf dem Boden vor einer Eisenbahnanlage sitzend – beide blickten in die Kamera und streckten die Zunge heraus. Andrea hatte als Kind also eine Eisenbahn besessen. Das passte zu ihr. Ich musste grinsen. Auf einem Foto hatte mein Großonkel Andreas Freund auf dem Schoß. Nach einigen Seiten tauchte der Junge nicht mehr auf. Ich blätterte das gesamte Album von vorne bis hinten durch und dann noch einmal rückwärts. Ab der Mitte war er verschwunden. Bestimmt war die Familie weggezogen.

„Oma?“, platzte ich in die sich dahin schleppende Unterhaltung. „Wie hieß der Junge, mit dem Andrea als kleines Kind befreundet war?“

Die drei Erwachsenen blickten mich an. Nein – sie stierten mir ins Gesicht und schwiegen. Sah man schon, dass ich nicht mehr ganz dicht war? Ich wiederholte meine Frage. Nach einer Zeit, die mir deutlich zu lang vorkam, sagte Oma merkwürdig krächzend: „Wen meinst du?“

Sie erhob sich umständlich, ging langsam zu mir und

blickte über meine Schulter hinweg auf die Fotoseite, die ich ihr hinhielt.

„Den hier!“ Ich zeigte auf das Bild mit der Modellbahn.

„Ach, den.“

Pause.

„Du hast das Album von Andrea hervorgeholt.“

Neue Pause. Immer noch hielt ich ihr das Album unter die Nase.

„Ich dachte, sie hätte es mitgenommen“, sagte sie schleppend.

„Und wer ist dieser Junge?“

„Der?“ Sie zeigte mit ihren Fingern irgendwo hin, nur nicht auf das Bild.

„Muss ja wohl ihr bester Freund gewesen sein.“ Ich war irgendwie verärgert, weil sie so komisch mit der Hand herumfuchtelte.

Die alte Frau wandte sich ab, blickte ins Leere und sagte leise: „Christian. Er hieß Christian.“ Ohne ein weiteres Wort verließ sie das Wohnzimmer. Man konnte hören, wie die Badezimmertüre ging.

„Wir werden dann mal aufbrechen“, sagte mein Vater und räusperte sich umständlich.

Und meine Mutter sagte in einem merkwürdig scharfen Ton: „Das wird wohl das Beste sein.“

Ich blickte meine Eltern abwechselnd an. „Ist irgendwas?“

Wie auf Kommando schüttelten sie gleichzeitig den Kopf.

Als meine Großmutter zurück ins Wohnzimmer kam, hatte sie verweinte Augen.

„Omi! Nicht traurig sein. Wir kommen bald wieder zu Besuch.“ Spontan umarmte ich die alte Frau.

Da klingelte es und sie sagte: „Arno wollte vorbeischauen. Er rief gestern an und ich hatte ihm erzählt, dass ihr kommt.“

Wie erleichtert war ich, dass wir gerade aufbrachen. Da stand er auch schon vor mir, ein Pfannkuchen auf zwei Beinen. „Sag bloß, Kindchen, ihr geht gerade.“

„Lu muss noch Hausaufgaben machen“, log meine Mutter.

„Kannst ja mal in Essen vorbeischauen“, sagte mein Vater.

Bloß nicht, hätte ich am liebsten beigesteuert.

Als ich abends im Auto saß, den Bauch voller Aufregung und voll einiger Schlückchen Likör, fuhren meine Gedanken Achterbahn. Was war, wenn ich nicht wach wurde? Vielleicht redete ja diese Nacht gar niemand. Oder die Aufschrift *Liebe ist kosmisch* blieb, wie sie auch tagsüber war. Ein ganz normaler Zuckerguss. Bei dem Gedanken, mich über das Pappdörfchen zu beugen, fühlte ich mich mit einem Mal lächerlich. Ich zweifelte echt an meinem Verstand.

Als ich ins Bett ging, war ich völlig durcheinander. Sollte ich mich bemühen, wach zu bleiben? Oder sollte ich einfach schlafen und abwarten, was passieren würde? Wahrscheinlich passierte nichts. Absolut nichts.

Während ich noch in aller Ausführlichkeit darüber nachdachte, mich selbst im Stillen beschimpfte, weil ich mit Sicherheit durchgeknallt war, schlief ich ein.

Irgendwo in der Stadt schlug eine Uhr zwölf Mal. Ein gedämpftes Lachen drang an mein Ohr – mitten in einen chaotischen Traum hinein, in dem sich Berge von knallroten Fotoalben neben megagroßen Likörflaschen auftürmten, während der Zeigefinger meiner Großmutter überlang wurde und vor meiner Nase hin- und herpendelte. Dabei murmelte sie etwas in sich hinein.

Nein! Das gehörte nicht zu meinem Traum. Da war es – das Flüstern. Ich fuhr hoch. Da wurde gelacht. Ich konnte es genau hören. Ich vergaß zu atmen, bis mir schwindelig wurde. Ich blickte auf das Herz. Ja, die Schrift leuchtete hell auf.

Die Wollsocken hatte ich vorsorglich unter mein Kopfkissen gelegt. Hastig zog ich sie an. Ebenso einen alten, dicken Pullover und eine Jeans – einfach über den Schlafanzug – und fertig. Mit hüpfendem Herzen schlich ich zur Fensterbank. Bei dem bloßen Gedanken an das, was mich möglicherweise im nächsten Moment erwartete, setzte mein Herz plötzlich aus. Ich streifte die Haare hinter die Schultern. Langsam beugte ich den Kopf, als wollte ich zur Rolle ansetzen. Panik kroch in mir hoch, aber ich wollte auf keinen Fall einen Rückzieher machen. Ich wusste nicht, was ich mehr fürchtete: dass ich alles nur geträumt hätte oder dass ich wirklich letzte Nacht … Tiefer und tiefer beugte ich mich, in Zeitlupe, bis ich fast mit der Nasenspitze auf das Haus mit der Nummer eins stieß. Da spürte ich es: Plötzlich trat ein Magnet in Kraft, ich wurde angezogen, konnte mich nicht dagegen wehren, dass mein Kopf immer tiefer nach unten gezogen wurde. Das seltsame Rauschen nahm von mir Besitz. Meine Füße hoben ab und in rasendem Tempo schlug ich eine Art Salto in die Tiefe und landete – ähnlich unsanft wie beim vorigen Mal – auf den Holzdielen der Schusterei. Wenn das jetzt jede Nacht so ging, wäre mein Hintern bald dunkelblau. Mein Herz zersprang. Ich kam nicht dazu, weiter über gebläute Körperteile nachzudenken, denn Herr Brahmeier stand vor mir. „Hallo Lu! Schön, dass du gekommen bist.“

Ich erschrak nicht ganz so heftig über sein Erscheinen wie am Vortag, rappelte mich hoch und brachte meinerseits eine Art Begrüßung zustande. Daraufhin bot mir Herr Brahmeier wieder die Stiefel an.

„Ich kann verstehen, dass du lieber auf Socken kommst. Ist ja angenehmer bei dem Tempo, das man beim Eintritt in unser Dorf vorlegt." Er stemmte die Hände in die Seiten. „Schwere Winterschuhe würden da nur stören."

Der Schuster ging voraus in die Werkstatt. Ich zog die Stiefel an, meinen Pullover gerade und die Hose ordentlich hoch – durch den Sturzflug war nicht nur ich, sondern auch meine Kleidung etwas durcheinander geraten. Ich verzog das Gesicht, rieb mit beiden Händen meinen Hintern und trottete hinterher. In den dicken Winterstiefeln fühlte ich mich zu Hause, so bequem waren sie.

„Geh nur ins Dorf. Heute ist Nikolaus. Da ist mächtig was los bei uns."

„Mach ich."

„Aber vergiss nicht die Zeit. Du weißt ja – null Uhr neunundfünfzig ist Abflug. Oder vierundzwanzig Stunden später. Du musst es wissen."

Ich verließ das Haus Nummer eins wieder auf der Seite zum Marktplatz und stapfte unsicher vorwärts. Kalt war es und es hatte geschneit. Automatisch zog ich die Schultern hoch und schüttelte die Ärmel nach unten, damit meine Hände nicht erfroren. Warum hatte ich nicht wenigstens Handschuhe und einen Schal mitgenommen? Mit beiden Händen strich ich meine Mähne glatt. Dann stopfte ich meine Hände samt der Ärmel darüber, so gut es ging, in die engen Taschen meiner Jeans. Angenehm ging anders. Aber egal jetzt.

Wie toll es hier draußen aussah. Auf dem Marktplatz waren jede Menge Leute. Es wurde gelacht. Das war es wohl, was ich in meinem Zimmer gehört hatte. In meinem Zimmer … Ich musste grinsen. Es gab viele Feuerstellen, um die sich Leute gruppiert hatten, die miteinander sprachen. Eine alte Frau stand an einem Feuerkorb, die Hände ausgestreckt, um sie zu wärmen. Sie trug eine altmodische Fellmütze, die ihr tief in die Stirn gerutscht war, und einen zu großen Wollmantel mit umgeschlagenen Ärmeln. Ihre Füße steckten in dunklen Hakenschnürstiefeln, wie man sie gelegentlich auf alten Gemälden sehen konnte. Als ich näher kam, blickte sie mich an, lächelte und nickte mir zu. Verlegen schaute ich weg.

An einer Leine, die quer über den Platz gespannt war, hingen Hefebrezeln mit Hagelzucker drauf. Ein Mann mit einem dicken schwarzen Pullover mit Lederflicken darauf stand vor einem Ofen, auf dessen Platte er Maronen backte. Neben sich hatte er eine Holzkarre abgestellt – vermutlich der Transporter des Ofens. Ich blieb stehen, nahm das Aroma aus Feuer und Maronen in mich auf und wusste nicht so recht, was ich anfangen sollte. Da kam ein Junge auf mich zu. Er war mindestens einen Kopf größer als ich und mindestens genauso dünn. Ich erschrak, weil er mich ansah, und wollte mich gerade umdrehen und einfach zurück in das Haus des Schusters gehen. Da stand er plötzlich vor mir.

„Du bist wohl nicht von hier?“ Er schaute mich immer noch an und ich blieb verdattert stehen. Meinte er wirklich mich? Seine dunklen Haare fielen ihm in die Stirn. Er fuhr mit der Hand hindurch, sodass sein Gesicht wieder frei war.

„Komm mit und probier doch die leckeren Sachen. Heute ist Nikolaus. Ist für alle genug da.“

Es brauchte einige Zeit, bis ich begriff, dass er wirklich nur mich meinen konnte. Ich fühlte, dass ich erstens rot wurde – zum Glück war es dunkel! – und zweitens, dass jetzt ich mit Sprechen an der Reihe war. Ehe ich etwas herausbrachte griff der Junge meinen Arm und zog mich hinter sich her.

„Womit fangen wir an? Maroni? Brezel? Oder lieber Honigkuchenpferd?“ Er sah mich an. „Zu empfehlen sind auch die Lebkuchenmännchen. Lebkuchenherzen gibt es natürlich auch.“ Er lächelte und zeigte auf einen Stand am anderen Ende des Platzes.

„Ich weiß nicht“, sagte ich dämlich und ärgerte mich sofort über diesen doofen Satz. Warum sagte ich so ein peinliches Zeug? Typisch! Ich drückte meinen Rücken gerade, das hatte ich im Ballettunterricht gelernt, und nahm neuen Anlauf: „Ich hätte gerne ein paar Maronen.“

„Dann komm mal mit. Ich möchte nämlich auch welche“, sagte der Junge. Wir steuerten den Ofen an, auf dem die Maronen lagen.

„Wie viele möchtet ihr?“, fragte der Maronimann und blickte uns so freundlich an, dass ich für einen Moment meine Beklemmungen vergaß. Er war ein groß gewachsener junger Mann, der den Eindruck machte, als wäre Maronen Verkaufen seine große Leidenschaft. Nicht nur sein Pullover sah aus wie eine Patchworkarbeit, auch seine zu weite Hose war an allen Ecken und Enden geflickt. Ich schob die Ärmel bis zu den Handgelenken hoch und hielt meine eiskalten Hände nahe an den Ofen.

„Ich denke, wir fangen erst einmal mit zehn Stück an. Für jeden, bitte“, antwortete der Junge. Wir erhielten jeder eine Tüte mit den abgezählten Maronen.

„Guten Appetit“, wünschte der nette Verkäufer noch, und dann wandte er sich anderen Kunden zu. Jetzt konnte man auch einen Blick auf seine abgetragenen Stiefel werfen. Meine angewärmten Finger waren wenigstens nicht mehr ganz so steif und zumindest in der Lage, die Tüte festzuhalten.

Während wir über den Platz schlenderten, schälten wir eine Marone nach der anderen. Fragen zu stellen traute ich mich nicht, obwohl ich davon reichlich hatte. Zum Beispiel die, warum wir nichts bezahlen mussten.

„Ich heiße Kai – und du?", fragte der Junge kauend, was ihn weder am Sprechen noch am Lächeln hinderte. Sein Pullover mit den ledernen Ärmelschonern war eine Art Troyer, wie ihn die Seeleute tragen. Zusammen mit der schwarzen abgetragenen Hose und den hohen Boots, die ebenfalls einen abgenutzten Eindruck machten, sah er … Ich dachte nach und mir fiel das Wort *verwegen* ein. Ja, er sah verwegen aus. Eigentlich ähnlich wie der Maronimann. Hatten sie hier keine neuen Sachen anzuziehen?

Ich fühlte mich dabei ertappt, wie ich ihn von oben bis unten und wieder zurück musterte. Er tat in dem Moment dasselbe mit mir. Rasch sah ich zur Seite.

„Ich heiße Lu."

„Lu? Den Namen habe ich noch nie gehört."

Darauf fiel mir nichts Passendes ein.

„Klingt aber gut", sagte er, als wolle er sich für den vorigen Satz entschuldigen.

Bald waren die Esskastanien alle.

„Gehen wir zu Lebkuchenmännchen über? Oder was meinst du?"

„Nichts dagegen", brachte ich hervor.

„Sehr gut. Ich auch nicht. Und was ist mit Holunderapfelglühpunsch?" Der Junge blickte mich forschend an. „Wird einem superwarm von."

„Warm – das kann ich echt brauchen." Wegen der Kälte hatte ich meine Arme um meine Brust geschlungen.

„Na dann komm!“Er nahm mich an der Schulter.

Nach einem Glas Punsch wurde mir nicht nur warm, sondern mein Schockzustand begann sich zu lockern. Als ich nach oben blickte, sah ich in einen grandiosen Sternenhimmel. Nach dem zweiten Glas traute ich mich endlich, zu fragen, was es mit dem Dorf auf sich hatte. Ich erzählte Kai, dass ich krank gewesen sei und ein Winterdorf gebastelt hätte, das mir meine Patentante geschickt habe.

„Nun bin ich die zweite Nacht hier und eigentlich begreife ich nicht, wie …. also, wie …“ Weiter kam ich nicht. Ich war schon wieder völlig durcheinander.

Der Junge sah mir ins Gesicht und lächelte. Dabei entstanden rechts und links Grübchen auf seinen Wangen.

Da setzte ich doch noch mal an: „Aber es ist wunderschön hier.“

„Sagt jeder!“

„Nur weiß ich nicht, ob ich spinne oder vielleicht krank bin. Reif für die Anstalt.“

„Welche Anstalt?“ Er sah mich groß an. Begriff er etwa nicht, was ich meinte?

„Ich habe Angst, dass ich verrückt bin.“

„Ach so.“ Er lachte auf, wurde aber gleich wieder ernst. „Wenn du noch gar nicht informiert bist, musst du ja völlig durcheinander sein.“

„Das bin ich“, gab ich leise zu.

„Also: Du bist nicht verrückt. So viel ist schon mal sicher.“

Ich wagte ein „Beruhigend!“

„Das gebastelte Dorf dient nur als Medium, damit du herkommen kannst.“

„Wahnsinn!“, hauchte ich.

„Erzähl, wie du es gebastelt hast“, forderte Kai mich

auf.

Ich berichtete, dass Andrea, meine Patentante, es mir als Überraschung geschickt habe. „Sie wollte mich trösten, weil ich so eine heftige Mandelentzündung hatte." Ich schilderte, wie sorgfältig ich alles angemalt und ausgeschnitten und hinterher das Kunstwerk noch mit Tannengrün, getrocknetem Gras und Moos geschmückt hatte.

„Ob meine Tante nicht weiß, dass …". Ich wusste nicht, wie ich mein Erlebnis in Worte fassen konnte. „Die Bastelei hat auf jeden Fall Spaß gemacht. Und das Dorf auf meiner Fensterbank ist einfach wunderschön."

„Dann ist es also so geworden, wie du dir ein Winterdorf vorstellst?"

Ich sah ihn fragend an.

Er lächelte. „Also – wie du dir einen Ort auf der Welt wünschen würdest?"

„Genau so! So richtig gemütlich und schnuckelig."

„So, dass du am liebsten dort wohnen würdest?"

Verlegen deutete ich ein Nicken an. „Ja, du hast recht."

Er blickte mich von der Seite an.

Für Sekunden wagte ich es, ihm in die Augen zu sehn. Dann sagte ich: „Ich war angezogen von meinem eigenen Werk."

Er lachte kurz auf. „Das ist die Voraussetzung für ein Medium. Sonst wärst du jetzt nicht hier." Er blieb stehen, durchbohrte mich mit seinem Blick. „Es gibt nicht viele Leute, die unsere Welt dermaßen anzieht, dass sie hierherfinden, musst du wissen."

Ich sah ihm ins Gesicht, konnte seinem Blick aber nicht lange standhalten. „Warum gerade ich?"

„Du findest in unserem Dorf, was du dir in deinem Inneren wünschst."

Ich bekam Gänsehaut. Aber nicht, weil mir kalt war.

Eine Pause entstand.

„Das meinst du jetzt nicht ernst“, sagte ich endlich.

„Und ob! Dazu kommt natürlich, dass man erst einmal an das kleine Modelldorf gelangen muss.“ Er lächelte. „Das hat deine Tante wirklich gut eingefädelt.“

Neue Pause.

„Dein gebasteltes Dorf ist nämlich die Eintrittskarte für das wirkliche Dorf, was natürlich nicht auf deine Fensterbank passt“, sagte der Junge mit ruhiger Stimme und schaute mich weiter aus graublauen, mandelförmigen Augen an.

„Was ist?“, fragte er unvermittelt.

„Wieso fragst du?“, brachte ich stockend heraus.

Er trat nah an mich heran, beugte sich vor und sah mir ins Gesicht. „Du bist blass wie Elfenbein. Sieht man sogar bei dieser Beleuchtung.“

Unsere Augen trafen sich – nur kurz, denn ich konnte seinem Blick nicht standhalten. Das Atmen hatte ich eingestellt.

Plötzlich sah ich auf die Kirchturmuhr und bekam einen Wahnsinnsschreck. Die Uhr zeigte null Uhr fünfundfünfzig.

„Ich muss sofort weg!“

In Panik rannte ich über den Marktplatz zur Nummer eins, öffnete die Tür, zog die Stiefel aus, hastete durch die Werkstatt, durch den Flur zu der anderen Tür. Sofort drehte ich mich mit dem Rücken zum Ausgang, spürte, wie mein Kopf magnetisch nach hinten gezogen wurde, die Beine vom Boden abhoben und ich mit rückwärtigem Salto in die Tiefe gewirbelt wurde. Wieder war der Aufprall schmerzhaft und vor allem zu laut. Ich stürzte mich direkt ins Bett, riss den Pullover über den Kopf, warf ihn auf den Boden, deckte mich zu. Jeans und Socken hatte ich noch an, aber falls meine Mutter wieder hereinkäme, läge ich auf den ersten Blick völlig normal im Bett. Alles wie immer.

Da rief meine Mutter auch schon von nebenan: "Lu? Ist was passiert?"

„Nein, alles okay."

Und dann war Ruhe.

Wie ein Insektenschwarm summten meine Gedanken durch mein fassungsloses Gehirn. Andreas Geschenk hatte mich in eine Parallelwelt katapultiert. Ich sah zur Wand. *Liebe ist kosmisch* war nicht völlig erloschen. Wie lange ich mein Lebkuchenherz anstarrte, konnte ich nicht sagen. Irgendwann brannten meine Augen. Leise zog ich die Jeans und die vorsintflutlichen Wollsocken aus. Sicher trug der sympathische Maronimann auch so welche in seinen alten Stiefeln. Komisch. Wäre ich ihm hier begegnen, hätte es sein können, dass ich ihn mit einem Lumpensammler verwechselt hätte. Aber in dem Winterdorf schien seine Ärmlichkeit nichts Besonderes zu sein – außer für mich. Denn ich kannte niemanden, der so herumlief.

An der Landung würde ich noch arbeiten müssen. Meine Eltern würden mir schon bald nicht mehr abnehmen, dass ich jede Nacht gegen ein Uhr aus dem Bett fiel. Ich war doch kein Kleinkind. Bei dem Gedanken an ein Gitterbettchen, in dem ich liegen würde, musste ich innerlich lachen. Nein, ich musste mir bessere Ausreden als so eine klägliche Lüge zurechtlegen.

Dass ich ab jetzt jede Nacht an diesen unglaublichen Ort wollte, stand außer Zweifel. Ebenfalls außer Zweifel stand, dass ich diese „Landungen" nicht auf Dauer aushalten konnte. Meine Rückseite war sicher jetzt schon grün und blau. Das sähe dann irgendwann nach geschlagenem, misshandeltem Mädchen aus. Also musste ich mir etwas einfallen lassen. Vielleicht in der Turnhalle auf den dicken Matten Flugrolle üben. Aber wir hatten gerade kein Bodenturnen in Sport. Mal sehen, was sich da machen ließ.

Ich meinte, den Glühpunsch riechen und die fremden Menschen hören zu können. Meine Hände spürten den Maronen nach – ich hielt die Finger an meine Nase und roch die heißen Früchte, die ich noch vor wenigen Minuten geschält hatte. Auch blickte ich mich in der Dunkelheit meines Zimmers um, als stünde der Junge hier, Kai, den ich soeben kennengelernt hatte und der einen unerträglich schön anlächelte. Automatisch fuhr ich sanft mit einer Hand über sein Gesicht, das in meiner Vorstellung ganz nah an meines rückte, fühlte seine beiden Lachgrübchen. Sofort schlug mein Herz wieder aus dem Takt und meine Gedanken fuhren erneut Loopings auf der Achterbahn.

Ich bin gaaanz ruhig, machte ich auf autogenes Training, in das mich meine Mutter vor einem Jahr geschickt hatte, weil sie der Meinung war, ich sei zu nervös. Dabei stellte ich mir vor, im Schnee zu liegen. Über mir nichts als der Sternenhimmel. Und neben mir … Mein Grinsen glich dem eines Honigkuchenpferdes. Als ich das dachte, fiel mir auf, dass ich noch nie ein Honigkuchenpferd gesehen hatte. Leise gluckste ich in mich hinein.

7. Dezember

Zwei Leben

„Lu!“

War das meine Mutter, die sich abmühte, mich wach zu kriegen? Ich drehte mich wieder um und schlief weiter.

„Lu, du musst endlich aufstehen!“

„Heute nicht“, murmelte ich verwirrt.

„Oh doch!“

Abrupt wurde die Bettdecke weggezogen.

„Och nee“, jammerte ich.

„Heute ist auch für dich wieder Schule. Und ich bin in Eile. Also los jetzt.“

„Will nicht.“

„Dann sieh selber zu, wie du klar kommst. Ich bin jedenfalls jetzt weg.“

Ich hörte die Türe zuschlagen. Mühsam schraubte ich mich hoch, stand endlich etwas unsicher auf den Füßen und schleppte mich ins Bad. Mein Winterdorf ist ein Medium, durchfuhr es mich. Meine Gehirnzellen sendeten ein paar verschwommene Bilder aus der letzten Nacht an meine Netzhaut und echoten dümmlich: *ein Medium.* Dadurch kann ich in ein echtes, ganz besonderes Dorf gelangen. Konnte nicht sein, oder?

Aber der Gedanke ließ sich nicht länger verdrängen. Er war absolut umwerfend. Aua. Ich hatte den Türrahmen mitgenommen. Noch ein blauer Fleck. Egal. Ich torkelte weiter. Im Unterricht zu sitzen, mich zu konzentrieren und irgendwem zuzuhören, kam mir geradezu absurd vor.

Mein Spiegelbild zeigte wild verknotete Strubbelhaare. Von wegen blass wie Elfenbein. Ich hatte ungewohnt rosige Wangen. Keine Eiterpickel. Gott sei Dank! Ich lächelte das fremde Mädchen im Spiegel an. Es hätte mich nicht einmal gewundert, wenn es mir zugezwinkert hätte.

Auf dem Schulweg – was für ein trauriges Nieselwetter! – fuhren meine Gedanken weiter Achterbahn, drehten ohne Ende Loopings, die mir einen Schauer nach dem anderen über den Rücken jagten. Warum hatte ich dem Jungen mit dem schönen Gesicht nicht Auf Wiedersehen gesagt? Und was dachte der Schuster jetzt von mir? Einfach losrennen und entliehene Stiefel hinwerfen war sonst nicht mein Stil. Heute Nacht wollte ich mich für mein unhöfliches Benehmen entschuldigen. War Kai vielleicht nur auf dem Marktplatz gewesen, weil Nikolaus gefeiert wurde? Was wäre, wenn er gar nicht mehr käme? Oder wenn er jede Nacht ein anderes Mädchen ansprach? Ich wusste nicht einmal, wo er wohnte. Vielleicht gab es ihn ja gar nicht. Ja, ich hatte eine Halluzination, eine Art Wachtraum am Ende einer schlimmen Krankheit. Da quietschte es neben mir.

„Mädchen! Bist du verrückt geworden?“, schrie ein Mann aus einem heruntergekurbelten Fenster. „Du bist wohl lebensmüde, oder was?“

„Ganz im Gegenteil“, sagte ich ungewohnt laut und grinste ihn an.

Der Fahrer schüttelte heftig den Kopf, zog eine fiese Grimasse und zeigte mir einen Vogel. Mit erneut quietschenden Reifen fuhr er davon.

Als ich an der nächsten Straßenkreuzung stand, wartete ich in voller Konzentration auf das kleine grüne Männchen. Als es an der Reihe war, stellte ich mir vor, wie es wäre, wenn es aus seiner Ampel spränge und mir ein paar Maronen anböte. Ich gackerte vor mich hin, bis der Mann, der neben mir über die Straße ging, fragte: „Hey, alles klar?“

Klar war nur, dass ich rot wurde.

Okay, ich hatte einen an der Klatsche. Alles eine Frage der Gewöhnung … Ich warf einen letzten Blick auf das grüne Ampelmännchen, als ob es für mich eine Antwort auf Lager hätte.

Übergangslos begann ich zu vergleichen. Die meisten Jungen in meiner Klasse waren die totalen Angeber. Außer … ich dachte nach. Eigentlich war Thomas irgendwie ganz nett. Und Christoph vielleicht. Wie alt mochte Kai sein? Bestimmt älter als die Jungen aus meiner Klasse. Allerdings musste ich zugeben, dass Marcel, der eine Reihe hinter mir saß, ebenso groß war und gar nicht mal schlecht aussah. Ich versuchte, mir Kais Gesicht vorzustellen. Aber meine Vorstellung war verschwommen. Kein Wunder, ich hatte ihn ja nur bei Fackelschein gesehen. Auf jeden Fall hatte er auffällig dichte und breite Augenbrauen. Und sein Gesicht war schmal. In meiner Vorstellung holte ich es noch näher heran. Hatte er nicht auch Sommersprossen? So wie ich? Eins wusste ich ganz sicher: Ich hatte es auf Anhieb schön gefunden. Ich würde Herrn Brahmeier nach der Adresse von Kai fragen. Hoffentlich wohnte der nicht ganz am anderen Ende vom Dorf. Wo ich doch nur so wenig Zeit hatte. Wie konnte ich es anstellen, unbemerkt vierundzwanzig Stunden dort zu bleiben?

„Mama, ich muss heute ab Mitternacht mal vierundzwanzig Stunden weg sein. Wo ich dann bin, sag ich übrigens nicht.“ Ich musste bei der Vorstellung, so mit meiner Mutter zu reden, schon wieder lachen. Überhaupt:

Wem konnte ich auch nur das kleinste bisschen von meinen nächtlichen Abenteuern erzählen? Vielleicht Anna? Die hatte mitgebastelt und das Dorf süß gefunden. Aber die würde sich total lustig machen über mich. Sahnetörtchen verschwindet in ein Pappdörfchen, hörte ich sie lästern. Anna sprühte nicht gerade vor Phantasie. Und ich wäre voll der Depp.

Wie konnte ich mich davor schützen, dass mir meine Aufregung auf der Stirn geschrieben stand? Ein Pokerface musste her. Unwillkürlich probierte ich aus, wie es sich anfühlte, wenn man seine Gesichtsmuskeln lockerte. Sah vermutlich etwas dümmlich aus – aber das wäre momentan das kleinere Übel. Und nach der Schule wollte ich mir einen Abdeckstift zulegen. Gegen die Augenringe.

In der Schule wurde ich sofort umringt. Julie fragte, ob ich wieder richtig fit sei, und Sophia erklärte, dass jetzt Anna und Nadine fehlten. Ich nahm mich zusammen, stellte, wie vorhin ausprobiert, meine Mimik auf entspannt und versuchte, irgendetwas Passendes zu sagen. Dazu setzte ich ein etwas gequältes Lächeln auf, wie es sich für jemanden gehörte, der krank gewesen war. Ging doch …

Im Unterricht stellte ich fest, dass ich mich plötzlich für Erdkunde interessierte, denn wir nahmen gerade Skandinavien durch. Ich war mir sicher, dass mein tatsächliches Dorf im Norden lag – so kalt wie es dort letzte Nacht gewesen war. So verscheuchte meine Neugier wenigstens für diese Stunde die Müdigkeit und siegte immer mal wieder für ein paar Minuten über das Gedankenkarussell in meinem Kopf.

Weil Anna fehlte und mich keiner während des Unterrichts anquatschte, konnte ich in den anderen Stunden in Ruhe meinen Gedanken nachhängen, und die hingen sehr mit Kai zusammen. Wie groß und dünn er war. Und er duftete nach Holzfeuer und Glühpunsch. Als ich daran dachte, sog ich automatisch die Luft tief ein.

Nur zweimal wurde ich in meinem Wachtraum unterbrochen – zum ersten Mal, als mich in der dritten Stunde die Mathelehrerin an die Tafel bat. Ich stotterte irgendetwas daher und trottete wieder auf meinen Platz. Knallrot natürlich. Je mehr ich zwischendurch versuchte, mich auf die Worte der Lehrerin zu konzentrieren, desto weniger kapierte ich, worum es genau ging. Mein Kopf war wie in Watte und mein Magen flatterte wild in meinem Bauch herum, knurrte zwischendurch – meine Wangen legten vor lauter Peinlichkeitsgefühlen gleich wieder frisches Rot auf – aber ich brachte nur mühsam ein Stück Banane herunter. Ähnlich fürchterlich war es in der fünften Stunde in Englisch, als ich mitten aus meinem Dämmerzustand gerissen wurde. Alle lachten, weil ich zusammengezuckt war. Wieder mutierte ich von Sahnetorte zu Erdbeerschnitte. Schon deshalb war ich für die Nacht wie geschaffen.

Irgendwie ging der Tag herum. Gegessen hatte ich wenig bis nichts. Die Hausaufgaben bekam ich mit der geduldigen Hilfe meiner Privatlehrerin hin – eigentlich musste es ja Nachhilfelehrerin heißen, aber Nachhilfe hätte ich nicht wirklich nötig gehabt. Doch heute schrieb ich alles, was sie mir geduldig erklärte, nur mechanisch in meine Hefte, froh, dass sich die kleine unscheinbare Frau wie immer alle Mühe mit mir gab. Na ja, meine Eltern waren mit der Gage nicht knauserig und ich war, mal von Mathe abgesehen, eine gute Schülerin. Seit zwei Tagen fragte ich mich allerdings, wie lange noch.

Abends holte ich die Besuchermatratze aus meiner

Bettschublade und wuchtete sie vor die Fensterbank. Zittrig vor Aufregung kramte ich meine langen Haare zusammen und würgte sie in ein Gummiband. Es galt, an der nächtlichen Landung zu arbeiten. Also ging ich bis zur Türe zurück, nahm zwei kurze Schritte Anlauf und setzte zur Rolle an. Ich übte eine nach der anderen, bis mir ganz schwindelig war. Dafür hatte das Zittern aufgehört. Wenn ich schon beinahe im Türrahmen absprang, schaffte ich sogar eine Flugrolle. Ich war ein kleines bisschen stolz, denn im Sportunterricht hatte ich das noch nie so gut hinbekommen.

Anschließend duschte ich ausgiebig mit extragroßen Portionen meines Lieblingsshampoos, frisierte an meinen Haaren herum und kam zu dem Schluss, dass es unmöglich war, sich irgendwie zu stylen. Was hätte ich auch davon, wenn ich durch die Nacht wirbelte.

Die Nacht.

Alleine das Wort löste bei mir eine mittlere Panik aus. Heute Nacht. Ich sann dem Wort hinterher …

Jetzt dachte ich darüber nach, ob ich alles Notwendige erledigt hatte: Ich konnte einigermaßen eine Flugrolle und die Matratze lag am richtigen Platz. Das war aber noch keine Lösung für den „Hinflug“ – der Schuster würde bestimmt keine Matratze in seinen Hausflur legen. Also probierte ich alle möglichen Anläufe aus, hopste quer durchs Zimmer, startete mit geschlossenen Beinen, um den perfekten Absprung hinzukriegen. Erneut überkam mich eine ungeheure Aufregung, sodass ich dauernd aufs Klo musste. Sonst bedauerte ich es oft, dass meine Eltern spät und völlig fertig nach Hause kamen. Jetzt war ich froh, unbeobachtet meine Turnübungen machen zu können und vor mich hin zu grübeln, ohne dass mich jemand etwas fragen konnte. Mir wäre wohl kaum eine einleuchtende Erklärung dazu eingefallen, warum jemand derart heftig durchs Zimmer hopsen und Flugrollen üben müsste. Dazu mit solch einer Ausdauer …

Ich wollte Vorbereitungen für heute Nacht treffen. Schal und Mütze brauchte ich. Vielleicht auch ein Paar Handschuhe und noch ein Langarmshirt für unter den megadicken, alten Wollpullover, den ich letztes Jahr von Andrea geerbt hatte. Heute wollte ich durch das ganze Dorf gehen – schon um herauszufinden, wo Kai wohnte.

Aus Angst, die Mitternacht zu verpassen, stellte ich meinen Wecker und legte ihn unters Kopfkissen. Die Klamotten für heute Nacht kamen in die Bettschublade. Sobald ich wach wurde, wollte ich so schnell wie möglich los.

Als meine Mutter nach Hause kam, glotzte ich irgendeine Sendung an, ohne richtig zu begreifen, was ich eigentlich sah.

„Wie war dein Tag?“, fragte meine Mutter und schleuderte die Pumps von den Füßen.

„Wie immer!“

Als ob sie Interesse an einer Unterhaltung mit mir hätte. Aber das war mir heute ausgesprochen recht. Was sollte ich auch erzählen? Dass ich letzte Nacht Nikolaus gefeiert hatte? Mit Maronen und Glühpunsch? Dass ich heute um Mitternacht wieder vorhatte, abzuhauen? Übrigens zu einem Jungen?

Wie oft war ich stinksauer gewesen, dass meine Eltern so viel arbeiteten. Jetzt frohlockte ich, *es lebe die Arbeit – dreimal hoch …*

„Und wovon sollen wir das Haus bezahlen, bitte schön? Und Essen und Urlaub und Auto und alles?“, hatte mir mein Vater einmal in hartem Ton vorgeworfen. Ich konterte, dass eine Wohnung auch reichen würde, da wir ja nur zu dritt wären. Und die Urlaube wären zwar toll, aber das müsste doch billiger gehen. Bei Anna könnten sie sich das nicht leisten. Darauf fragte mein Vater gereizt, ob ich etwa so wie meine Patentante Andrea hausen wollte. Ich antwortete ehrlicherweise mit „ja", woraufhin mein Vater wütend das Wohnzimmer verließ.

Meine Mutter versuchte zu vermitteln. „Lu, wir haben nun einmal beide einen Beruf, den wir lieben."

„Liebt ihr mich nicht mehr als euren blöden Beruf?"

Im Streit hatte sich schließlich jeder in seinem Zimmer verkrochen.

Jetzt wollte ich nur schnell den Abend herumbringen und in mein Bett verschwinden. Mit jeder Treppenstufe, die ich hinaufging, legte mein Herz einen Zahn zu. Wenn das so weiterging, wäre ich gleich tot. Als ich vor der Fensterbank stand und den Vorhang ein wenig zur Seite zog, um nach draußen zu sehen, liefen dicke Tropfen die Scheibe hinunter. Die Straßenlaterne sorgte für ein passend ungemütliches Licht. Nein, ich hatte mir die wundersame Schneewelt nur eingebildet. Aber es war der fantastischste Traum meines Lebens. Das musste genügen. Wie auf Kommando nahm meine Aufgewühltheit ab. Ein Traum also. Nicht mehr und nicht weniger.

Trotzdem! Im Bett starrte ich auf das Lebkuchenherz, wollte mitkriegen, ob es wieder zu leuchten begann. Und falls ja, wann! Nur für den Fall, dass an der Geschichte doch mehr dran war als eine pure Sinnestäuschung.

Dabei döste ich irgendwann ein.

Der elektronische Wecker gab gerade seinen ersten sanften Ton von sich, als ich schon hellwach war. Sofort drückte ich auf die Stopptaste, bevor das Signal lauter würde. Heute machte ich mir gar nicht erst die Mühe zu horchen, ob geflüstert wurde, blickte dafür auf das erleuchtete Lebkuchenherz. *Liebe ist kosmisch…*

Leise zog ich die Bettschublade ein Stück hervor, holte lautlos die warmen Klamotten heraus und zog sie über den Schlafanzug. Heute Nacht wollte ich nicht frieren – so viel stand fest. Ich befahl meinem Herz in autogener Strenge, das Gepolter einzustellen – mein Herz schlägt gaaanz ruhig und regelmäßig – stellte mich auf die Matratze und beugte mich über das Haus mit der Nummer eins. Tief senkte ich den Kopf, mein Herz hörte nicht auf mich und raste wild herum, und als ich wie von einem Riesenmagneten angezogen wurde, stieß ich mich ab. Tatsächlich bekam ich dieses Mal so viel Fahrt, dass ich mit den Füßen aufkam, aber sogleich nach vorne kippte. Auf allen Vieren kniete ich vor Herrn Brahmeier.

„Heute mal was Neues."

Ich rappelte mich hoch.

„Hat's weh getan?"

„Ein bisschen. Ist aber nicht so schlimm." Vor lauter Aufregung spürte ich wirklich nichts. „Es tut mir leid, dass ich gestern die Stiefel einfach in den Flur geschmissen habe und dass ich so eilig abgehauen bin, aber …"

„Kein Thema", brummte der Schuster und ging in Richtung Werkstatt. Automatisch folgte ich ihm. Hier war es kühl. Begierig atmete ich den wunderbaren Ledergeruch ein.

„Ich hatte Angst …"

„… dass du zu spät kommen würdest", vollendete er meinen Satz.

„Genau!"

„Das kenne ich. Wäre nicht das erste Mal, dass jemand wie ein Blitz aus der Dunkelheit in ein Haus stolpert, bevor es vom Kirchturm her Eins schlägt."

Entgeistert sah ich ihn an. „Kommen denn noch andere Leute hierher, die nicht hier wohnen – so wie ich?“

„Oh ja!“ Er nickte. „In einem Jahr waren mal so viele hier, dass sich die Einwohnerzahl um Mitternacht fast verdoppelt hat.“

„Echt?“ Ich konnte kaum glauben, dass ich nicht die Einzige war.

„Echt! Aber das ist schon einige Jährchen her.“

„Und warum heute nicht mehr?“

Er überlegte eine Weile. „Damals waren die kunstvollen Winterdörfer zum Advent in Mode und viele haben mit großer Sorgfalt daran gebastelt. Wollten wohl ein wenig Gemütlichkeit in ihren Alltag zaubern.“

„Ach so!“ Vor meinem inneren Auge tauchte meine hübsch dekorierte Fensterbank auf.

„Und da haben viele die Chance genutzt und sind hergekommen – so wie du. Ich könnte dir Geschichten erzählen … aber sicher hast du andere Pläne.“ Herr Brahmeier lächelte. Ich wurde schon wieder unsicher. „Ach, übrigens“, er sah mir ins Gesicht, „ich soll dir von Kai sagen, dass er in der Nummer vierzehn wohnt.“ Er griff ins Regal. „Also, hier sind deine Stiefel.“

„Danke!“

„Und wenn ihr beiden mal weiter ums Dorf wollt, hätte ich noch ein Paar andere Stiefel. Aber die sind nicht umsonst zu leihen.“

„Hm!“ Ich begriff zwar wieder gar nichts, traute mich aber auch nicht nachzufragen, sondern sagte: „Ich geh dann jetzt mal los.“

„Tu das, Mädchen.“

Draußen empfingen mich hoher Schnee und eisige Kälte. Nur wenige Leute gingen über den Platz. Die Häuser bildeten einen Halbkreis, vor dem einige nachtschwarze Bäume standen, um diese Jahreszeit natürlich ohne Laub. Langsam sog ich die klare Luft ein, sah meinen gefrierenden Atem und schaute für einen Moment in den Nachthimmel. Es war Neumond. Kein Laternenlicht störte meinen Blick. Nichts rührte sich. Wahnsinn, dachte ich nur und riss mich von dem Anblick endloser Galaxien los. Entschlossen ging ich weiter. Als ich mit dem Rücken zur Kirche stand, konnte ich kein Haus mit einer Vierzehn entdecken. Ich würde die ganzen Häuserreihen abschreiten müssen. So ein Mist! Die Zeit lief mir davon. Also rannte ich, so gut das bei dem tiefen Schnee möglich war. Plötzlich rutschte ich aus und fiel der Länge nach hin. Schnell wieder hoch und weitergesucht. Aber hinter der Kirche war auch keine Vierzehn. Also wieder auf die andere Seite, um die zweite Reihe in Angriff zu nehmen. Nummer zehn, Nummer zwölf, und endlich stand ich vor der gesuchten Zahl, die unübersehbar auf der Haustüre prangte.

Im Haus brannte Licht. Nun war ich am Ziel und traute mich nicht, einzutreten. Verdammt! Warum war ich nur immer so schüchtern. Mein Herz klopfte bis zum Zerspringen und ich musste vor Aufregung aufs Klo. Als ich von einem Bein auf das andere trat und fast anfing zu weinen, ging die Tür auf.

„Da bist du ja endlich“, sagte Kai.

„Äh, ja“, stammelte ich und wurde zur Abwechslung rot.

„Hat dir Herr Brahmeier nicht gesagt, wo ich wohne? Oder warst du erst noch woanders?“ Seine Augen waren fest auf mich geheftet.

„Nein! Also, ich war nicht noch woanders“, brachte ich immerhin hervor. „Herr Brahmeier hat gesagt, dass du in der Nummer vierzehn wohnst, aber, äh, ich habe vergessen zu fragen, wo die ist.“

„Dann komm doch am besten rein. Denn hier ist sie", lachte er mich aus. Aber es klang nicht böse.

Kai fasste mich am Arm, so wie gestern. Ich ließ mich ins Haus ziehen und spürte die Wärme, die von einem bollernden Öfchen kam. Einen Hausflur gab es hier nicht. Man war sofort *drin.*

„Was wollen wir heute unternehmen?"

Ich brachte kein Wort heraus.

„Soll ich dir unser Dorf zeigen?"

Schweigen.

„Also, wenn du dich ein bisschen aufgewärmt hast?"

Ich blickte ihn nur an.

„Oder sollen wir Schlittenfahren?"

„Ich … Habt ihr vielleicht eine Toilette?" Die Frage war mir furchtbar peinlich. Logisch, dass ich zu einer leuchtenden Laterne mutierte. In Rot.

„Klar doch! Auch wir leben ziemlich zivilisiert", lachte Kai und zeigte mir, wo das Badezimmer war.

„Möchtest du das Dorf kennen lernen?", fragte er noch einmal, als ich zurück in den Wohnflur kam.

„Ich muss gleich wieder gehen."

„Schade!"

Ich gab mir alle Mühe, normal zu sprechen. „Ich habe leider zu lange gebraucht, um das Haus mit der Vierzehn zu finden. Morgen vielleicht."

„Aber es ist erst null Uhr dreißig – hier. Guck selber!" Er zog mich zum Fenster und zeigte in Richtung Kirchturm. Er stand so nah, dass ich seine Körperwärme fühlte. Ein neuerlicher Grund für weitere Herzaussetzer.

„Wir können zumindest noch zum Kosmos, Glühpunsch trinken und Maronen essen. Wenn du Lust hast."

Ich nickte.

Also zogen wir los in die Kälte und erreichten nach

wenigen Minuten das Haus mit der *schrägen Acht*. Eine Menge Leute mit Bechern voller Punsch in Händen verbreiteten gute Laune. Kai besorgte wieder Maronen und das heiße Getränk. Und wie gestern spürte ich, wie sich mein Herz beruhigte.

„Es gefällt mir hier so richtig gut." Das war endlich mal ein kompletter, nicht peinlicher Satz, schoss es mir durch den Kopf.

„Das soll es ja auch." Er grinste mich an.

Ich grinste zurück.

„Morgen hol ich dich bei Haus Nummer eins ab und dann gehen wir ans andere Ende vom Dorf."

Er verplant mich bereits für die nächste Nacht, durchfuhr es mich, und mein Herz gab seine Ruhe gleich wieder auf.

Er blickte auf meine Füße und ich fragte mich, ob ihm auffiel, dass sie ziemlich groß waren. Die dicken Stiefel machten sie nicht gerade zierlicher.

„Besser wäre es allerdings, wenn du andere Stiefel hättest – schnellere Stiefel."

Ich sah ihn an. „Schnellere Stiefel? Wie meinst du das?"

Er sah mir wieder ins Gesicht. „Dann könnten wir eine Menge Zeit sparen."

„Wie soll das denn gehen?"

„Frag den Schuster. Aber er wird sie dir nicht umsonst leihen."

„Und warum nicht?"

„Dazu sind solche Stiefel, na ja, zu besonders, musst du wissen."

Jetzt erinnerte ich mich an Herrn Brahmeiers Worte von vorhin.

„Wie hoch ist denn die Leihgebühr?"

„Leihgebühr?“ Er zog die Stirn kraus. „Auf jeden Fall kein Geld. Damit machen wir hier nichts“, stellte er mit leicht abfälligem Ton fest.

Ich wusste nicht weiter. „Womit bezahlt man denn bei euch?“

„Mit dem, was der andere brauchen kann“, sagte er wie aus der Pistole geschossen.

„Was kann denn Herr Brahmeier brauchen, was jemand wie ich beschaffen könnte?“, fragte ich unsicher.

Er lächelte. „Du wirst es herausfinden.“

Wir tranken noch eine Tasse Glühpunsch und ich fühlte mich sauwohl. Bloß nicht die Zeit vergessen, durchfuhr es mich. Und dass ich auf jeden Fall den Schuster vor meinem Abflug nach den *besonderen Stiefeln* fragen wollte.

„Ich muss dann wohl mal zurück.“ Mir war bewusst, dass es sich traurig angehört hatte.

Kai griff meinen Arm. „Ich begleite dich bis zur Eins.“

Nach wenigen Minuten standen wir vor dem Haus des Schusters.

„Bis Morgen dann!“ Kai lächelte mich an. Mein Herz raste. Ich lächelte zurück. Dann drehte ich mich um und ging in das Haus mit der Nummer eins.

Wo war der Schuster? Das Haus schien leer zu sein. Ich zog die Stiefel aus und stellte sie zurück ins Regal. Neugierig blickte ich die Reihen der Stiefel entlang, ob ich etwas Besonderes entdecken würde. Da ich aber nicht wusste, wonach ich eigentlich suchte und die verflixte Zeit nicht still stand, trat ich den „Rückflug“ an.

Hoffentlich hatte ich die Matratze an die richtige Position gelegt. Mit diesem Gedanken begab ich mich aus der kühlen Schusterwerkstatt zu der gegenüberliegenden

Tür, öffnete sie, drehte mich so gewissenhaft um wie jemand, der keinen Fehler machen will. Unweigerlich wurde mein Kopf nach hinten gezogen, die Füße lösten sich ohne jedes Zutun vom Boden und ich schleuderte im Rückwärtssalto dahin. Es ging so schnell, dass ich erstaunt war, plötzlich auf der Matratze in meinem Zimmer zu liegen. Die Landung war perfekt. Zufrieden lächelte ich vor mich hin. Da fiel mir die Schrift auf dem Lebkuchenherz ins Auge. Aus irgendeinem Grund glomm sie auch nach dem Ende der magischen Zeit weiter.

Ich zog meine Wintersachen aus, stopfte sie so leise wie möglich zurück in die Bettschublade. Morgen würde ich sie unauffällig zum Trocknen und Lüften auf die Heizung in den Keller legen.

Unter meiner Daunenbettdecke rollte ich mich zusammen. Wie kalt meine Füße waren. Hatten sie in der Winterwelt auch so dicke, warme Decken wie meine? Dort würde es bestimmt sehr kalt, vor allem, wenn der Ofen nachts irgendwann ausging. Ob Kai manchmal in seinem Bett fror? Ich atmete hörbar ein und aus. Ob sich mein Herz jemals wieder zu einer normalen Frequenz bequemen würde?

8. Dezember

Heißer Kakao mit Sahne und Rum

„Weshalb liegt die Matratze mitten im Zimmer und nicht in der Bettschublade?“

Matratze? Bettschublade? Wer polterte da mitten in meinen Traum?

„Hierhin gehört sie jedenfalls nicht.“

„Äh – was?“

„Ich bin beinahe darüber gefallen“, zeterte eine Stimme unangenehm laut.

Ich fühlte es: Stress!

Plötzlich machte meine Mutter Anstalten, die Bettschublade herauszuziehen.

„Nicht reingucken. Ist doch bald Weihnachten.“

Das war knapp. Was hätte meine Mutter gesagt, wenn sie die feuchten Klamotten in dem Bettkasten gefunden hätte? Und auch noch ausgerechnet Andreas Monsterpullover, den ich im Alltag niemals angezogen hätte. *Jedenfalls nicht in dieser Welt*, korrigierte die kleine innere Stimme.

Meine Mutter schwirrte mit einem „Na dann“ aus dem Zimmer.

Andreas Pullover. Ich fühlte, dass meine modischen Sachen irgendwie nicht in mein neues, anderes Leben passten. Der alte Strickpullover aber kam mir vor wie ein Talisman, durch den ich mein geheimnisvolles Mitternachtsleben überstreifte. Ich beugte mich über die Kante, zog die Bettschublade ein paar Zentimeter heraus und angelte nach einem Ärmel, presste ihn an mein Gesicht und atmete die Luft durch die Maschen. Roch es nicht nach Glühpunsch? Und konnte man nicht das fremdartige Leben spüren, das er mit mir teilte?

Die Worte von Kai und Herrn Brahmeier gingen mir nicht aus dem Kopf. Was sollten das für besondere Stiefel sein? Und was hätte ich, was Herrn Brahmeier fehlte? In Gedanken schritt ich die Eingangsetage ab: Die Hintertür führte in den Hausflur. Da hingen Haken mit Mänteln dran. Das Fenster neben der Tür hatte keinen Vorhang. Bestimmt wollte Herr Brahmeier keinen haben, denn Vorhänge gab es in dem Dorf. Das hatte ich bei Kai gesehen. In der Werkstatt schien alles vorhanden zu sein, was ein Schuster brauchte. Heute Abend wollte ich mich intensiv umsehen, um herauszufinden, was im Hause Brahmeier fehlte. Der Gedanke, dass es einen Ort gab, der ohne Geld auskam, faszinierte mich. In Politik hatten wir durchgenommen, dass Leute eine Art Tauschbörse ins Leben gerufen hatten, damit jeder seine individuellen Fähigkeiten einbringen konnte. Also zahlte eine alte Frau zum Beispiel ihre Dienste als Babysitter ein, während die Schülerin anbot, zweimal die Woche für jemanden einkaufen zu gehen, und eine gehbehinderte Dame stellte ihre Stopf- und Flickfähigkeiten zur Verfügung. Wir nahmen die Vor- und Nachteile einer solchen Tauschbörse durch, wobei mir gar keine Nachteile eingefallen waren. Aber da keinerlei Geld hin- und hergeschoben würde, nähme der Staat auch keine Steuern ein. Und das wäre sehr schlecht, denn schließlich brauchte man Geld für Schulen, Straßen, öffentliche Gebäude und so weiter … Ob in dem geheimnisvollen Winterdorf überhaupt jemand an so etwas wie Steuern dachte?

Egal, wo ich mich gerade aufhielt – meine Gedanken kreisten um nichts anderes als um *mein* Dorf und darum, was Herr Brahmeier brauchen könnte. Und natürlich um

Kai. Um den am allermeisten.

Als ich aus der Schule kam, hatte Frau Sawinsky Nudeln gekocht und – mir stockte der Atem. Über der Heizung im der Küche hingen Herrn Brahmeiers Socken, meine Jeans, Andreas alter Monsterpullover. Frau Sawinsky hatte mein Zimmer aufgeräumt. Jetzt blickte sie streng in mein entsetztes Gesicht. "Was hast du eigentlich mit deiner Kleidung angestellt?"

Entgeistert sah ich sie an. „Nichts!"

„So ein nasses Zeug gehört doch nicht in die Bettschublade." Ihr Blick war forschend.

„Ich hab mich ja direkt umgezogen. Und heute wollte ich die nassen Sachen aufhängen. Ganz bestimmt", log ich mit Kleinmädchenstimme.

„Soso." Frau Sawinskys Stimme klang ungewöhnlich misstrauisch. Doch schien das Thema für sie abrupt beendet. Komisch. Wenn sie einmal losschimpfte, war sie nicht zu bremsen. Sonst jedenfalls.

Meine Aufregung versuchte ich mit Flugrollen abzubauen. Gegen Abend verstaute ich meine getrockneten Klamotten wieder im Bettkasten und schob die Matratze zurück vor die Fensterbank. Ich legte noch ein paar Kissen darauf, so dass es aussah, als habe ich ein gemütliches Bodensofa zum Chillen arrangiert. Den Wecker stellte ich auf zehn vor zwölf, damit ich mich in Ruhe anziehen konnte, ohne wertvolle Zeit zu verlieren.

Schon vor dem ersten Signal war ich wach, drückte auf die Stopptaste und stand auch schon vor dem Bett, aufgeregt auf den Zehen wippend. Leise zog ich die geheimen Klamotten an, streifte Handschuhe und Mütze über, bewegte mich lautlos zur Fensterbank. Gleich würde mich der kosmische Magnet in einer Geschwindigkeit wegziehen, als würde der Blitz einschlagen. Hastig beugte ich mich über das Haus mit der Nummer eins. Immer tiefer ging ich mit dem Kopf – nichts geschah! Mir blieb das Herz stehen. War es vorbei mit dem Zauber? Bitte, bitte nicht! Ich versuchte es noch einmal. Meine Nase stieß auf das Haus mit der Eins, aber ich spürte keinerlei Anziehung. Panisch blickte ich das Lebkuchenherz an. Es glomm nur schwach. Lass es nicht vorüber sein! Mir liefen Tränen übers Gesicht. Vorbei. Aus und vorbei. In mir kroch Verzweiflung hoch. Ich legte mich aufs Bett und schluchzte ins Kopfkissen. Da! War das nicht das Flüstern? Plötzlich schlug eine Uhr in weiter Ferne. Durch einen Tränenschleier blickte ich auf die Zimmerwand. *Liebe ist kosmisch…* leuchtete es mich an. Oh nein! Ich war zu früh gewesen. Ein Gebirge fiel mir vom Herzen. Fast wäre ich in Jubelschreie ausgebrochen. Aufgedreht erhob ich mich wieder, beugte mich erneut über die Nummer eins, und da ging es los. Ich stieß mich ab – das Nichts sog mich auf und schleuderte mich durch die Schwärze der Nacht. Ich landete richtig auf den Füßen. Nur ein paar Schritte waren nötig, um den Schwung zu stoppen, und mit diesen Schritten lief ich direkt in die Arme von Herrn Brahmeier. Der brachte mich zum Stehen.

„Das sah schon ziemlich gekonnt aus.“ Er klopfte mir auf die Schulter.

„Hallo!“

Der Schuster sah mich an. „Na, Mädchen? Wo drückt der Schuh? Du weiß ja – ich bin der Schuster und kann in solchen Fällen helfen.“

Erst jetzt bemerkte ich, dass ich noch die Tränen im Gesicht hatte.

„Für Tränen ist noch nicht die Zeit“, sagte er ernst.

Verständnislos schaute ich ihm ins Gesicht.

„Komm mit in die Werkstatt. Da wartet Kai."

Ich spürte, wie sich ein Heer roter Flecken aufmachte, mein Gesicht zu beleuchten.

„Ihr habt wohl nichts gegen heißen Kakao?", fragte der Schuster und ging, ohne eine Antwort abzuwarten, in die Küche.

Ich stand vor Kai und starrte ihn an.

„Hallo, Lu!" Er lächelte.

Die kleine innere Stimme befahl: *Weiteratmen!* Und nach einer unpassend langen Pause brachte ich immerhin ein „Hallo!" heraus. Dann flüsterte ich, damit es Herr Brahmeier nicht hörte: „Mir ist nichts eingefallen, was ich habe, was Herr Brahmeier nicht hat."

„Dann trinken wir jetzt erst mal Kakao", raunte Kai nahe an meinem Ohr. Er hob seine Hand und wischte über meine Wangen. Ich bekam einen Herzschlag, lächelte ihn an und rang um Fassung.

„Nachher drehen wir noch eine Runde auf dem Marktplatz und überlegen. Irgendetwas wird uns schon einfallen."

Ich nickte nur und grub meine Fingernägel in die Handflächen.

In der engen Küche standen auf dem kleinen Esstisch drei Tassen, eine Kanne mit Kakao und eine Schüssel mit Sahne. Außerdem stellte der Schuster eine große Flasche Rum hin.

„Ein winziger Schluck im Kakao kann bei der Kälte wohl nicht schaden."

„Finde ich auch." Kai blitzte mich aus seinen mandelförmigen Augen an.

„Dann seid ihr gut durchgewärmt, falls ihr noch raus wollt."

Ich trank das erste Mal in meinem Leben Kakao mit

Sahne und einem Schluck Rum drin.

In der Küche schien nichts zu fehlen, was dringend erforderlich gewesen wäre. Herr Brahmeier hatte offenbar alles, was er zum Leben brauchte. Der große Ofen hatte es mir angetan. Ein derartiges Teil gab es bei uns nur noch im Museum zu bestaunen. Hier stand er in echt, bollerte fleißig vor sich hin und strahlte uns an.

Ich fasste mir ein Herz und fragte: „Was ist an den Stiefeln, von denen Sie gestern gesprochen haben, so besonders?"

„Das sind Stiefel, die ich nicht selber herstellen kann, musst du wissen." Herr Brahmeier schob seinen Stuhl ein wenig zurück. „Ich beziehe sie von den Schlemihl'schen Werken. Und weil diese Stiefel sehr gefragt sind, kann ich immer nur wenige Paar bekommen."

„Von den Schlemihl'schen Werken?"

„Ganz genau." Er räusperte sich. Dann begann er. „Vor vielen Jahren hat ein Mann namens Adalbert von Chamisso eine Geschichte aufgeschrieben, die ihm ein Freund in Briefen geschildert hatte. Dieser Freund hieß Schlemihl – Peter Schlemihl. Ein ziemlicher Unglücksrabe, würde ich sagen. Der hat nämlich einem ehrlosen Gesellen, der keinen Schatten hatte, seinen eigenen verkauft. Die Gegenleistung war, dass Peter immer die Taschen voll Geld hatte. Nun konnte er zwar in Geld baden, hatte aber keinen Schatten mehr."

„In echt?"

Wäre ich nicht hier gewesen, hätte ich so etwas sicher nicht gefragt, durchzuckte es mich. Aber hier war eben hier.

„Ist wirklich wahr. Das fiel allerdings auf mit der Zeit und Peter konnte sich nirgends mehr sehen lassen. Ohne Schatten gilt man nichts, wie man sich leicht denken kann. Und nun hatte Peter Schlemihl zwar jede Menge Geld: so viel, wie er wollte. Aber keine Freunde. Der graue Mann, der den Schatten gekauft hatte, war ein teuflischer Typ. Er bot Schlemihl an, den Kauf rückgängig zu machen – natürlich nicht ohne Gegenleistung, wie ihr euch denken könnt. Ich glaube, der schmierige Kerl wollte am Ende Peters Seele haben. Aber da hat Schlemihl lieber auf seinen Schatten verzichtet. Und das Geldsäckel, das nie leer wurde, hat er weggeworfen. Danach ging's ihm besser." Herr Brahmeier schenkte sich Rum nach. „Er ist dann Naturforscher geworden und viel in der Welt herumgekommen. Ich glaub, auf irgendeiner Kirmes war's, da hat er sich ein Paar alte bequeme Stiefel gekauft. Das waren so eine Art Siebenmeilenstiefel. Und was Chamisso nicht wissen konnte, weil Schlemihl es ihm nicht geschrieben hatte: Schlemihl hat sich mit dem Verkäufer von der Kirmes zusammengetan und sie haben so lange verschiedenste Ledersorten und spezielle Einlagen ausprobiert, bis sie einen Prototyp hergestellt hatten."

„Einen – was für einen Typ?", unterbrach ich Herrn Brahmeier.

„Einen Stiefel, nach dessen Vorlage sie in Zukunft in die Produktion gehen wollten. Tja, und da haben sie eine kleine Fabrik eröffnet. Die Schlemihl'schen Werke. Haben von da an diese Stiefel produziert. Weil es ein Betriebsgeheimnis bleiben sollte, wie man solche Stiefel herstellt, haben sie die Arbeitsgänge geheim gehalten. Auch, wo sie ihr Material herholen." Der Schuster trank einen Schluck Rum pur, goss Kakao ein und löffelte vorsichtig Sahne obendrauf. „Hmm. Die richtige Mischung. Also: Wo waren wir stehen geblieben? Ach ja. Peter Schlemihl. Der ist natürlich längst verstorben. Aber ein Nachfahre von seinen Mitarbeitern führt heute noch die kleine Fabrik. Und da beziehe ich, wie schon gesagt, die besonderen Stiefel her", schloss Herr Brahmeier und nahm einen neuerlichen Schluck aus seiner Tasse.

Kai erhob sich. „Danke für den Kakao. Komm, Lu!"

Ich bedankte mich ebenfalls und stand auf.

Es hatte aufgehört zu schneien. Der Schnee war festgetreten. Mitten auf dem Platz war eine Schlidderbahn.

„Sollen wir auch mal?", fragte Kai. Ich nickte. Wir schlenderten zu den anderen Leuten und stellten uns an. Jetzt war Kai an der Reihe. Er nahm Anlauf und schlitterte im Affenzahn über die spiegelblanke Bahn. Ich hatte schon wieder Herzklopfen. Alle schauten auf mich – Kai am allermeisten. Ich nahm nur ganz wenig Anlauf, rutschte nicht besonders weit. Aber ich knallte nicht hin.

Kai sprach mit einem anderen Jungen namens Peer. Ich bekam mit, dass sie sich zum Schlittenfahren verabredeten – für „nachher". Ich verspürte einen Stich. Der Blick auf die Kirchturmuhr sagte mir unmissverständlich, was zu tun war.

„Ich muss gehen."

„Ja, ich weiß." Kai sah mir ins Gesicht. „Jetzt haben wir ganz vergessen zu überlegen, was dem Schuster fehlen könnte."

Ich zuckte die Achseln. „Müssen wir wohl vertagen."

„Mit den richtigen Stiefeln wärst du echt schnell. Ich habe welche, aber das hilft nicht weiter." Er lächelte wieder sein unglaubliches Grübchenlächeln und stupste mit dem Zeigefinger auf meine Nase. „Ich bin sicher, du bekommst es raus – was der Schuster brauchen könnte, meine ich."

Kai brachte mich zu Haus Nummer eins zurück.

„Bis Morgen!" Wie nebenher hauchte er mir einen Kuss auf die Wange.

9. Dezember

Eine Idee

Ich rang um Atem, erhob mich lautlos von der Matratze. In meiner Fantasie stand Kai vor mir. Das Grundproblem Nummer eins aus meinem vorherigen Leben musste ich überdenken – so viel war klar. Staunend sah ich an die Wand: Es war ein Uhr durch, doch das Lebkuchenherz leuchtete noch genauso hell wie vor einer Stunde: *Liebe ist kosmisch …*

Ausgestreckt lag ich im Bett, den Kopf voller Bilder. Wie gerne würde ich mit Kai zum Schlittenfahren losziehen. Ich würde mich vor ihn setzen – ganz dicht. Warum hatte ich bloß immer nur eine Stunde Zeit? Ich starrte auf das Herz an der Wand, eine Schmetterlingsfarm in meinen Eingeweiden.

Was fehlte Herrn Brahmeier? Warum kam ich bloß nicht drauf? Das Kribbeln in meiner Bauchgegend machte sich breiter und breiter. Irgendwann kribbelten sogar meine Fingerspitzen.

Am nächsten Tag war Anna immer noch krank. Wie würde es sein, wenn sie wieder gesund war? Ich konnte doch nicht so tun, als sei nichts geschehen. Überhaupt. Warum fiel niemandem auf, dass ich wahlweise gähnte oder vor mich hingrinste wie ein – da war es wieder – Honigkuchenpferd.

Zu Hause angekommen ging ich gleich ab der Eingangstür ganz langsam durchs Haus. Im Flur stand der Schirmständer neben einem Apparat zum Schuhe Putzen. In die Wand war ein großer Haken eingelassen, an dem ein überdimensionaler Schuhanzieher befestigt war. In der Diele hingen riesige Fotografien eines bekannten Künstlers. Man konnte kaum erkennen, worum es sich bei den Motiven handelte. Eins war klar: Nichts davon passte zu dem Haus von Herrn Brahmeier. Ich streifte durch die Diele ins Wohnzimmer, meinen Blick überall gleichzeitig. Große schwarze Ledersessel waren um einen Glastisch gruppiert. Auf dem Boden standen zwei Pflanzen, von der die eine riesige weiße Blüten hatte. Neben einem Sessel befand sich ein Beistelltisch, auf dem eine Vase mit Blumen stand. Blumen! Das war's! Blumen! Natürlich! Herr Brahmeier hatte keine. Es war ja tiefster Winter in seinem Dorf und an einen Blumenladen hatte ich beim Bemalen der Häuser nicht gedacht. Wäre ja auch unsinnig gewesen, denn: Wo sollte man in einer solchen Gegend mitten im Winter Blumen herbekommen? Ich hätte jubeln können. Aber Frau Sawinsky deckte gerade für mich den Tisch und da wäre Jubeln etwas übertrieben gewesen. Also jubelte ich innerlich.

Am Spätnachmittag besorgte ich eine kleine weiße Blume – keine Ahnung, wie die hieß. Ich stellte sie mir auf der Fensterbank von Herrn Brahmeiers Küche vor. Zu Hause wickelte ich sie in drei Lagen Zeitungspapier und verstaute sie in meinem Rucksack.

Der Abend verlief ohne Besonderheiten. Wie üblich kamen meine Eltern nach Hause und zogen sich um, je nachdem, ob es zum Fitnesscenter, zu Freunden, ins Restaurant oder ins Kino ging. Heute packten sie ihre Sporttaschen.

Als der Wecker um zehn vor Mitternacht sein erstes leises Signal losließ, dachte ich daran, dieses Mal erst auf das ferne Läuten der Kirchturmuhr zu warten. Warm verpackt, mit unglaublich duftendem, frisch gewaschenem Haar und einem Pfefferminz zwischen den Zähnen festgeklemmt schnallte ich den Rucksack fest, horchte in die Stille. Beim ersten Glockenschlag beugte ich mich über die Nummer eins und die magnetische Kraft zog an mir, zog mich meinem Ziel entgegen. Sekunden später hörte ich Herrn Brahmeier in der Werkstatt hantieren.

„Vielleicht habe ich gefunden, was Sie brauchen können." Ich packte die Blume aus und sah Herrn Brahmeier an.

„Tatsächlich!" Sein rundes, glattes Gesicht strahlte. „Du hast herausgefunden, was in meinem Haus fehlt."

Ich strahlte auch.

Er fasste mich am Arm. „Komm, wir suchen Stiefel für dich aus."

„Super."

„Stiefel aus den Schlemihl'schen Werken. Die besten, die es gibt." Er wandte sich zu einem der oberen Regale und holte zwei Paar zum Anprobieren, beide aus rotem Leder und funkelnagelneu. Ich konnte nicht anders – ich hielt sie als erstes an meine Nase. Hmmm, wie ich diesen Geruch liebte.

Mir passte direkt das erste Paar.

„Du musst bei deinen ersten Schritten vorsichtig sein", warnte Herr Brahmeier. „Dir fehlt ja völlig die Übung. Dieses faszinierende Schuhwerk legt ein irres Tempo vor, da kann man schnell das Gleichgewicht verlieren."

„Oh!" An Gefahr hatte ich gar nicht gedacht.

„Am besten wird es sein, wenn Kai mitgeht. Der ist an solche Stiefel gewöhnt."

In dem Moment ging die Tür der Werkstatt auf. „Hast du es herausgefunden?", fragte Kai, noch bevor er die Tür hinter sich schloss.

„Hat sie“, sagte Herr Brahmeier lächelnd. „Eine Blume fehlte. Die kommt auf die Fensterbank in der Küche.“

„Genau das habe ich mir auch überlegt.“ Ich war stolz auf mich, aber unsicher wegen der Stiefel. Ich wandte mich Kai zu. „Ich habe sie schon an. Aber ich trau mich nicht so recht.“

„Kein Problem!“

„Ich fürchte, doch.“

„Wir gehen einfach raus und üben.“

Als ich den ersten Schritt aus der Tür machte, stand ich schon mitten auf dem Marktplatz. Einen zweiten Schritt wagte ich nicht.

„Du musst in etwa abschätzen, dass du nicht direkt auf ein Gebäude zuhältst“, erklärte Kai. „Immer dahin lenken, wo es frei aussieht.“

„Okay“, entgegnete ich unsicher.

„Bitte was ?“

Ich brauchte eine Weile, dann sagte ich: „In Ordnung. Dahin lenken, wo es frei ist. Nicht auf ein Gebäude zusteuern. Richtig?“

„Gut.“ Er nickte. „Und wenn du dich mal vertust, kann man noch im letzten Moment durch Gewichtverlagerung die Richtung etwas ändern.“

In mir kroch die Panik hoch. Ich sah mich schon aufgespießt am Kirchturm baumeln.

„Am besten, du gibst mir deine Hand“, sagte Kai ahnungsvoll.

Ich streckte ihm meinen linken Arm hin und Kai griff meine Hand – fest und bestimmt.

„Und los!“, sagte er.

Wir machten gleichzeitig einen Schritt. Und dann noch einen. Schon waren wir am Rande des Dorfes.

„Jetzt gehen wir um das Dorf herum."

Ich konzentrierte mich auf Kais Schritte, ging im Gleichschritt mit ihm. Im Nu hatten wir das Dorf umrundet und standen nach einem weiteren Schritt wieder auf dem Marktplatz. Aufgeregt schnappte ich nach Luft. Die Kälte spürte ich kaum.

„Geht doch." Er lächelte mir zu und ich bemühte mich, nicht das Atmen zu vergessen.

„Jetzt gehen wir zum Schneeberg", bestimmte er.

Er hielt meine Hand weiter fest und wir verließen im Gleichschritt das Dorf. Allmählich fühlte ich mich sicherer. Aber meine Hand überließ ich gerne Kai, der keine Anstalten machte, sie loszulassen. Dies wird meine Nacht, dachte ich aufgewühlt.

Nach kurzer Zeit kamen wir am Schneeberg an. Zahlreiche Pechfackeln flackerten an den Rändern der Piste, die wie eine feierlich erleuchtete Schneeallee aussah. Kai rief einem Jungen, dem eine dicke rote Locke unter der Mütze hervorquoll, zu, ob er mal den Schlitten leihen dürfte.

„Kein Problem", sagte Peer. Im Nu waren Kai und ich den Berg hinauf. Diese Stiefel waren echt der Wahnsinn.

„Willst du vorne oder hinten sitzen?"

„Vorne. Und du musst lenken."

Jetzt war mein Traum an der Reihe, durchfuhr es mich. Kai setzte sich dicht hinter mich und dann sausten wir mit vielen anderen den Berg hinunter. Mein Herzklopfen geriet außer Kontrolle. Alle lachten und riefen sich etwas zu – zum Beispiel „Brennholz!" oder „Bahn frei!"

Kai schlang einen Arm um meinen Leib, als wir erneut den Berg hinunterrasten. *Bitte, halte die Zeit an!*

Aber weil weder der Kosmos noch die Zeit meinen Wunsch respektierten, saß die Sorge, zu spät zu kommen, plötzlich mit auf dem Schlitten.

„Ich glaube, es wird Zeit", sagte ich traurig.

Kai übergab Peer den Schlitten und nahm mich wieder bei der Hand. Er riss eine Fackel aus dem Boden und wir zogen los.

Zurück am Marktplatz zeigte die Uhr sieben Minuten vor eins.

„Bis morgen!"

„Bis morgen!" Kai drückte noch einmal meine Hand, beugte sich zu mir und küsste mich auf den Mund. Meine Atmung stoppte augenblicklich. Da zischte die kleine innere Stimme: *Vergiss nicht die Zeit!* Ich schnappte nach Luft. Eilig trat ich in das Haus des Schusters, zog die fantastischen Stiefel aus und gab sie Herrn Brahmeier zurück.

„Und? Hat's Spaß gemacht?"

Ich konnte nur nicken. Wie in Trance verließ ich mein mitternächtliches Leben – vor meinem inneren Auge den flackernden Feuerschein der Fackel.

Der Schriftzug auf dem Lebkuchenherz leuchtete mir entgegen: *Liebe ist kosmisch …*

10. Dezember

Zum Schneeberg

Ich träumte vom Schneeberg. Immer wieder saß ich an Kai geschmiegt auf dem Schlitten, fuhr den Berg hinab, stapfte mit ihm Hand in Hand wieder nach oben, sog die Atmosphäre ein, die die lodernden Fackeln in der nächtlichen Schneelandschaft bewirkten. Die geheime Welt übte eine unersättliche Anziehung auf mich aus. Ich war mir sicher, dass ich ohne sie nicht mehr leben konnte.

Am nächsten Morgen hielt ich die Ecke meines Kopfkissens umklammert, konnte das Erlebte und den Traum kaum auseinanderhalten.

Und die Schule? Fehlanzeige. Die Stunden saß ich nur ab, im Kopf lief Kino. Ich war in jeder Minute bei *meinem* Dorf, sah es vor mir, roch den Schnee, den Glühpunsch, das Feuer im Ofen, den typischen Ledergeruch der Schusterei, Maronen, Kai. Ungeduldig lebte ich der kommenden Mitternacht entgegen.

Ich hatte viele Fragen, aber immer war so wenig Zeit. Es gab so viel Ungewöhnliches. Und das zu erleben war besser, als zu fragen.

Wenn ich alleine zu Hause war und über meinem Dörfchen träumte oder während des Unterrichts grübelte ich vor mich hin. Was mochten die Leute im Dorf, wie zum Beispiel Kai, wohl tagsüber machen? Hatten sie auch Schule? Würde ich immer kommen können oder nur im Winter?

„Lu! Wie lautet die Übersetzung?"

Gerade war eindeutig mein Name gefallen. Was hatte

Herr Hilkenbach gesagt? Marcel, der hinter mir saß, versuchte, vorzusagen. Ich stammelte so gut es ging nach, was ich mitbekam.

„Pass bitte besser auf!“, meinte der Lateinlehrer und nahm jemand anderen dran. Morgen die Englischarbeit. Heute Nachmittag hätte ich wieder meine Nachhilfe – würde schon irgendwie klappen.

Tatsache war, dass ich zwar brav vor den Vokabeln saß, aber irgendwie nichts behielt. Schule und Adventdorf – das ging nicht. Und Kai! Meine Privatlehrerin versuchte ihr Bestes.

„Wird schon reichen“, sagte ich bald und klappte das Englischbuch zu.

Gegen Abend rannte ich kurz vor Ladenschluss noch einmal los und kaufte Herrn Brahmeier wieder eine kleine Blume. Zu Hause rief ich Anna an. „Du klingst, als wärst du in einer Kneipe aufgewachsen“, sagte ich, denn Anna war total heiser. „Wie geht's denn so?“

„Es wird! Aber morgen gehe ich noch nicht zur Schule.“

Mit einem Mal kam mir ein faszinierender Gedanke.

„Willst du am Wochenende bei mir übernachten?“

„Cool! Bis dahin bin ich wieder fit.“

Anna hatte doch auch mitgebastelt und also eine Beziehung zu dem Adventdorf – und sie fand es süß. Daran erinnerte ich mich genau. Vielleicht würden wir zusammen dort hin können. Anna von meinen nächtlichen Ausflügen zu erzählen, wäre völlig zwecklos gewesen. Sie hätte kein Wort geglaubt. Aber wenn sie es miterleben würde? Und dann hätte ich endlich jemanden, mit dem ich über mein phantastisches Zweitleben sprechen konnte.

Ich wurde wie üblich zehn Minuten vor dem magischen Zeitpunkt geweckt. Die kleine Blume steckte warm verpackt im Rucksack. Obwohl ich schon Routine hatte, kam wieder die Aufregung, ob es auch wirklich wieder so wäre wie all die Nächte zuvor. Aber dann zog mich der Magnetismus unweigerlich hinweg, und im Nu befand ich mich in dem Hausflur des Schusters.

„Hallo!“ Ich legte meinen Rucksack ab und packte die Blume aus.

„Du musst mir nichts mehr mitbringen. Einmal genügt! Trotzdem – herzlichen Dank, Lu!“

Herr Brahmeier trug die Blume in die Küche und stellte sie neben die von gestern. Da hörte ich, wie die Tür zur Werkstatt aufging. Kai legte die Hände auf meine Schultern. „Hast du schon die Schlemihl'schen Stiefel an?“

„Sofort!“

Herr Brahmeier zwinkerte, während er mir die Stiefel hinhielt.

„Wir nehmen heute Fackeln und Glühpunsch mit und machen auf dem Schneeberg ein Feuer. Wer etwas Tragbares zum Essen hat, soll es mitbringen. Das ganze Dorf kommt.“

„Dann geh ich auch mit.“ Herrn Brahmeiers eigene Stiefel waren schwarz und vom häufigen Gebrauch abgenutzt. Mir kam es vor, als pflegte er ein freundschaftliches Verhältnis zu seinen Schuhen, so behutsam, wie er sie vom Regal nahm.

Ich bekam eine Flasche Holunderapfelsaft in meinen Rucksack und Herr Brahmeier packte Brot, Schinken und drei Tassen ein. Auf ging's. Ich streckte, als ich aus dem Haus trat, unsicher meine Hand aus. Kai hielt sie fest. So erreichten wir zusammen mit anderen Dorfbewohnern in kurzer Zeit den Schneeberg, wo ein riesiger Holzhaufen errichtet worden war. Es entstand ein beeindruckendes Feuer, das mich an Sankt Martin erinnerte. Alles rief „Oh!“ und „Ah!“, und es war schön warm. Das Ganze machte den Eindruck, als habe man hier für längere Zeit sein Lager aufgeschlagen, so viel gab es zu essen und zu trinken. Außerdem waren da Schlitten mit wärmenden Decken drauf, auf denen man Platz nahm. Über das heruntergebrannte Feuer wurde ein Kessel gehängt, der mit dem Glühpunsch gefüllt war. Peer war auch wieder da und hatte seinen Schlitten mit. Kai und ich stiefelten mit den anderen zusammen den Berg hinauf, sausten mit aneinandergehängten Schlitten hinab. Gebrüll und Gelächter. Ich schrie tatsächlich auch einmal „Brennholz!“ Klar, dass jeder im letzten Augenblick mit seinem Holzschlitten auf Seite sprang.

„Du kannst ja schreien.“ Kai lachte.

„Hättest du wohl nicht gedacht.“

„Nein!“ Er musterte mich eindringlich. Dann holte er am Feuer Glühpunsch und wir setzten uns zusammen mit Peer nebeneinander auf den Schlitten, ganz eng, sodass wir alle drei darauf passten. Ich saß in der Mitte, Kais Arm um meine Schulter.

Die Erwachsenen hatten zu essen mitgebracht – genau wie Herr Brahmeier. Sogar der Maronimann war gekommen, und diesmal war es Peer, der uns mit Maronen versorgte.

„Du lächelst ja“, stellte Kai fest, als er mich ansah.

„Es geht mir gerade tierisch gut.“

„So soll es sein.“

Wir blickten uns an. In seinen Augen spiegelte sich das aufflackernde Feuer. Auf der anderen Seite des brennenden Holzstoßes begann ein Junge Gitarre zu spielen.

„Das ist übrigens mein Bruder“, sagte Kai dicht an

meinem Ohr.

Ein seltsames Gefühl stieg in mir auf und ich dachte, dass ich ab sofort zu den Vagabunden gehörte, ungebunden und frei, ohne Haus und ohne Gesetz. Ich fühlte mich großartig.

Herr Brahmeier hatte eine Uhr dabei. Ich war nicht die einzige, die den Rückweg antrat. Mein Dorf war nicht allein mein Dorf. Auch einige andere hatten genau wie ich seine Magie entdeckt. Aber ich war die Einzige, die sich als Einstieg in das Dorf die Nummer eins ausgesucht hatte.

Pünktlich kehrte ich zurück. Das Herz strahlte mich an wie zur Begrüßung. Ja, dachte ich. *Liebe ist kosmisch...*

11. Dezember

Überraschung

Ich versemmelte die Englischarbeit. Die einfachsten Sachen wusste ich nicht mehr, und so blieb der Lückentext das, was er war: ein Lückentext. Ich gab die Arbeit in aller Unvollkommenheit ab. Es hatte halt alles seinen Preis. Sobald ich einen Weg wusste, um länger bleiben zu können, würde ich eben ganz auf Schlaf verzichten – jedenfalls nachts. Und die Schule könnte sehen, wo sie bliebe.

Aber eine Person gab es, die mich mit ungewohnten Blicken musterte: Frau Sawinsky. „Du siehst immer noch krank aus. So blass, wie du bist."

„Mir geht's aber gut."

Ihre Augen durchbohrten mich. „Sicher?"

„Klar doch!"

Täglich bereitete Frau Sawinsky Obstsalat zu. „Wegen der Vitamine."

Brav verdrückte ich meine Portion.

„Außerdem brauchst du Eisen. Mädchen in deinem Alter brauchen das."

„Her damit!"

„Du bist auch dauernd so müde. Das ist nicht normal", nörgelte sie liebevoll.

„Ich esse alles, was ich soll."

„Du isst wie ein Spatz."

„Keine Sorge. Ich werde nicht verhungern", versicherte ich ihr.

„Übrigens habe ich die Matratze in deinem Zimmer

weggeräumt. Da musste mal drunter gesaugt werden."

Ich erschrak. „Und die Sachen aus meiner Bettschublade?"

„Die mussten in die Wäsche."

„Nein!", rief ich erschrocken.

„Vor allem die Hose machte den Eindruck, als würdest du dauernd auf dem Hintern rutschen."

Ich biss mir auf die Lippen.

„Ich möchte mal wissen, was du so treibst, mein liebes Kind."

Ich zog es vor, das Thema zu wechseln. „Meine Stiefel sind undicht."

„Trifft keinen Armen."

Wir grienten uns an.

„Wenn es doch bald schneien würde. Immer dieses Schmuddelwetter", sagte ich.

Und auf dieses Stichwort hin begann Frau Sawinsky von früher zu erzählen, als es im Winter noch kälter gewesen war als heutzutage, und wie sie mit ihren Geschwistern Schlitten gefahren und ihre Kleidung auch so feucht gewesen wäre wie meine Klamotten aus dem Bettkasten. Und dabei sah sie mir schon wieder so merkwürdig in die Augen und sagte dann nichts mehr.

Frau Sawinsky machte Feierabend und ging. Ich wuchtete die Besuchermatratze wieder aus der Bettschublade und arrangierte alles so wie vorher.

Als meine Mutter um acht nach Hause kam, hob ich an: „Meine Stiefel sind …"

„Hi Lu, nur wenn's ganz wichtig ist."

„Das Problem ist, dass …"

„Tut mir leid, aber ich hab mich für die Sauna verabredet."

„Aber ich brauche dringend neue …"

„Ich bin total in Eile, mein Schatz! Hier hast du zweihundert Euro. Ich hoffe, das reicht."

Hastig kramte sie in ihrer Handtasche nach dem Portemonnaie, legte das Geld auf den Tisch und rannte die Treppe hinauf. Mit ihrer Saunatasche bewaffnet sprang sie mit einem durchs Haus gerufenen „Tschü-hüss!" aus der Tür.

Die Zeit, in der mich meine Mutter mit dieser Art rasend gemacht hatte, war vorbei. Ich war froh, dass sie weg war.

In *meinem* Dorf empfing mich Kai. „Kannst du eigentlich eislaufen?"

„Das kann ich."

Er lächelte mich an. „Dachte ich mir."

„Wieso?"

„Passt zu dir."

Ich lächelte zurück. „Treffer!"

Eislaufen! Das war etwas, das ich richtig konnte. Vier Jahre lang war ich in einem Verein für Eiskunstlauf gewesen.

„Dann komm!" Er zog mich aus der Türe.

Ich war sprachlos. Der Markt bestand aus einer einzigen Eisbahn.

„Aber ich habe ja gar keine Schlittschuhe dabei."

Sollte ich noch einmal zurück nach Hause, um sie aus dem Keller zu holen?

„Peer hat zwei Schwestern."

„Aha!"

„Und die besitzen alle beide Schlittschuhe."

„Wie kommst du darauf, dass eine dabei ist, die meine Größe hat?" Verschämt blickte ich nach unten – warum hatte ich nur so endlos lange Füße?

„Wibkes könnten passen."

„Aber die will sicher selber fahren."

„Wir können hier ja rund um die Uhr eislaufen."

Es versetzte mir einen Stich. Was wollte ich eigentlich noch zu Hause? Konnte ich nicht hier –

„Hey Peer!" Kai rief seinen Freund quer über den Platz, winkte ihn zu sich heran.

Peer wollte dafür sorgen, dass ich für eine halbe Stunde ein Paar Schlittschuhe bekäme. Er trommelte seine Schwestern zusammen, die wie das ganze Dorf auf der Eisbahn waren. Die Schlittschuhe von Wibke passten tatsächlich. Ich hatte Wibke schon auf dem Schneeberg kennen gelernt. Zumindest flüchtig. Sie war stets von einer Mädchengruppe umringt, die jetzt zuschaute, wie ich ihre Schlittschuhe anzog und sie dafür in meine schwarzen Stiefel schlüpfte.

Es war grandios. Sterne am Himmel! Und ich gleich auf dem Eis. Alles in mir kribbelte. Ich schnürte die weißen Schlittschuhe megafest. Dann ging ich aufs Eis.

Gleich die erste Runde legte ich in einem ziemlichen Tempo hin. Kai, der ebenfalls super lief, neben mir. Wachtraum pur!

„Du läufst so gut, als wärst du eine von hier."

Las er meine Gedanken? Meine geheimsten Wünsche? „Bei uns läuft man auch Schlittschuh."

„Wäre toll, wenn du mal bleiben könntest. Dann könnten wir den Kanal entlang fahren - bis zu einem anderen Dorf."

„Es gibt nichts auf der Welt, was ich lieber täte."

„Abwarten!" Er grinste mich an.

Natürlich bekam ich einen heißen Kopf. „Bisher ist mir leider nicht eingefallen, wie ich es anstellen könnte, hier zu bleiben." Verlegen guckte ich zur Seite.

Ich drehte mich, fuhr rückwärts wie vorwärts und

riskierte sogar einen einfachen Sprung, als ich über die Mitte des Platzes fuhr. Klatschten die Leute Beifall? Etwa mir? Ich spürte, dass ich rot wurde. Kai fand mich bestimmt angeberisch. Nur gut, dass es trotz der aufgestellten Fackellaternen dunkel war.

Jetzt fassten sich einige an den Händen und bildeten lange Ketten. Kai griff meine Hand und wir schlossen uns an. Alles kreischte und johlte.

Später gingen wir beide zum Glühpunschstand. Er war direkt an der Eisfläche aufgebaut. So stand ich mit Kai, Peer, Wibke und zwei Mädchen, Sonja und Elsa, am Rand der Eisbahn, als mein Blick auf die Uhr des Kirchturms fiel: Zwei Minuten vor eins.

„Ich bin zu spät!“

„Los! Alle helfen!“, kommandierte Peer.

Während ich den einen Schlittschuh aufdröselte, öffnete Wibke den anderen. Ich sprang aus den Schuhen. Ohne die von Wibke bereitgehaltenen Stiefel zu beachten, rannte ich auf Socken los. Der Zeiger der Kirchturmuhr zeigte eine Minute vor eins. Ich flog zum Haus des Schusters. Wie viele Sekunden noch? Als ich mich an der Haustüre umdrehte, hörte ich im Abflug die Uhr eins schlagen.

12. Dezember

Mein Plan

Mit Herzrasen und eiskalten Füßen lag ich im Bett. Die nassen Wollsocken wollte ich morgen früh waschen und unauffällig auf die Heizung legen. Ein Paar andere Socken als die von Herrn Brahmeier anzuziehen, kam nicht in Frage. Nicht zu meinen nächtlichen Ausflügen.

Heute war Samstag. Wenn Anna wieder gesund wäre, würde sie mich besuchen – mit Übernachtung. Und dann käme sie mit in *mein* Dorf. Aber wenn die Magie bei ihr nicht funktionierte? Was dann? Dann wäre eine Nacht verloren. Und wie brachte ich Anna dazu, sich über das Haus mit der Nummer eins zu beugen?

Der Schriftzug auf dem Lebkuchenherz hörte nicht mehr auf zu leuchten. Ich sah ihn noch vor mir, als ich die Augen längst geschlossen hatte.

Am späten Vormittag rief Anna an.

„Hi, Lu!“

„Darfst du kommen?“

„Klar doch!“

„Du kannst auch in meinem Bett schlafen. Ich nehme die Besuchermatratze.“

„Welche Ehre!“

„Nur für dich!“

„Ich wäre allerdings auch so gekommen. Es geht mir nämlich wieder besser.“

Ich plante, schon früh Müdigkeit vorzutäuschen, um bald schlafen zu gehen. Dann hätte ich einen plausiblen Grund, Mitternacht aufzuwachen, Anna zu wecken und zu behaupten, ich sei gar nicht mehr müde. Der Wecker lag unter einem Kissen auf dem Gästebett bereit. Ich müsste dann nur noch Anna dazu bekommen, sich über das Haus mit der Nummer eins zu beugen, weil … irgendetwas würde mir schon einfallen.

Anna erzählte, dass sich ihre Mutter bei ihr angesteckt hätte. Das wäre richtig schlimm, weil sie jetzt nicht zu ihrer Putzstelle gehen könnte und sie ausgerechnet vor Weihnachten mit dem Geld furchtbar knapp wären.

„Wenn ich doch bald jobben könnte. Dann versuche ich, bei der Wochenzeitung was zu kriegen und hätte eigenes Geld."

Ich dachte an meinen Luxus und sagte nichts.

Mit dem Plan, früh ins Bett zu gehen, war Anna einverstanden. Allerdings stellte sie sich vor, noch stundenlang zu quatschen und ich sah keine Möglichkeit, sie zu stoppen. Irgendwann fragte ich, ob sie die Geschichte von Peter Schlemihl kenne.

„Noch nie gehört!"

Also erzählte ich alles, was ich von Herrn Brahmeiers Bericht wusste.

„Du machst auf Märchentante?"

„Wenn du meinst."

„Du bist meine gute Fee."

„Aber es gibt vielleicht auch heutzutage solche Stiefel."

„Na sicher doch."

„Wäre jedenfalls toll, oder?"

„Wenn es solche Stiefel zu kaufen gäbe – also ich wette, dann hättest du sie."

Es war mir oberpeinlich, was Anna da sagte. Ich wechselte das Thema. Wir spielten das „Alle tun's, keiner will"-Spiel, das wir uns schon zu Beginn unserer gemeinsamen Schulzeit ausgedacht hatten.

Ich fing an: „Alle rauchen, keiner will Lungenkrebs!"

Jetzt war Anna dran: „Alle fahren Auto, keiner will Stau!“ „Alle wollen rasen, keiner will platt gefahren werden!“

„Alle machen Krieg, keiner will sterben!“

„Alle wollen fressen, keiner will fett sein!“

Wir lachten uns schlapp.

„Alle machen Dreck, keiner will putzen!“, kam es jetzt von Anna.

Ich legte nach: „Alle machen Sex, keiner will ein Kind!“

„Jasper will alle – keiner will Jasper!“

An Schlaf war nicht zu denken. Unauffällig griff ich unter mein Kissen und drückte auf die Stopptaste des Weckers. Es war gleich zwölf. Wir löschten das Licht, als Anna einen schrillen Ton von sich gab.

„Seit wann können Lebkuchenherzen leuchten?“

„Das machen sie nur, wenn einem die große Liebe über den Weg läuft.“

„Und wann stellst du mir deinen Kerl vor?“

„Um Mitternacht!“

„Sonst noch was?“ Anna drehte sich um und machte Anstalten zu schlafen. Dabei hörte ich gerade ein erstes Flüstern. Mein Herz polterte los, als ich Anna fragte: „Hörst du was?“

„Außer deinem Gefasel über die große Liebe keinen Ton“, sagte sie pampig.

„Komm mal mit ans Fenster.“

Anna maulte, tat mir aber den Gefallen.

„Und jetzt?“

Ich biss mir in den Zeigefinger, dass es schmerzte.

„Guck mal, unser Winterdorf“, sagte ich.

„Kenne ich inzwischen.“

Ich war völlig hilflos. „Aber dran gerochen hast du noch nicht.“

Sie stieß mir in die Seite. „Sag mal, spinnst du eigentlich?“

„Es riecht lecker.“

„Okay, okay! Was du nicht sagst.“ Sie lachte mich aus. „Es riecht lecker“, machte sie mich im Tonfall nach.

„Riech mal an dem Haus mit der Nummer eins drauf.“

„Wenn’s unbedingt sein muss“, sagte sie gelangweilt.

Sie beugte sich über das Haus mit der Eins, immer tiefer und tiefer. Jetzt war sie mit der Nase dran.

„Ich riech nichts.“

„Echt nicht?“

„Echt nicht! Aber weißt du, was echt ist? Du spinnst in echt. Und nicht zu wenig.“

„Nicht so laut! Meine Eltern!“

Ich geriet in Panik. Warum geschah nichts? Warum konnte sie das Flüstern nicht hören? Und was dachte Kai, wenn ich nicht kam? Verdammter Mist!

„Ich bin todmüde. Lass uns sofort schlafen“, sagte ich streng.

„Zu Befehl!“ Anna salutierte, legte sich brav in mein Bett und faltete die Hände. „Wer von uns betet?“

„Amen!“

„Gute Nacht.“

„Bis morgen dann.“

Anna seufzte. „So ein Herz mit Neonschrift hätte ich wohl auch gerne.“

„Ist aber nur Zuckerguss.“

„Spinner!“

„Selber!“ Ich war aufgewühlt bis in die Haarspitzen.

Anna wälzte sich im Bett hin und her. Und dabei lief die Zeit davon. Ich war so was von sauer.

Endlich ging ihr Atem ruhig und regelmäßig. Leise griff ich durch die Lücke in der Bettschublade und angelte nach den Wollsocken, die ich nach dem Trocknen wieder an diesen Platz gelegt hatte. Wo war mein Pullover? Vergessen! So ein Mist! Heute war echt nicht mein Tag. Ach nein – meine Nacht, musste es ja heißen. Vorsichtig nahm ich meine Jeans und das Sweatshirt vom Stuhl. Der Pullover wäre wärmer gewesen, aber jetzt musste ich los. Ein Blick auf meinen Wecker zeigte kurz nach halb eins. Ich atmete tief durch, schlich zur Fensterbank, beugte mich über das Haus mit der Nummer eins und stieß mich ab. Das vertraute magnetische Ziehen und der rasche Überschlag stoppten meine Gedanken. Herr Brahmeier nahm mich in Empfang.

„Na? Ist dir was dazwischen gekommen?"

„Ja! So 'n Mist", schimpfte ich.

„Ich dachte mir schon so was."

„Eigentlich wollte ich meine Freundin mitbringen."

„Ach wirklich? Deine Freundin?"

„Sie hat aber kein Flüstern gehört. Und magnetisch angezogen worden ist sie auch nicht."

„Hm!" Herr Brahmeier kratzte sich am Kopf.

„Dabei war sie mit der Nase an Ihrem Haus."

„Soso. War sie das?" Er zog seine buschigen Augenbrauen hoch.

„Nichts ist passiert."

Er blickte mich über die Brillenränder hinweg an. „Das gibt's, Mädchen."

„Sie liegt jetzt in meinem Bett und schläft hoffentlich ruhig weiter – sonst weiß ich auch nicht …"

„Deine Freundin hat's halt nicht mit so einem Dorf

wie unserm. Mach dir mal nichts draus.“ Herr Brahmeier strich mir übers Haar. „Vom Kai soll ich dir sagen, falls du noch kommst – also er ist in der *Schrägen Acht*. Im Kosmos.“

„Ich bin mit der Zeit total knapp.“

„Halbe Stunde ist mehr als gar nichts.“

„Ich beeil mich“, sagte ich schnell.

„Du musst was überziehen.“

„Ich habe nichts mit.“

„Ist heute Nacht sehr kalt. Hier – nimm den Pullover und den Schal.“

Wie in der ersten Nacht hing der Pullover wie ein schweres Minikleid an meinem Körper. Ich wickelte mir den Schal um Kopf und Hals und schnellte hinaus.

Ein schneidender Wind fegte über den Platz. Auf der Eisbahn war niemand. Kein Wunder bei der Kälte. Ich zwang mich, gegen den Wind zu rennen, bis ich vor dem Haus mit der *schrägen Acht* stand. Es war brechend voll. Ich bahnte mir einen Weg durch die Massen. Kein Kai zu sehen. Drei Köpfe weiter winkte mir jemand und ich hörte meinen Namen.

„Lu! Wir haben dich schon vermisst.“ Das war Peer. Sonja und Wibke standen neben ihm.

„Ich muss gleich wieder weg.“ Ich versuchte, mich an den Leuten vorbeizudrängeln. Plötzlich sah ich im Getümmel eine Frau mit dunkelroten Haaren und einem großen eisblauen Tuch um die Schultern. Das gab’s ja nicht! Andrea! Oder doch nicht? Ich stellte mich auf Zehenspitzen. Das war bestimmt eine optische Täuschung. Wie sollte Andrea in mein Adventdorf gelangen? Aber die Frau sah aus wie Andrea. Rufen zwecklos. Sie stand zu weit weg. Wenigstens schaffte ich es bis zu Peer, Sonja und Wibke.

„Wenn ihr Kai seht, dann sagt ihm, dass ich heute nicht früher kommen konnte.“

„Kein Problem“, meinte Peer.

„Der steht wahrscheinlich weiter da hinten oder in der oberen Etage“, sagte Sonja.

„Wie viel Uhr ist es?“

Weder Peer noch die beiden Mädchen hatten eine Uhr um. Also wandte ich mich zum Gehen. „Ich hab nicht mehr viel Zeit.“

„Ach, Lu. Nicht traurig sein! Morgen ist auch noch ne Nacht.“ Der Trost kam von Wibke.

„Könnt ihr mir einen Gefallen tun?“

„Was gibt's denn?“ fragte Sonja.

„Da hinten ist eine Frau mit langen roten Haaren und einem blauen Tuch.“

„Meinst du die Große neben dem Riesen?“ Wibke reckte ihren Hals.

„Ja! Fragt sie bitte, ob sie Andrea heißt.“

„Machen wir.“

„Und falls ja, richtet ihr aus, dass ich morgen wieder hierher komme.“

„Kein Problem“, sagte Peer.

„Wenn es Andrea ist, dann handelt es sich nämlich um meine Patentante.“

„Das gibt's ja wohl nicht.“

„Vielleicht doch. Tschüss! Ich muss weg.“

Ich drängelte mich zurück, hinaus aus dem Gasthof. Die Kirchturmuhr zeigte vier Minuten vor eins. Die entliehenen Sachen abgeworfen, durch den Hausflur zur anderen Tür gehechtet – und ab!

Oh, wie ich mich ärgerte. Über mich selber. Eine vertane Mitternacht! Was hatte Kai bei unserem ersten Treffen gesagt? Das Dorf ist so, wie es sich derjenige wünscht, der hin findet. Annas Wünsche sahen halt anders aus als meine. Sie passte also gar nicht in das Dorf. Oder war es mir im Grunde gar nicht recht, dass sie mein Geheimnis teilte? Und damit auch das Geheimnis, dass ich und Kai …? Was sollte ich eigentlich mit Anna im Schlepptau? Warum kam mir dieser Gedanke erst jetzt?

13. Dezember

Die Schräge Acht

Anna schlief. Was wäre passiert, wenn ich vor ihren Augen wie ein Dämon aus dem Nichts auf der Gästematratze gelandet wäre? Schock! Dann hätte jetzt eine Leiche in meinem Zimmer gelegen. Anna – gestorben am Schreck!

Es war und blieb *mein* Dorf – ein mir immer stärker vertrauter Ort, der nur für mich da war. Nein, das stimmte jetzt auch nicht mehr. Jedenfalls nicht, wenn die rothaarige Frau wirklich Andrea war. Mir fiel der Brief ein. Stand dort nicht, wir sähen uns bald? Und Andreas Beantrufer, nee, Anrufbeantworter – meine Güte, war ich durcheinander – hatte doch etwas von einer *schrägen Acht* gesagt. Genau! Das war's. Wer die *schräge Acht* liebt, sollte Acht geben, dass er mich nicht verpasst. Morgen wollte ich noch einmal bei Andrea anrufen und die Blechmarie abhören. Wenn es sich wirklich um Andrea handelte, was machte die in *meinem* Dorf? Andererseits war ich nicht die einzige, die das Dorf bis ein Uhr verlassen musste. Also, warum hätte Andrea nicht auch dort sein sollen?

Am nächsten Morgen kam es mir vor, als hätte ich überhaupt nicht geschlafen. Anna quatschte drauf los und schlug vor, ein bisschen fernzusehen. „Sonntags versammeln wir uns immer vor der Glotze und da frühstücken wir dann bis mittags. Ist voll gemütlich."

„So was ist bei uns nicht üblich."

„Was macht ihr denn so am Wochenende?"

„Sonntag ist so ziemlich der einzige Tag, an dem wir zusammen frühstücken."

„Auch gut!“

„So richtig am Tisch mit frischen Brötchen und allem Drum und Dran.“

Anschließend gingen die Eltern immer ins Fitnessstudio und meistens noch in die Sauna.

Mir war es irgendwie peinlich, mit Anna und meinen Eltern am Frühstückstisch zu sitzen. Wenn Anna gleich in ihrer Art losredete …

Aber Anna war bald zu sehr mit Kauen beschäftigt und konzentrierte sich darauf, was sie auf die nächste Brötchenhälfte drauflegen würde. So eine Auswahl an Aufschnitt und Marmeladen war sie nicht gewohnt. Das wusste ich natürlich. Ich bildete mir ein, dass meine Eltern Anna kritisch beäugten. Sie hing ziemlich krumm auf dem Stuhl und schob sich ein Brötchen nach dem anderen in den Mund. Hoffentlich war das Frühstück bald vorbei.

Der Sonntag war irgendwie voll öde, bis Anna die Idee hatte, Plätzchen zu backen. Wir kneteten Teigberge, stachen Monde, Stiefel, Herzen und Elche aus. Auf die abgekühlten Plätzchen pinselten wir Schokolade. Heute Nacht wollte ich eine Dose voll mitnehmen. Endlich könnte ich auch einmal etwas anbieten. Anna zählte genau ab, dass jeder seinen gerechten Anteil bekam und machte sich auf den Heimweg.

Nein, ich war nicht enttäuscht, dass sie keinen Zugang zu dem geheimen Dorf fand. Es gehörte mir – mir allein! Ein unbekanntes Gefühl nahm von mir Besitz, breitete sich in mir aus, dass mir ganz warm wurde. Auch musste ich mich automatisch … irgendwie gerade machen, so, als wäre ich gewachsen. Keine andere meiner Freundinnen erlebte, was ich erlebte. War ich eine – ich suchte nach dem passenden Wort – Auserkorene?

Da klingelte es mitten in meine Selbstgespräche hinein. Mein Vater öffnete. „Dass du meinen Vorschlag so schnell in die Tat umgesetzt hast …“

Onkel Arno! Ich klemmte meine Plätzchendosen unter den Arm, machte, dass ich die Treppe hinaufkam und verschwand in meinem Zimmer. Auf meinen Schreibtisch türmte ich Schulbücher und Hefte, falls jemand von meinen Eltern auf die Idee käme, ich solle mich um den Besuch kümmern. Da ging auch schon mein Zimmertelefon.

„Ich muss noch Mathe machen“, sagte ich und legte gleich wieder auf. Tatsächlich schob ich meinen Drehstuhl vor die Fensterbank und sah wie gebannt auf mein Dörfchen. *Noch sieben Stunden, dann bin ich dabei,* flüsterte ich und malte mir aus, wie ich und Kai … Da wurde plötzlich meine Zimmertüre geöffnet. Onkel Arno!

„Tag, mein Kindchen. Sag bloß …“ Wie angewurzelt blieb er stehen, starrte auf die Fensterbank. „Ist nicht möglich!“

Warum schnappte er so komisch nach Luft? Wegen der paar Treppenstufen? Warum zum Teufel hatte mir niemand beigebracht, wie man einen ungebetenen Gast aus seinem Zimmer jagte?

Ich rang um Konzentration. „Ist mein Winterdorf. Eine spezielle Art Adventskalender. Ist übrigens ein Geschenk von Andrea.“ Irgendetwas musste ich ja sagen.

„Von Andrea“, echote er blöde mit seiner hellen Stimme und baute sich massig neben mir auf.

„Nicht anfassen“, schrie ich, als Pfannkuchen Anstalten machte, nach einem der kunstvollen Häuschen zu grabschen. „Es darf nichts berührt werden“, befahl ich.

„Kindchen! Als ob ich was kaputt machen würde. Und von dir schon mal gar nicht“, schleimte er.

„Trotzdem!“

„Lu! Was schreist du so herum?“ Mein Vater stand nun ebenfalls vor meiner Fensterbank. „Onkel Arno wollte dich doch nur begrüßen.“

„Lass uns wieder runtergehen, Stefan. Lu, tut mir so leid, dass ich dich bei den Hausaufgaben gestört hab. Hier …“ Er kramte in seiner Hosentasche, „Bestimmt hast du einen Wunsch. Schöne Weihnachten.“ Er drückte mir 50 Euro in die Hand. „Und bis bald, meine Kleine.“

Ich hatte das Gefühl, auf seinen Worten auszurutschen. Das Geld stopfte ich lieblos in meine Schultasche. Hoffentlich war meine Unhöflichkeit stark genug gewesen, dass er mich in Zukunft in Ruhe ließ.

Welch eine ungeheure Fehleinschätzung …

Der Abend kam – und dann die Nacht.

Mein Herz pochte wild, der Wecker war gestellt, die Plätzchendose mit meinem dicken Schal bruchsicher im Rucksack verstaut. Bewegungslos wartete ich vor meiner Fensterbank auf die Mitternacht.

Kai saß in Herrn Brahmeiers Werkstatt. „Im Kosmos wartet jemand auf dich.“ Er streckte mir seine Hände entgegen.

„Tatsächlich?“ Sein Händedruck war fest.

„Soll ich dir von Wibke sagen.“

Hand in Hand machten wir uns auf den Weg. Ich erzählte in Kurzform, weshalb ich am Vorabend nicht zu gewohnter Zeit hatte erscheinen können.

Kai lächelte mich an. „Deine Freundin ist halt ein anderer Typ als du.“

Wie schön ich sein Gesicht fand. „Du hast Recht. Das ist sie wirklich.“

„Schon oft wollte jemand einen Freund mitbringen und es hat nicht geklappt.“ Und dann sagte er noch: „Zu Hause hast du deine Anna. Und hier hast du mich.“ Wie um den Satz zu besiegeln, beugte er sich über mich - und dann sein Kuss. Wie gut, dass er mich dabei festhielt – so konnte ich wenigstens nicht umfallen.

Als er mich anschließend ansah, überkam mich plötzlich ein Gefühl, als wäre mein Zuhause nicht bei Anna und auch nicht bei meinen Eltern – nein, es war hier.

Erst Stunden später holte ich wieder Luft.

Wir standen vor dem *Kosmos*. Wie gestern war es rappelvoll.

„Hilf mir bitte, nach einer rothaarigen Frau zu suchen."

„Meinst du die da hinten?"

„Ich kann nicht über die Köpfe rübergucken."

„Zwerg!"

„Beschreib mal! Hat sie ein Tuch um den Hals?"

Kai zwängte sich hinter mich, schlang seine Arme um meinen Bauch und hob mich hoch. Herzstillstand!

„Das ist sie." Warum hatte ich das bloß so rasch gesagt?

Auch von weitem fiel Andrea mit ihrem eisblauen Riesenschal und den roten Haaren auf.

„Auf ins Getümmel!" Kai ließ mich abrupt los, schnappte mich auf – Infarktgefahr – und zog mich hinter sich her.

„Lu!" Andrea breitete die Arme aus. „Ich wusste, dass du herfinden würdest."

Ich fiel ihr um den Hals. Mit einem Blick auf Kai sagte sie: „Kommt! Wir drei suchen uns ein freies Plätzchen."

Das war allerdings nicht so einfach. Als wir uns nach einem Tisch umschauten, wurde Andrea von einem Mann angesprochen. „Hallo! Schön, dass du wieder vorbeischaust. Setz dich zu uns!" An dem Tisch wurde zusammengerückt.

Die Fragestunde konnte beginnen.

„Wieso hast du geahnt, dass ich komme? Kanntest du dieses Dorf schon vorher?“

„Ich habe mein Adventdorf schon im letzten Jahr gebastelt. Bin also das zweite Jahr hier, mein Schatz.“

„Bist du ganz hier abgetaucht? Ich muss ja immer nach einer Stunde wieder weg.“

„Bin abgetaucht. Ganz und gar.“ Sie grinste.

„Hast du nicht eine geniale Idee auf Lager, wie ich es schaffen kann, auch einen ganzen Tag hier zu sein?“

„Ja, bitte!“, warf Kai ein.

„Wenigstens ein einziges Mal? Heimlich, meine ich.“ Mein Flehen war mir noch nicht einmal peinlich.

„Natürlich heimlich.“ Sie gackerte los. „Stell dir mal vor, du sagst zu meinem Bruder: Um Mitternacht kugel ich durch den Kosmos zu deinem lieben Schwesterlein und mach's wie – äh – na, egal …“ Sie wurde mit einem Mal ernst. „Ich werde mir was einfallen lassen.“

„Ich habe mich noch gar nicht bei dir für das Päckchen bedanken können.“

„Bitte!“

„Aber ich habe dich angerufen und deine Nachricht gehört. Zuerst habe ich nichts begriffen.“

„Das habe ich einkalkuliert.“

„Jetzt ist natürlich alles klar. Das mit der *schrägen Acht* und so.“

„Ich musste ja die Nachricht an dich verschlüsseln. Ich konnte doch nicht sagen, dass ich in deinem Winterdorf, was du ja erst noch basteln musstest, in einer Kneipe mit einer *schrägen Acht* auf dich warte“, lachte Andrea wieder.

Peer kam mit Sonja im Schlepptau. „Hallo Lu! Heute

wieder pünktlich?“

„Zum Glück!“ Ich packte die Dose mit den Plätzchen aus. „Bedient euch! Habe ich mit meiner Freundin gebacken.“

„Perfekt wäre noch Glühpunsch“, meinte Kai und drängelte sich in Richtung Theke. Als die dampfenden Becher auf dem Tisch standen und wir eng wie die Ölsardinen nebeneinander saßen, wurde es mir derart warm, dass ich meinen dicken Pullover auszog. Erst später wurde mir bewusst, dass ich in meinem Schlafanzugoberteil am Tisch saß. Was soll's, dachte ich nur.

Der Mann, der vorhin Andrea angesprochen hatte, schien diese recht gut zu kennen. „Wie ich dir neulich schon gesagt habe: Du musst noch mal in diese Weihnachtsstadt oben in Finnland“, schlug er vor.

„Ja. Vielleicht hast du recht“, sagte Andrea.

Ich wusste nicht, worum es ging und wandte mich meinen Freunden zu. Die wollten ganz genau wissen, was ich mit meiner Freundin angestellt hatte, damit sie ebenfalls hier landete.

„Es ist nichts passiert, überhaupt nichts. Obwohl sie mit der Nase an dem Haus mit der Nummer eins war. Es war zum Verrücktwerden.“

„Du bist nicht die Erste, der das nicht gelingt“, sagte jetzt auch Peer.

Die Plätzchen futterten wir auf.

„Komm morgen wieder her“, sagte Andrea zum Abschied. „Erstens wird mir was einfallen, damit du mal einen Tag bleiben kannst. Zweitens ähm …“

„Zweitens?“

„Zweitens kannst du mir vielleicht helfen.“

„Wobei?“

„Das verrate ich dir morgen.“

„Versprochen?“
„Versprochen! Du musst jetzt gehen, Liebes.“
Damit hatte Andrea leider Recht.

14. Dezember

Weihnachtseinkäufe

Andrea hatte versprochen, darüber nachzudenken, wie ich in den Genuss eines ganzen Tages in *unserem* Dorf käme. Juchhu! Andrea war bekannt für ihre guten Ideen.

Hatte sie mich wirklich um Hilfe gebeten? Krass! Die geniale Andrea – und ich durfte ihr helfen.

Doch zuerst hatte ich ein ganz eigenes Problem. Noch zehn Tage bis Heiligabend und ich besaß kein einziges Geschenk.

Am Nachmittag ging ich mit Anna, Nadine, Sofia und Lisa auf den Weihnachtsmarkt. Es hörte nicht auf zu nieseln. Echt schrecklich hier! Wie alle drängelten wir uns um die Buden. Ich erstand exotische Senfsorten und wahnsinnsleckere Bonbons, duftende Bienenwachskerzen und für Andrea etwas ganz Besonderes: ein Seidentuch, auf das ein wunderbares Dorf gemalt war – fast wie *unseres*.

Was passte zu Kai? Schon der Gedanke an ihn warf mein Herz aus der Bahn. Inzwischen nichts Neues mehr bei mir. Kai war ein guter Zuhörer. Ob er auch gerne las? Da fiel mein Blick auf einen Stand mit Ausschneidebögen: Eisbären, Affen, Nashörner, die sich in fertig montiertem Zustand wie Hampelmänner benahmen. Dort gab es eine Schlittschuhläuferin, an deren Rückseite ein kleines Laufrad befestigt war. Sie rollte aufrecht über das gespannte Seil, so, als würde sie in graziler Haltung dahinschweben. Ich dachte an die fantastische Nacht, als wir auf dem Marktplatz Eislaufen gewesen waren. Die

Papier-Eisläuferin war auch blond und hatte einen Pferdeschwanz.

Ich gab richtig viel Geld aus. War mir irgendwie peinlich, weil Anna bei jeder Verkaufsbude erst in Entzücken ausbrach und dann sagte: „Das ist ja wohl so was von teuer." Am liebsten hätte ich ihr einen Geldschein in die Hand gedrückt. Aber dann wäre Anna beleidigt gewesen. Sie knutschte gerade einen süßen Knuddelelch und legte ihn wieder hin.

„Wenn das hier jeder täte", maulte die Verkäuferin.

Während die anderen weiterschlenderten, blieb ich unauffällig zurück. Ich kaufte den kleinen, weichen Elch und stopfte ihn zuunterst in meinen Rucksack. Die Frau hinter der Elchtheke war wieder versöhnt.

Onkel Arnos Fünfziger hatte von meiner Schultasche in meine Winterjacke gewechselt. Jetzt suchte ich nach einer Gelegenheit. „Anna, wollen wir was Heißes trinken?"

„Kein Geld."

„Lass mal sehen, was hier der Glühpunsch kostet. Gibt's bestimmt ohne Alk." Ich hakte Anna ein. Jetzt! Annas Blick ging auf die Preistafel, ich ließ den Fuffi fallen und gleich darauf meinen Hausschlüssel. Anna guckte sofort nach unten – meine Rechnung ging auf.

„Ich glaub's nicht", sagte Anna mindestens zehnmal und bezahlte den Glühpunsch. Für alle fünf. „Wäre dein Schlüssel nicht hingefallen, dann wären wir einfach weitergegangen."

„Du bist eben ein Glückspilz", sagte ich.

Warum ich so erleichtert war, Onkel Arnos Gabe los zu sein, hätte ich nicht erklären können.

Zu Hause erwartete mich eine böse Überraschung.

„Wir fahren am Wochenende zu Oma und Opa."

„Nein!“

„Wie bitte?“ Meine Mutter klang sauer.

„Ich komme nicht mit.“

„Natürlich kommst du mit“, stellte meine Mutter klar. „Du motzt sonst oft genug herum, dass wir so selten dorthin fahren.“

„Dieses Mal will ich aber nicht mit. Wir waren doch neulich erst bei der Depri-Oma. Ich hab echt genug von Verwandtschaft.“

„Opa will Erbschaftsangelegenheiten besprechen. Also eine wichtige Sache.“

„Da könnt ihr ohne mich fahren.“

„Ende der Debatte!“

„Ich bin aber verabredet.“ Ich biss mir auf die Zunge.

„Soso! Mit wem, wenn ich fragen darf?“

„Mit – Andrea!“

„Als ob die freiwillig herkäme.“

„Und wenn doch?“

„Ob das deinem Vater recht ist?“

„Andrea ist meine Patentante.“ Ich drehte mich um und stampfte in mein Zimmer. Vor Ärger begann ich zu zittern.

Als ich die Geschenke vom Weihnachtsmarkt im Kleiderschrank versteckte, fiel mein Blick auf das Lebkuchenherz. *Liebe ist* ... Mich beschlich eine Ahnung, was Andreas Problem sein könnte. So viel ich wusste, bedeutete *kosmisch* in etwa „nicht von dieser Welt“. Was hatte Andrea in der *Schrägen Acht*, die ja Kosmos hieß, gesagt? Sie besuche bereits im zweiten Jahr das Adventdorf. Wieder sah ich auf das Lebkuchenherz und dann auf die Fensterbank. Das Dorf strahlte mich lieb an – das war es. Liebe – nicht von dieser Welt. Dann wäre es doch möglich, dass ...

Meinen Ärger hatte ich vergessen, den angedrohten Besuch auch. Ich schaute noch kurz im Wohnzimmer vorbei.

„Morgen fällt die erste Stunde aus. Also nicht wecken!“

In dem guten Gefühl, alles geregelt zu haben, ging ich auf mein Zimmer.

Seit drei Tagen wachte ich von alleine auf: pünktlich um zehn vor zwölf. Mein Absprung war mittlerweile wettkampfverdächtig. Ich landete nie mehr auf Hintern oder Knien.

Kai und ich schlenderten zum Kosmos. Auch heute war es dort brechend voll. Andrea fanden wir im Obergeschoss, wo sie uns zuwinkte.

„Schön, dass ihr da seid. Lu, wie schaffst du es denn, Nacht für Nacht unbemerkt abzuhauen?“

Ich erzählte, wie ich mein Zimmer mit der Gästematratze präpariert hatte, um die nächtliche Rückkehr zu dämpfen, und dass ich beim ersten Mal im Schlafanzug in dem Haus mit der Nummer eins gelandet sei. Überhaupt sprudelte der ganze Hergang und seine Entwicklung nur so aus mir heraus. Wie gut es tat, endlich einmal jemandem die Geschichte zu erzählen.

„Bei mir war es im vorigen Jahr ähnlich“, berichtete Andrea. „Ich habe mir die Bastelbögen für mein Adventdorf von Lars Carlsson – so heißt der Künstler – auf einer Reise im November gekauft.“

„Wo warst du denn?“

„In Rovaniemi.“

„In wo?“

„In einer Weihnachtsstadt in Finnland. Sie heißt Rovaniemi.“

„Was hat dich denn dahin getrieben?“

„Seit meinem zehnten Lebensjahr suche ich … Also, ich habe ein Faible für den Norden."

„So lange schon?"

„Ähm, ja, genau!"

„Davon hast du nie was erzählt."

„Na ja", sagte Andrea und stützte das Kinn in die Hand.

Nach einer kurzen Pause sagte ich: „Da fällt mir was ein. Ich habe neulich bei Oma dein Kinderalbum angeguckt."

„Das Fotoalbum etwa?"

„Ja, das rote. Du hattest ja wohl einen süßen kleinen Freund. Aber ich glaube, als du zehn warst, war er schon weggezogen."

Andrea starrte mich einen Moment an. Dann sagte sie: „Der ganze Ort ist ein Weihnachtsmarkt."

„Welcher Ort?"

„Rovaniemi!"

„Ach so!"

„Da war ich auch schon ein paar Mal", sagte Kai.

„Du musst gar nicht immer in diesem Dorf bleiben?" Wie laut ich das sagte.

„Nein! Alle Adventdörfer sind für uns problemlos zu erreichen."

Wäre ich auf der Bank nicht so fest gequetscht gewesen, hätte ich jetzt abgehoben. Eine einsame Flugreise gen Norden blitzte durch mein Gehirn – im Sommer – zu dem Winterjungen. *Meinem* Winterjungen!

„Nur in euren normalen Alltag passen wir nicht."

„Ach so!", sagte ich nur.

Jetzt berichtete Andrea, dass sie sich in Rovaniemi an einem Stand mit Papierwaren in ein Winterdorf verguckt hätte. „Und stellt euch vor: Der nette Verkäufer hat es mir geschenkt. Einfach so!“

„Und weiter?“

„Am zweiten Dezember war mein Rückflug und am dritten habe ich den ganzen Tag gebastelt. Übrigens bis spät in die Nacht. Prost.“ Sie hob das Glas mit dem Glühpunsch und wir stießen alle zusammen an. „Der Mann, der mir das Dorf schenkte, meinte, ich solle mich beeilen. Es wäre etwas Besonderes. Und dann hat er merkwürdig gelacht.“

„Und wie hast du herausgefunden, dass es besonders war?“

„Ich habe um Mitternacht Geflüster gehört und dachte sofort an …“ Kurze Pause. „Dachte zuerst, ich hätte zu viel getrunken.“

Allgemeines Gelächter am Tisch.

„Mir wurde aber schnell klar, dass es aus meinem niedlichen Papierdörfchen kam.“

„So schnell hast du das geschnallt?“ Die Frage konnte ich mir nicht verkneifen.

„War mein heller Tag. Ach nein! Meine helle Nacht.“

„Yeah!“, machte ein Mann an unserem Tisch.

„Und dann bist du ganz nah an dein Dorf heran …“

„Genau! Und weil es ja Nacht war und ich zu der Spezies der Nacktschläfer gehöre …“

Allgemeines Gekicher.

„… stand ich genau in diesem Zustand im Treppenhaus der Nummer neun.“

Der Tisch tobte vor Lachen.

„Darauf sollten wir gleich noch mal anstoßen“, meinte der Mann mit dem „Yeah“, ein ultrabreites Grinsen quer durchs Gesicht. Sofort fiel mir wieder das Honigkuchenpferd ein.

Als hätten wir uns abgesprochen, trank jeder sein Glas leer.

„Ich besorg jetzt mal was Anständiges“, sagte der Mann. „Und was fürs Jungvolk.“ Weg war er.

Andrea berichtete, dass sie frierend durch das Haus geschlichen sei, und nach einigem Umherirren wäre sie über eine Schwelle im Boden gestolpert. Ein Mann, den sie vorher nicht bemerkt hatte, habe sie so, wie sie war, aufgeschnappt.

„Und was weiter?“ Ich konnte mich vor Lachen kaum halten.

„Es war der Bastelbogenverkäufer.“

Sie erzählte plötzlich nicht weiter.

„Du hast dich in ihn verliebt“, stellte ich leise fest.

„Ja!“

Inzwischen kam der Mann von vorhin mit einem Tablett voller Getränke zurück.

„Ist ein bisschen übergeschwappt. War nicht so einfach, durch die ganzen Leute zu jonglieren.“

Für sich und Andrea hatte er Bowle mit Früchten besorgt, für Kai und mich Gläser mit etwas Grünem. „Kiwi-Limone! Importware”, sagte er lächelnd. Es schmeckte erfrischend – bei der Hitze hier drin genau das Richtige.

„Was war, als der Mann dich auffing?“

„Er sagte, dass zwar noch nicht Weihnachten sei, dass er aber schon vorher Geschenke annähme. Auf jeden Fall solche wie jetzt.“

„Hab ich vollstes Verständnis für“, sagte der Mann mit den Getränken.

Wir lachten uns schlapp.

„Und dann?“ Ich konnte von dieser verrückten Geschichte nicht genug bekommen.

„Dann hat er gefragt, warum ich keine Schleife um

den Bauch hätte, wo ich mich doch so großzügig verschenken würde."

Ich malte mir aus, was der Mann mit seinem verfrühten Weihnachtsgeschenk angefangen hatte. Kai wahrscheinlich ebenfalls. So, wie der vor sich hin grinste …

„Wo ist er jetzt?" Ich sah Andrea an.

„Wenn ich das nur wüsste." Sie klang sehr traurig. „Wir hatten eine wunderschöne Zeit im letzten Jahr. Er hielt sich in diesem Dorf auf, um jemanden zu besuchen. Daher wohnte er nur vorübergehend in dem Haus, in dem ich ihn kennen lernte. So wie du jetzt war ich jede Nacht hier."

„Da kommt keiner von weg", stellte der Getränkemann fest.

„Manchmal bin ich auch den Tag dazwischen geblieben – am Wochenende auch mehrere Tage. Aber nach dem sechsten Januar kam ich nicht mehr hin zu *meinem* Dorf."

„Wieso denn nicht?" Ich erschrak. Frau Sawinskys Satz schoss mir durch den Kopf.

„Die Anziehung funktionierte in der darauf folgenden Nacht nicht mehr."

„Nicht?", rief ich atemlos.

„Nein. Es war vorbei."

„Nach Heilige Drei Könige wird alles, was mit Weihnachten zu tun hat, weggeräumt", betete ich leise die Worte von Frau Sawinsky herunter. Ich hatte den Satz kaum ausgesprochen – da schlug die Kirchturmuhr eins …

15. Dezember

Ein Mega-Problem

Herzstillstand! Dann ein Sprung durch den Kosmos.

„Lu! Es ist zwecklos. Bleib stehen!“ Kai hinter mir!

Aber ich rannte los und Kai neben mir her. Fast hätte ich eine alte Frau umgerannt. Selbst schuld! Warum musste die ausgerechnet jetzt hier entlang gehen? Ich warf die Tür der Nummer eins auf – peng – gegen die Wand!

Da hockte Herr Brahmeier in der Werkstatt und trank ein Bier. Seelenruhig!

„Du hast’s verpasst“, sagte er, als wäre es das Normalste der Welt.

„Nein!“ Ich flog zur anderen Tür, drehte mich um. Nichts geschah. Ich stieß mich ab. Noch mal. Und noch mal. Nichts! Tränen schossen aus meinen Augen. Kai nahm mich in den Arm.

„Du musst bleiben.“

Seine Stimme war so sanft. Ich vergrub mein Gesicht in seinen Troyer. Meine Tränen stoppten augenblicklich. Tief holte ich Luft – als würde ich ihn in mich einsaugen.

„Wein ruhig noch ein bisschen“, sagte Kai leise in mein Ohr. „Mein Pullover ist aus dicker Wolle. Die saugt alles auf“, gluckste er. „Ist ein Erbstück von meinem Großvater“, wisperte er auch noch, während er zärtlich an meinem Ohr knabberte.

Da kam Andrea durch die Tür der Werkstatt gehetzt.

„Lu, mein Liebes. Komm her!“ Kai gab mich frei, und nun lag ich in Andreas Armen. Im Moment kein so guter Tausch, durchfuhr es mich.

„Es ist meine Schuld“, sagte sie leise. „Ich habe nicht an die Zeit gedacht, weil ich ja momentan hier im Dorf wohne.“ Sie wiegte mich hin und her. „Mein Armes! Aber irgendwie übersteht man fast alles.“

„Bestimmt“, murmelte ich und fühlte mich zusammenfallen wie Spinat, wenn man ihn kocht.

„Komm! Wir denken jetzt mal alle zusammen nach.“

Herr Brahmeier sagte, dass das wohl ein passender Zeitpunkt für Kakao mit Sahne und einem guten Schuss Rum wäre und begab sich in die Küche.

„Schön daran ist, dass du morgen den ganzen Tag hier bist.“ Kai deutete ein Lächeln an. Ich war noch nicht so weit, ein „Juchhu“ loszulassen. Aber tief in meinem Inneren fühlte ich, dass in Anbetracht der Aussicht, einen kompletten Tag hier zu verbringen, kein Preis zu hoch war.

„Alle Mann in die Küche!“, rief Herr Brahmeier. Und dann saßen wir um den Küchentisch und der Schuster setzte jedem das heiße Getränk vor.

„Es ist keiner gestorben“, stellte er fest, goss sorgfältig jedem einen gleich bemessenen Schuss Rum auf den Kakao und reichte die Sahne herum.

„Keine Einwände“, sagte Kai.

„Alles regelt sich meist irgendwie.“ So weit Andreas Kommentar.

Mir aber schwirrte der Kopf – eine solch plötzliche Wendung war einfach zu viel für mich.

„Trink mal ein Schlückchen. Wird schon!“ Der Rum in meinem Kakao sollte bestimmt medizinischen Zwecken dienen: Je mehr, desto beruhigender. Mir war im Moment alles Recht.

„Wann fällt denn auf, dass du nicht da bist?“, fragte

Kai und drückte meine Hand. Ich sortierte meine Gedanken. Morgen früh verließen meine Eltern das Haus, ohne nach mir zu sehen, weil ich die erste Stunde frei hatte. Mittags würde Frau Sawinsky kommen und die wäre die erste, die sich wunderte, wenn ich nicht nach Hause käme. Bestimmt würde sie in der Schule anrufen und dann erfahren, dass ich nicht dort war. Und dann begann der Stress. Die Eltern würden benachrichtigt, die Polizei ebenfalls, und vermutlich würde eine Fahndung eingeleitet. Gesucht wird ein vierzehn Jahre altes blondes Mädchen mit Pferdeschwanz und grünen Augen; schlank bis dünn und sehr blass. Hübsch – durchfuhr es mich. Ob sie auch „hübsch" in die Anzeige schreiben würden? Größe: etwa ein Meter achtundsechzig. Kleidung: Da fiel mir ein, dass ja keiner wissen konnte, in welchem Aufzug ich jede Nacht verschwand. Auf Schlafanzug mit Jeans und dickem, altmodischem Wollpullover käme wahrscheinlich niemand. Aber wozu auch! Hier in das Adventdorf konnte ja sowieso keiner. All diese Geistesfetzen spuckte ich in aller Ungeordnetheit aus.

„Kann ich nicht wenigstens zu Hause anrufen?"

„Wir sind nicht an euer Netz angeschlossen. Sonst wäre es hier nicht so, wie es ist", erklärte Herr Brahmeier – wie immer die Ruhe selbst.

„Du kehrst morgen gleich um Mitternacht nach Hause zurück und sagst, ich hätte dich von der Schule abgeholt und wir wären zuerst auf den Weihnachtsmarkt und dann in den Spätfilm gegangen."

„Äh, wie?", stotterte ich.

„Von mir wird eh nichts Gutes erwartet. Und ist der Ruf erst ruiniert, lebt es sich ganz ungeniert."

„Aber du wohnst doch in Berlin. Wie willst du mich denn abgeholt haben?"

„Vergiss nicht: Ich bin der Mega-Sponti. Da leg ich Wert drauf."

„Das Schlimmste ist doch, dass meine Eltern sich so schreckliche Sorgen um mich machen werden. Die denken, ich bin mindestens entführt worden."

„Wann kommen denn deine Eltern von der Arbeit?", wollte Kai wissen.

„Wofür ist das wichtig?"

„Erst ab dann machen sie sich ja Sorgen. Es sei denn, eure Haushälterin macht schon vorher den Aufstand."

„Ich fürchte, wir müssen es darauf ankommen lassen", sagte Andrea. „Wir trinken jetzt unseren Kakao aus und dann kommst du mit zu mir."

Ich nickte langsam.

„Ich habe ein Zimmer in dem Haus mit der Nummer zweiundzwanzig. Das ist diesen Advent mein Einstieg in unser Dorf."

„Na also", sagte Herr Brahmeier und goss schon wieder Rum nach.

„Es ist ein gemütliches Bauernhaus und das Bett ist breit genug für uns beide. Und sooo gemütlich."

Der Rum in meinem Kakaorest brannte in meiner Kehle. Ich fühlte mich im Ausnahmezustand.

„Jetzt ist wirklich nichts zu retten – da kann man genauso gut schlafen gehen", fasste Herr Brahmeier die Puzzleteile zusammen.

Mit Kai an meiner linken Hand und Andrea auf der anderen Seite machten wir uns zur 22 auf. Nun hatte ich, was ich mir so sehnlich gewünscht hatte: vierundzwanzig Stunden in *meinem* Dorf. Aber um welchen Preis?

Langsam stapften wir durch den Schnee. Kai drückte meine Hand so fest, dass ich hoffte, sie würde sich nie mehr von seiner lösen.

Andrea hatte nicht übertrieben. Das Zimmer unter dem Dach war irgendwie wie ein kleines Paradies. Das war jedenfalls mein erster Gedanke, ohne dass ich genau wusste, warum. Es war so ein Gefühl. Ein kleiner Ofen bollerte. Erst jetzt merkte ich, wie müde ich war. Andrea hatte recht. Das Bett an der Wand sah so einladend aus. In ihm hatten wir beide genug Platz. Und wie es duftete. So, als wäre es gerade erst gezimmert worden. Wie ich diesen Geruch von frischem Holz liebte.

„Wir machen uns morgen trotz alledem einen schönen Tag, Lu. Es ist nun mal, wie es ist."

„Ich will's versuchen." Plötzlich fiel mir etwas ein. „Du hast vorhin vergessen zu erzählen, wer der kleine Junge auf deinen Kinderfotos war."

„Irgend so ein Junge halt. Schlaf gut, mein Liebes."

Andrea drehte sich um und muckelte sich tief in die Decke. Ich konnte nicht sofort schlafen.

Irgend so ein Junge. Die Großmutter hatte neulich geweint. Doch bald hörten die Gedanken auf und ich nahm nur noch die Stille und den Duft nach Holz und frischer Bettwäsche wahr.

Irgendetwas kam mir seltsam vor, als ich am nächsten Morgen unter meiner Wolkendecke hervorlugte. Es war wahnsinnig hell, sodass ich meine Augen gar nicht richtig auf bekam. Als ich mich an das unglaubliche Licht gewöhnt hatte, grub ich mich aus Frau Holles Federn und trat ans Fenster. Unglaublich! So ein funkelndes Weiß hatte ich noch nie gesehen. Auch nicht bei schönstem Winterwetter in den Dolomiten. Die Sonne verwandelte hier das Weiß zu einer flächendeckenden Festbeleuchtung. Extra für mich. Wahnsinn! Andächtig blieb ich eine Weile stehen.

Im Ofen glomm es noch schwach. Ich nahm ein dickes Holzscheit, öffnete mit einem Küchenhandschuh die Ofentüre und legte es hinein. Ich setzte mich auf ein Kissen vor die Ofenklappe und beobachtete durch das Glas, wie das Holz langsam Feuer fing. Sonst saß ich so vor dem Fernseher, aber den gab es hier nicht.

„Hat sich deine Panik ein wenig gelegt, Liebes?“ Andrea setzte Kaffeewasser auf.

„Einigermaßen!“

„Und wie schläft es sich so in der Einöde?“

„Fantastisch!“

„Nicht wahr?“

„Ich könnte stundenlang dem Holzscheit zuschauen.“

„Das hat seine Grenzen, denn der ist bald verbrannt.“

„Erzähl mir von deinem Liebsten und warum er nicht hier bei dir ist.“

Andrea schüttete das heiße Wasser in den Filter. „Er heißt Torge und ich weiß nicht, wo er ist. Während des Jahres konnte ich nicht nach Rovaniemi, weil ich in Berlin eine Arbeit als Übersetzerin angenommen habe. Und dann kam es mir irgendwann so vor, als sei die Beziehung mit Torge ein Traum gewesen.“

„Das ist hier echt alles ein Traum.“

„Aber als der Dezember heranrückte und ich *mein* Dorf aus einer Kiste herausgekramt habe, überkam mich wieder eine solche Sehnsucht – nicht nur nach Torge, musst du wissen. Sondern auch nach genau diesem Leben hier.“

„Wird man jemals wieder normal?“

„Wie meinst du das?“ Andrea guckte mich groß an.

„Wenn man eines Tages nicht mehr herkommen kann …“

„Nach dem 6. Januar?“

Ich nickte fast unmerklich

„Es dauert. Aber es geht", sagte Andrea sanft.

„Hast du denn nach Torge gesucht? Zum Beispiel in … wie hieß die Stadt in Finnland noch?"

„Rovaniemi. Nein, dort war ich noch nicht, weil mir in meinem neuen Job bisher noch kein Urlaub zustand." Andrea nahm die Brötchen vom Ofen. „In dem Haus mit der Neun ist jetzt ein Laden mit Lebensmitteln. Da ist er jedenfalls nicht mehr." Wie traurig sie sich anhörte.

„Vielleicht hat er irgendwo auf dich gewartet – oder er hat eine eigene Familie und ist dahin zurückgegangen."

Andrea stemmte die Hände in die Seiten. „Du meinst, er hat mit mir nur eine Affäre angefangen?"

„Man kann nie wissen."

„Na hör mal!"

„In meiner Klasse ist ein Mädchen, deren Mutter ist auf so jemanden reingefallen. Lisa fand den neuen Freund ihrer Mutter total nett. Sie waren sogar zusammen in Urlaub. Also die Lisa, deren Mutter und der Freund. Und dann war er einfach futsch."

„Das gibt's ja wohl nicht!"

„Erst nach Wochen hat er eine Karte geschrieben, auf der stand, was mit ihm los war. Er war zurück gegangen zu seiner Familie. Lisa war hinterher voll daneben – und die Mutter auch."

Andrea sagte nichts.

Ich fuhr fort: „Aber das ist, glaub ich, nicht der Grund. Weil es nämlich nicht zu unserem Dorf und den ganzen Leuten hier passen würde."

„Da hast du Recht."

„Es muss also einen anderen Grund geben."

Es war trotz der ernsten Themen das schönste Frühstück meines Lebens.

Gegen Mittag besuchten wir Herrn Brahmeier und entliehen die Schlemihl'schen Stiefel. Andrea legte los, als hätte sie nie was anderes an den Füßen gehabt. Wir gingen schnurstracks geradeaus, bis wir auf ein zweites Dorf mit ebenfalls vierundzwanzig Häusern trafen. Wie sicher ich inzwischen vorwärts kam. Auch ohne Kais Hand. Aber das musste ich ihm ja nicht unbedingt auf die Nase binden.

„Was hast du für die Stiefel gegeben? Sie sind ja beim ersten Mal nicht umsonst zu haben."

„Ich habe für Herrn Brahmeier ein Buch ausgesucht. Es heißt *Timm Thaler oder das verkaufte Lachen.*"

„Wie bist du darauf gekommen, dass Herr Brahmeier genau dieses Buch brauchen kann?"

„Das Buch handelt auch von einem miesen Geschäft zwischen einem unerfahrenen Jungen, jenem Timm Thaler, und einer undurchsichtigen Person, nämlich dem Teufel."

„Klingt ähnlich wie die Geschichte über Peter Schlemihl", stellte ich fest. „Und was hat Herr Brahmeier dazu gesagt?"

„Er fand es toll."

Wir standen in dem fremden Dorf, betrachteten die Häuser.

„Es ist so ähnlich wie bei uns", sagte ich. „Nur dass die Häuser hier bunt sind." Ich betrachtete die hellblauen und ockerfarbenen Fassaden. „Wir gucken mal, ob es hier auch eine Kneipe gibt. Und dann sagst du dem Wirt, dass wir einen Torge suchen. Du musst ihn natürlich genau beschreiben."

„Wer weiß, wie viele Adventdörfer es gibt. Wir können unmöglich überall hin."

„Aber es wäre ein Anfang."

Auch hier stand die Kneipe nahe bei der Kirche. Um diese Zeit waren wir die einzigen Gäste. Andrea erklärte dem Wirt, wen sie suchte.

Der Mann hörte aufmerksam zu. „Wir schreiben ein Schild: Gesucht wird! Und dann seinen Namen, sein Alter und wie er aussieht“, schlug er vor, ging in die Küche und holte einen Pappkarton.

„Wenn ihr fertig seid, stell ich den Karton auf die Theke, wo ihn jeder lesen kann.“

Wir bestellten Kaffee und machten uns an die Arbeit.

„Als Überschrift schlage ich vor: *Liebe ist kosmisch*.“

„Du hast also die Aufschrift auf dem Lebkuchenherz richtig gedeutet.“ Andrea lächelte.

Als wir in *unser* Dorf zurückgekehrt waren, rannte ich zu Kai – aufgeregt bis unter die Haarspitzen.

„Hallo! Ich bin's, Lu“, rief ich, als ich eintrat.

Kai, sein älterer Bruder und seine Eltern saßen um den Tisch. Kais Mutter sagte: „Wie tut mir das leid, dass du die Zeit verpasst hast, arme Kleine!“ Und die große, schlanke Frau stand auf und drückte mich. „Was müssen sich deine Eltern jetzt für Sorgen machen.“

„Zum Glück ist es nicht für lange“, sagte ihr Mann, der mit seinem karierten Hemd, den breiten Schultern und den starken Händen nach Arbeit aussah.

Kai meinte: „Du musst dir nur irgendeine plausible Erklärung überlegen, wo du gewesen bist. Und da finde ich Andreas Idee mit dem – wie nannte sie es gleich? – Spätfilm, in dem ihr angeblich wart, nicht übel.“

„Und was erzähl ich in der Schule?“, sagte ich kläglich. „Ich brauche doch für mein Fehlen eine Entschuldigung von meinen Eltern.“

„So was braucht man bei euch? Na denn.“ Kais Bruder machte eine wegwerfende Handbewegung. Dann sagte er: „Warte mal ab, ob überhaupt was passiert, wenn du einfach die Entschuldigung vergisst.“

„Famose Idee“, sagte Kai. „Wir gehen dann mal“, sagte er auch noch und zog mich aus dem Haus.

Wir entschieden uns für Eislaufen. Wibke lieh mir noch einmal ihre Schlittschuhe und wir machten uns zum Kanal auf. Während wir fuhren, wollte Kai Genaueres über Andreas Freund wissen. Ich erzählte alles, was ich wusste. Auch von der Suchaktion, die wir ins Leben gerufen hatten.

„Vielleicht hat Torge nichts mehr von Andrea gespürt“, sagte Kai.

„Du meinst, weil sie ihn nicht sofort gesucht hat? Sie konnte doch aber nicht mehr in das Dorf gelangen. Die Weihnachtszeit war vorbei.“

„Aber sie hätte zum Beispiel nach Rovaniemi fliegen können. Er hätte sicher gespürt, dass sie ihn sucht.“

„Gespürt? Spürt ihr, wenn wir …“ Ich wusste nicht, wie ich mich ausdrücken sollte.

Kai nickte nur.

Eislaufen auf einem Kanal war grandios. Bisher hatte ich nur die Eishalle gekannt, wo man im Kreis fahren konnte – und zwar immer links herum. Erst jetzt fragte ich mich, warum eigentlich niemals die Richtung gewechselt wurde.

Ich fühlte mich schwerelos, weil die Eisdecke so schön blank war. Wir machten richtig Tempo. Ab und zu überholten wir andere Leute, aber nach einiger Zeit waren wir alleine.

„Wir kommen gleich in ein anderes Dorf. Du wirst staunen, wenn du es siehst.“ Kai nahm mich bei der Hand. Um uns herum hatte sich eine Stille ausgebreitet, wie ich sie noch niemals erlebt hatte. Nur das Geräusch der Schlittschuhkufen war zu hören. Die Welt um mich herum fühlte sich an, als gäbe es keine Zeit, kein morgen, nur diesen wunderbaren Augenblick mit unseren gleichförmigen Laufbewegungen auf dem Eis.

Ich sah schon von weitem, dass das Dorf anders war als *unser* Dorf. Es war breit und ausladend und hatte größere Häuser. Diese waren prächtig bemalt und der Marktplatz war so groß wie der Kennedyplatz in Essen. Die Kirche ähnelte einem Dom und plötzlich kam mir der Verdacht, die Stadt – denn das hier war kein Dorf mehr – zu kennen. Das war ja die Altstadt von Köln. Natürlich! Ich war mit meinen Eltern einmal dort gewesen und hatte den Dom und das Schokoladenmuseum besucht. Danach waren wir am Rhein entlang spaziert. Plötzlich entdeckte ich das getreue Abbild des kleinen Cafés, in das ich mit meinen Eltern eingekehrt war. Hier stand eine Fünf über der Eingangstüre. Dort hinein wollte ich. Bei Kuchen und Kakao erzählte ich Kai von meiner Entdeckung.

„Es gibt mehrere Bastelbögen mit bekannten Stadtkernen", sagte Kai. „Aber dieser hier ist besonders prächtig."

Wir baten auch hier die Wirtsleute, eine Beschreibung von Torge auszuhängen. Wir mussten von Andrea und Torge alles ganz genau erzählen. Die Cafébesitzer waren richtig gerührt von der Geschichte und überlegten nun ihrerseits, warum sich Torge nicht meldete.

„Er arbeitet und hat keine Zeit", meinte der Mann.

„Für die Liebe hat man immer Zeit. Nein, es wird ein anderer Grund sein", sagte die Frau.

„Wie kam deine Tante letztes Jahr überhaupt darauf, nach Rovaniemi zu reisen? Ist sie so ein großer Weihnachtsfan?"

Ich dachte kurz nach. „Nö, das nicht gerade."

„Was wollte sie dann ausgerechnet in der Weihnachtsstadt?“

Darauf wusste ich keine Antwort.

„Egal!“, sagte die Frau. „Es geht doch jetzt um diesen Torge.“

„Man muss es publik machen. Einen anderen Weg gibt es nicht“, schloss der Wirt das Gespräch. Er machte einen unübersehbaren Aushang über dem Tresen.

„Andrea an Torge: *Liebe ist kosmisch.*“ Und darunter folgte eine genaue Beschreibung des Gesuchten.

Wir brachen auf, um die Stadt zu besichtigen. Auf der Domplatte standen jede Menge Buden, die Spielzeug und Leckereien anboten. Es gab auch Lebkuchenherzen – und plötzlich hatte ich eine Idee. „Wie wäre es, wenn man die Herzen mit einem Spruch beschriftet?“

„Du meinst, dass eine Frau nach einem Torge sucht?“

Wir schilderten dem Lebkuchenmann unser Anliegen.

„Das ist in der Tat ein Problem“, sagte er. „Liebenden muss man helfen“, sagte er auch noch.

Und dann entstand eine längere Pause, in der wir drei fieberhaft überlegten.

„Wir schreiben, wie es ist“, meinte der Lebkuchenmann. „Das Direkte ist immer am besten. Wir schreiben also mit Zuckerguss: Andrea sucht Torge. Das Lebkuchenherz drückt aus, warum sie ihn sucht.“

Puderzucker und Zitronensaft wurden angerührt und in eine Bäckertüte mit feiner Tülle geschüttet. Jetzt musste man schnell und genau schreiben, denn der Zuckerguss wurde im Nu hart. Eine Korrektur war unmöglich. Ich platzierte die Wörter untereinander, schrieb die Namen etwas größer. Kai schrieb den Namen Torge besonders dick, damit er jedem direkt ins Auge fiel. Außerdem wollte der Lebkuchenmann jedem, der ein solches Lebkuchenherz haben wollte, einen Hinweis darauf geben, wie ungeheuer wichtig die Angelegenheit sei. Und dass man die Augen und Ohren nach Torge offen halten solle.

Die Lebkuchenherzen sahen alle ein bisschen unterschiedlich aus. Das machte sie individuell, wie ich fand.

Wir machten uns auf den Heimweg. Es wurde schon dunkel und ich musste mir eingestehen, dass ich den langen Rückweg durch die einsame Gegend etwas unheimlich fand. Aber als ich mit Kai Hand in Hand über den Kanal sauste und ein freundlicher Halbmond leuchtete, war ich nur noch glücklich. Nein, ich hatte keine Angst.

In dem Moment kamen sie, unheimlich und schwarz, genau auf mich zu. Und es war klar, dass es für mich kein Entkommen gab. Es ging so schnell, dass sich meine aufgerissenen Augen erst schlossen, als ich den dumpfen Schlag spürte. Mein Kopf knallte auf das Eis – ich lag der Länge nach quer auf dem gefrorenen Kanal. Gleich würden sie über mich fallen. Keine Überlebenschance! Instinktiv erwartete ich die Messer ihrer Kufen, die mich jede Sekunde zerschneiden würden. Niemand würde mich schützen, wenn sie mich sekundenschnell zerteilten …

Jetzt!

„Es tut mir so leid", drang es aus weiter Ferne an mein Ohr.

Keine Ahnung, wie lange ich schon weggetreten da lag. Mir tat alles weh. Vor allem der Kopf – er fühlte sich so eisig an. Mit steifen Fingern betastete ich meinen Unterkiefer. Erst jetzt fiel mir ein, dass ich nicht mehr langgestreckt auf dem Kanal lag. Ich spürte, dass ich im Arm gehalten wurde. Vorsichtig öffnete ich die Augen. Was ich wahrnahm, waren die erschrockenen Augen von Kai und dass er Schnee auf meinen Kopf rieb.

„Ich hätte dich warnen müssen."

Jetzt drückte er Schnee auf meine Stirn und streichelte mit der frei gewordenen Hand meine Wangen. Dann beugte er sich über mich und hauchte einen Kuss auf meine eiskalte Nasenspitze. Ich verspürte keinerlei Lust, mich jemals wieder zu erheben.

„Lebst du noch?", flüsterte er in mein Ohr.

Ich blinzelte ihn an und schüttelte den Kopf.

„Es waren nur Traumschatten", sagte er leise.

„Traumschatten?", murmelte ich, während mein benebelter Verstand von messerscharfen Kufen überschwemmt war.

„Ja, nichts als lausige Traumschatten. Nicht, dass du jetzt denkst, die Gegend hier wäre nicht sicher."

Mein Gehirn machte keinerlei Anstalten, dem, was Kai gerade sagte, zu folgen.

„Wer einmal hier war, den lässt es nie mehr los", fuhr er fort. „Ein Teil von ihm flieht in den Nächten aus eurer Welt hierher."

Wie sanft seine Stimme war.

„Versprichst du mir etwas?", hauchte ich.

„Alles, was du willst." Sein Lächeln machte mich verrückt – Schmerzen spürte ich nicht.

„Versprich mir, dass du mir das eines Tages erklärst", flüsterte ich matt. Es war der einzige brauchbare Einfall, den mein Kopf im Moment auf die Reihe bekam.

„Großes Ehrenwort!"

Wie gerne wollte ich mich daran gewöhnen, es wenig bequem zu haben, damit ich in seinen Armen liegen bleiben konnte. Doch er hob mich hoch, stellte mich behutsam auf die Kufen und hielt mich ganz fest. Am liebsten hätte ich mich wie eine Ertrinkende an ihn geklammert.

„Kannst du alleine stehen?"

„Ja, ich denke schon“, log ich tapfer. Unsicher wackelten meine Füße und damit die Schlittschuhe hin und her. Die Schmerzen kehrten zurück. Mein Kopf hämmerte und vor meinen Augen tanzten grüne Punkte. Aber Angst spürte ich nicht.

„Gib mir deine Hand. Ich fange dich auf, wenn du umkippst.“

Dass ich genau das am liebsten getan hätte, verschwieg ich. Stattdessen dehnte und streckte ich mich vorsichtig. Alles schien noch an der richtigen Stelle zu sitzen. Nichts gebrochen. Na gut, die Schmerzen würde ich aushalten. Eine Wahl hatte ich ohnehin nicht.

Langsam machten wir uns auf den Rückweg.

In der *Schrägen Acht* trafen wir Andrea.

„Lu, du bist – du meine Güte! Wie siehst du bloß aus?“

Kai erstattete Bericht. „Ich habe total vergessen, Lu zu warnen.“ Er biss sich auf die blassen Lippen.

„Traumschatten der lausigen Art“, sagte ich leise und stellte mir vor, wie sich nach dem 6. Januar Nacht für Nacht mein Schatten von mir trennte, um dort zu sein, wohin ich selber nicht mehr durfte: als regelmäßiger Besucher der geheimen Winterwelt, die mich unweigerlich in ihren Fängen hielt – Gegenwehr zwecklos. Und dann würde sich mein Schatten von meinem Körper lossagen und jede Nacht verzweifelt zwischen den geheimen Dörfern … Schluss mit den dummen Gedanken, schimpfte die kleine innere Stimme in aller Deutlichkeit.

Ich nahm den Becher mit heißem Glühpunsch, pustete in die dampfende Flüssigkeit, bevor ich ihn vorsichtig an die Lippen führte. Ein Schluck nach dem anderen wärmte mich und sorgte dafür, dass ich mich entspannte. Allmählich ließ ich mich von der Wärme des Ofens und dem Klang der Worte, die zwischen Herrn Brahmeier und Kai hin- und hergingen, einlullen. Wäre ich eine Katze gewesen, hätte ich mich hinter dem Bollerofen eingerollt und geschnurrt.

Wir erzählten von unserer Aktion in Sachen Torge. Da alle Umstehenden zuhörten, konnte man davon ausgehen, dass bald das ganze Dorf über Andreas Suche Bescheid wissen würde. Nur so hatten wir eine Chance, Torge zu finden, dachte ich, und hielt mir den Kopf.

Andrea entwarf eine weitere Variante eines Schlachtplans, um meine Eltern im Nachhinein zu beruhigen. Ich sollte erzählen, dass sie während eines unangekündigten Besuches nur mich angetroffen habe und dass wir ins Kino gegangen wären. Weil es spät geworden sei, wäre ich mit zu Andrea ins Hotel gekommen.

„Und wieso hast du nicht bei uns übernachtet? Unser Haus ist doch riesig."

„Sag doch die Wahrheit", meinte Kai.

„Das ist nicht dein Ernst."

„Natürlich nicht die ganze Wahrheit. Aber eben die Wahrheit."

„Und wie?"

„Du hast mit Andrea einen Ausflug in ein Dorf gemacht, von dem du nicht sagen kannst, wo es eigentlich ist. Und dann habt ihr das Nachhausefahren verpasst und euch überlegt, noch einen Tag zu bleiben."

„Und wieso war ich nicht in der Schule? Habe ich die auch vergessen?" Ich wusste nicht, ob ich lachen oder weinen sollte. Im Geiste sah ich mich vor meinen Eltern stehen und gar nichts sagen. Vor Aufregung musste ich aufs Klo. Und als ich da saß, weinte ich ein bisschen. Hier sah es ja niemand. Aber als ich zurückkehrte, bemerkten es Andrea und Kai sehr wohl.

„Es ist eine echt blöde Situation, aber ich glaube, du schaffst es.“ Kai legte den Arm um meine Schulter. Dass mir alles wehtat, behielt ich für mich. Mit Nase und Lippen berührte er mein Haar.

„Ich werde auch heute Nacht nach Hause gehen. Ruf mich an, wann immer es für dich passt. Du kannst auf mich zählen“, sagte Andrea. „Wenn es hilft, fahre ich heute Nacht noch los und bin in aller Frühe bei euch.“

Auf Andrea war Verlass. Die würde glatt um Mitternacht in Berlin losfahren, um morgen früh bei uns auf der Matte zu stehen.

Die Uhr des Kirchturms tat so, als sei nichts Besonderes passiert und schlug zwölf. Andrea verabschiedete sich von mir.

Unsere Hände fanden sich automatisch, als wir die *Schräge Acht* verließen. Nein – ich hatte absolut keine Lust, auf Andreas Rat zu hören und jetzt aufzubrechen. Mir blieb noch eine knappe Stunde. Wozu sollte ich die verschenken. Eigentlich wäre es an der Zeit, Kai endlich einmal dies und das zu fragen. Zum Beispiel, womit er die Zeit verbrachte, wenn ich nicht da war. Oder ob er schon mal eine Freundin hatte. *Bist du so blöd oder tust du nur so?*, raunzte die kleine innere Stimme. *Wer so küsst wie er, macht das nicht zum ersten Mal...* Ich gab ihr Recht, dachte kurz an Jaspers holprige Versuche und lachte innerlich. Dann wurde ich wieder ernst. Ob Kai wohl wie ich darüber nachdachte, wie er den sechsten Januar überleben würde? Ob es ihn genauso davor grauste wie mir? Oder ob es für ihn nicht viel ändern würde, weil – nun ja – es gab hier genug andere Mädchen. Mädchen wie Britt zum Beispiel. Vielleicht dauerte es bis zu meiner Ablösung nicht lange. Würde er sich möglicherweise betrinken, um seinen Kummer, wenn er denn überhaupt welchen hätte, zu ertränken? In guten Momenten konnte ich durchaus gezielte Fragen stellen, ohne rot zu werden. Okay – es war dunkel und meine Röte wäre nicht weiter aufgefallen. Aber ich fühlte, dass dies hier kein guter Moment war. Außerdem blieb Kai abrupt stehen und zog mich an sich, als wir den Marktplatz verlassen hatten und in einer dunklen Gasse standen.

„Alles wird gut", flüsterte er zwischen zwei Küssen. „Wichtig ist allein, dass du morgen wieder herfindest."

Er drückte mich so feste, dass mir die Rippen wehtaten. Plötzlich ließ er mich los. „Himmel! Ich hab deinen Sturz vergessen, ich Esel."

Und dann traute ich mich was, sagte, „bitte vergiss ihn gleich noch einmal", schlang meine Arme um seinen Hals und drückte meine Lippen auf seinen Mund, der wusste, wie er damit umzugehen hatte...

Wie lange wir so stehen blieben, weiß ich nicht, aber dass Kais Umarmung das Innigste war, was man sich vorstellen kann, habe ich behalten. Auch dieses Gefühl, wenn sich die Liebe in einem ausbreitet, dass man alles andere vergisst.

Gemächlich schlenderten wir zu Herrn Brahmeiers Werkstatt. Jetzt ergriff mich doch wieder dieses nebulöse Gefühl aus Ungewissheit und Sorge. Beklommen trat ich ein.

„Wird schon werden", empfing mich Herr Brahmeier. Plötzlich erstarrte er.

„Was ist?", fragte ich.

Seine Augen waren nahezu unter seinen zotteligen, dichten Brauen verschwunden, so sehr hatte er sie zusammengezogen. „Woher ...?"

„Traumschatten", sagte Kai. „Es waren nur Traumschatten. Sie haben Lu zu Tode erschreckt und da ist sie hingeknallt."

„Schlimm genug, aber Gott sei Dank, dass es nichts Schlimmeres war." Herr Brahmeiner stellte sich vor mich, nahm meine Hände in seine Pranken. „Hör zu, Lu. Was ich dir jetzt sage, ist wichtig."

Ich glotzte ihn an.

„Wenn du jemals – also es ist schon mal vorgekommen – Kai, sag du es ihr."

„Es gibt Typen, die nicht hierher gehören. Sie treibt die Neugier oder sonst was, aber unser Dorf will solche Leute nicht. Sie klammern sich an solche wie dich. Also an Gäste aus der Welt, die du für die normale hältst."

Mir blieb der Mund offen stehen.

Kai legte mir seinen Arm um die Schultern. „Sie haben eigentlich gar keinen Zugang zu unserem Leben."

„Aber sie tun alles, um herzugelangen. Koste es, was es wolle", sagte Herr Brahmeier. „Und sie docken sich an. Lauern welchen wie dir auf, klammern sich fest. Meistens erkennen wir sofort, wenn da was nicht stimmt."

„Und dann?", brachte ich heraus.

„Das Dorf mauert. Sie können nicht rein."

„Was?" Ich begriff nichts.

„Die Häuser machen Front. Es gibt kein Durchkommen. Damit schützt es sich, damit ihm kein ungebetener Gast seine magische Kraft entziehen kann."

Ich nickte, den Mund halb geöffnet.

„Aber für den, der als Bringer herhalten muss, gibt es eben auch kein Durchkommen." So ernst hatte ich den Schuster noch nie erlebt.

„Sie meinen, es könnte sein, dass …", ich kramte nach Worten, „… dass mir jemand auflauert und sich an mir festhält, um mit hierher zu kommen?"

„Genau!“, sagte Kai und nahm seinen Arm wieder weg.

„Und ich dachte im ersten Moment, so jemand hätte euch unterwegs aufgelauert, hätte den Zwischenraum unserer Dörfer ausgenutzt und sich dann an dich rangemacht.“ Herr Brahmeier griff meine Hände. „Wenn so etwas passiert, Lu, dann wehr dich mit allem, was du hast. Nimm keine Rücksicht, hörst du?“

Ich versprach es. Hoch und heilig.

„Das mit deinen Eltern kriegst du schon hin“, brummte er und tätschelte meine Wange.

„Hoffentlich kann ich überhaupt noch mal herkommen“, sagte ich kläglich. Ich konnte kaum schlucken, so trocken wie sich mein Mund anfühlte.

„Auf jeden Fall musst du wieder her.“ Kai begleitete mich durch den Flur zu der anderen Tür, legte wieder den Arm um mich und drückte mich fest. „Mach’s gut!“

Ich hob ihm mein Gesicht entgegen. „Ich will’s versuchen.“ Unsere Lippen berührten sich kurz, mein Herzschlag machte Pause. Ich begab mich rückwärts auf die Türschwelle und schloss die Augen. Graue Schatten flimmerten durch mein Gehirn.

Was würde mich zu Hause erwarten?

Ich zählte bis drei – dann stieß ich mich ab.

Der Sog riss mich fort und ich fand mich an gewohnter Stelle auf der Gästematratze wieder.

16. Dezember

Frau Sawinsky

Regungslos blieb ich sitzen. Stellte das Atmen ein. Weinte da jemand? Meine Mutter vielleicht? Rief einer nach mir? War Polizei im Haus? War überhaupt einer im Haus? Oder wurde ich von meinen Eltern irgendwo gesucht?

Nichts regte sich.

Ich schnappte nach Luft. Wie in Zeitlupe stand ich auf, vermied jedes noch so kleine Geräusch und horchte ins Dunkel. Nichts zu hören. Außer meinem Herzschlag.

Ich schlich zur Zimmertüre. Sie stand einen Spalt breit offen. Leise bewegte ich mich aus dem Raum, schwebte geräuschlos über den Flur bis zum Schlafzimmer meiner Eltern, presste mein Ohr an die Türe: gleichmäßiges Atmen, gepaart mit dem typischen Schnaufen meines Vaters. War es möglich, dass meine Eltern schliefen? Hatten sie in ihrer Verzweiflung aufgegeben? Hatten entschieden, dass sie genauso gut ins Bett gehen könnten?

Ich stahl mich aus dem Flur zurück in mein Zimmer. Was sollte ich jetzt machen? Sie wecken und sagen, *Hallo, da bin ich wieder? Habt ihr euch etwa Sorgen gemacht?* Ich wandte mich meinem Bett zu und hätte beinahe aufgeschrien. Da lag schon jemand!

Zögerlich beugte ich mich über die schlafende Person. Das konnte nicht wahr sein - blonde wirre Haare lugten unter der Decke hervor. Ich stand wie gelähmt da. Wer war das? Ich starrte durch das Dunkel auf den

Mensch in meinem Bett. Irgendetwas stimmte hier nicht. Plötzlich fiel mir auf, dass ich keinerlei Atemgeräusch hörte. Ganz langsam ergriff ich einen Zipfel der Bettdecke, zog sie ein winziges Stück zurück – und erkannte den Kopf von Käthi, meiner uralten Riesenpuppe. Jemand musste Käthi aus dem Keller hervorgeholt haben, um vorzutäuschen, dass ich im Bett lag und schlief.

Ein Anflug von Hoffnung keimte in mir auf. Wahnsinn! Ich hatte einen Komplizen. Ich war so benommen von dieser Erkenntnis, dass ich noch eine Weile vor meinem Bett ausharrte. Endlich schlug mein Herz etwas langsamer und ich stand nicht mehr ganz so paralysiert neben mir. Vorsichtig nahm ich meine alte Puppe und legte sie behutsam zwischen Wand und Kopfende ab. Bloß kein Geräusch machen und jetzt noch alles verderben. Langsam setzte ich mich auf die Bettkante, zog die Beine hoch und schlüpfte unter die Decke. Als ich meinen Kopf ablegte, schreckte ich sofort wieder hoch. Was war das für ein Rascheln? Ich nahm allen Mut zusammen und griff unter das Kissen. Was ich da fühlte, war eindeutig ein Stück Papier. Trotz der leuchtenden Schrift auf meinem Lebkuchenherz war es zu dunkel, um etwas zu erkennen. In der Schreibtischschublade lag eine Taschenlampe. Also leise wieder erheben, die Schreibtischschublade aufziehen, Taschenlampe raus. Und wieder ab ins Bett. Wie gut, dass ich, was geräuschloses Fortbewegen anging, in Übung war.

Ich machte die Taschenlampe unter der Bettdecke an und hielt den Zettel in den Lichtkegel.

Deine Eltern haben bei mir angerufen. Wo du denn wärst.

Du wärst mit einer Freundin im Kino, habe ich ge-

sagt. Du hättest gesagt, es würde später als sonst. Deine Eltern wollten ins Restaurant gehen. Mit Freunden. Ich habe gesagt, ich würde kommen und bleiben, bis du nach Hause kommst. Sie sollten sich keine Sorgen machen. Und wie du um Mitternacht merken wirst, bist du dank Käthi zu Hause.

In deinem Bett nämlich. Ich weiß Bescheid.

Die Sachen aus der Bettschublade waren wieder weg! Sonst hätte ich die Polizei alarmiert. Aber ich bin mir sicher, dass es dir dort, wo du warst, gut geht.

Bis morgen – Heide Sawinsky

Ich konnte nicht glauben, was ich gerade gelesen hatte – und begann noch einmal von vorne.

Nicht möglich! Frau Sawinsky also.

Woher wusste sie …? Was wusste sie? Meine Gedanken fuhren Achterbahn. Ich hatte eine Mitwisserin.

Als ich am Morgen auch nach dem dritten Weckversuch keine Anstalten machte, aufzustehen, wurde meine Mutter so richtig sauer. „Jetzt reicht's aber", keifte sie los. „Du gehst mir nicht mehr so spät ins Kino. Steh endlich auf, verdammt noch mal!"

Sie zog mir die Bettdecke weg und gab einen schrillen Laut von sich. „Geht's noch? Jetzt trägst du diese komischen Wollsocken schon wieder nachts."

Ich erschrak und blitzartig stand ich auf. Bloß keine Diskussionen um Wollsocken oder meine abendliche Abwesenheit.

„Ich beeil mich ja schon."

Meine Mutter starrte mich an. „Mein Gott! Wie siehst du aus!"

„Wie?"

„Dein Gesicht!"

„Mein Gesicht?"

Ich befühlte meine Wangen und spürte einen Schmerz. Der Sturz auf dem Eis. Den hatte ich ja ganz vergessen.

Im Bad versetzte mir der Blick in den Spiegel einen Schock. Keiner hatte mir gesagt, dass meine Stirn blaugrün und mein linkes Auge blutunterlaufen war.

„Ich will wissen, wie das passiert ist." Meine Mutter klang böse. „Und erzähl mir bitte keinen Unsinn."

„Bin halt hingefallen. Beim Eislaufen", sagte ich so harmlos wie möglich.

„Ich denk, du warst im Kino?", blaffte sie mich an.

„Ja, aber erst nach dem Eislaufen", log ich auf die Schnelle und kam mir dabei total unprofessionell vor.

Meine Mutter schüttelte erwartungsgemäß den Kopf, schimpfte laut „Das glaubst du ja selbst nicht" und ging eilig nach unten.

Froh, dass ich zumindest im Moment aus dem Schneider war, sprang ich unter die Dusche, kämmte mein Haar mit Seitenscheitel rechts und ließ es wie eine Gardine über Stirn und Auge fallen. Das würde heute ein Tag mit gesenktem Kopf werden. Zur Sicherheit tupfte ich noch eine halbe Tube Abdeckcreme auf die bunten Stellen.

Weil sowohl meine Mutter als auch ich knapp mit der Zeit waren, kamen beim Frühstück keine verhängnisvollen Themen mehr zur Sprache.

Als das Telefon klingelte und meine Mutter „Ist was passiert, Andrea?" in den Hörer rief, zuckte ich allerdings zusammen.

„Das müssen wir heute Abend besprechen. Ich muss jetzt eilig weg. Bis dann!"

Meine Mutter warf das Telefon aufs Sofa.

„Andrea ist völlig übergeschnappt“, sagte sie. „So früh am Morgen will sie wissen, ob wir heute zu Hause wären. Die spinnt ja wohl.“

„Warum?“, fragte ich.

„Sie will uns doch tatsächlich einen Blitzbesuch abstatten.“ Wie böse sich meine Mutter anhörte. „Ich muss sofort weg. Im Betrieb gibt's Probleme. Tschüss! Und beeil dich, sonst kommst du zu spät zur Schule und wir kriegen womöglich Ärger mit deinen Lehrern. Das hätte gerade noch gefehlt.“

Sie zog sich im Laufen ihre Lederjacke über, griff zu Handtasche und Autoschlüssel und verließ das Haus.

Mit einem Mal war es ganz still. Am liebsten wäre ich einfach sitzen geblieben.

Mit gemischten Gefühlen machte ich mich auf den Schulweg – ohne schriftliche Entschuldigung für mein gestriges Fehlen und ohne irgendwelche Hausaufgaben. Dafür mit halbseitiger Gesichtsgardine.

Ich schaffte es gerade noch, vor meiner Erdkundelehrerin in den Klassenraum zu hechten und mich auf meinen Platz zu werfen. Am besten ganz unauffällig tun und ab und zu interessiert gucken. Die Stunde ging in der Tat in aller Belanglosigkeit vorüber.

Glückstag!

In der nächsten Stunde hatten wir Politik, was ich immer interessant fand, aber heute hatte ich anderes zu tun. Das Buch aufgeschlagen und mein Politikheft zu Tarnungszwecken vor mir war ich damit beschäftigt, Englisch, Mathe und Deutsch in Angriff zu nehmen. Unter dem Politikbuch lag das jeweilige Hausheft von Lisa. Und in meinem Politikheft lag mein jeweiliges Hausheft für die Fächer, für die ich die Hausaufgaben zu heute erledigen, das heißt, abschreiben musste. Zwischendurch den Blick – nein, ist das heute wieder interessant! – nach vorne. Den hatte ich voll drauf. Und wenn gerade jemand drangenommen worden war, noch schnell den Finger in die Luft und die Worte ‚Das wollte ich auch gerade sagen' in Richtung Lehrerin. Es war alles in allem eine effektive Stunde. Ich war echt stolz auf mich. Marcel, der hinter mir saß, raunte mir zu: „Fängst du 'n neues Leben an?"

Dass ich, die sonst so brave Lu, Hausaufgaben abschrieb, und das während des Unterrichts, war allerdings neu. Und gar nicht mal ungeschickt. Komischerweise erkundigte sich niemand danach, weshalb ich gestern schon wieder gefehlt hatte. Anna war mit Sabine in ein Gespräch vertieft, und ich stand mehr oder weniger stumm mit den anderen in der Gruppe. So brauchte ich nichts zu erfinden und mich auch nicht auf ein Thema zu konzentrieren. Wenn nicht Marcel plötzlich neben mir gestanden hätte.

„Seit wann schreibst du Hausaufgaben ab?"

„Seit heute."

„Hätte ich nicht gedacht."

„Ich übe noch."

„Es ist nie zu spät", tönte er und strahlte.

Lasse und Max gafften mich an, als hätten sie einen entlaufenen Affen vor sich stehen.

„Und die Haare trägt sie auch offen." Lasse sprach zu Marcel, als sei ich nicht vorhanden.

„Tarnung", sagte ich.

Jetzt spitzten noch mehr Leute die Ohren.

„Und was verbirgst du?", fragte Janina. „Etwa ein misslungenes Tattoo?"

Ich lupfte meinen Vorhang. Trotz Concealer sah ich

verhauen aus.

Anna schrie dramatisch auf. „Lu! Was treibst du, wenn ich nicht auf dich aufpasse?“

„Nur eine kleine Schlägerei“, sagte ich nebensächlich.

„Und in echt?“, fragte Marcel.

„Eislaufen!“

„Ich dachte, du bist Profi“, sagte er.

„Ich habe mich erschrocken – da bin ich hingeknallt.“

„Wer oder was hat dich denn so erschreckt?“ Er ließ nicht locker.

„Eine wild gewordene Horde Schattenträume.“ *Traumschatten* kam mir nicht über die Lippen. Das Wort gehörte nicht in diese Welt.

Über die Gesichter musste ich lachen. Ich ließ meinen Haarvorhang wieder über die marode Gesichtshälfte fallen. Da machte Marcel auf Beschützer, wollte doch tatsächlich einen Arm um mich legen. Ich drehte mich wie beim Eislaufen aus seiner Reichweite und sagte: „Außerdem: Mit dem Zweiten sieht man besser.“

Der Stundengong befreite mich von Marcel. Noch vor nicht allzu langer Zeit hätte ich sein Verhalten super gefunden. Wäre sogar ein bisschen stolz gewesen. Marcel war nicht irgendwer. Er sah gut aus und war ziemlich beliebt. Jetzt war er mir einfach nur lästig.

In der sechsten Stunde nickte ich einmal kurz ein. Mein Kinn stützte ich in die linke Hand und plötzlich rutschte mein Kopf ab. Abrupt wurde ich wieder wach. Ich sagte doch: Glückstag! Ich war nicht mit meinem ohnehin angeschlagenen Kopf auf den Tisch geknallt.

Zu Hause warteten sowohl Frau Sawinsky als auch Andrea auf mich.

„Zeig mir doch mal das Winterdorf, was ich dir geschickt habe.“ Mit diesen Worten lockte mich Andrea weg von Frau Sawinsky hin zu meinem Zimmer. Dort musste ich berichten, und Andrea staunte nicht schlecht. „Eure Haushälterin? Das gibt's ja nicht.“

„Keine Ahnung, was die wirklich weiß.“

Aber für den Fall, dass Frau Sawinsky andere Schlüsse aus der ganzen Sache zog, wollten wir das Thema doch lieber nicht direkt ansprechen.

Andrea würde für eine Nacht bleiben und in meinem Zimmer übernachten. Abends wollte sie den Eltern vorschlagen, mich am ersten Weihnachtstag zu sich nach Berlin zu holen. Sozusagen als spezielles Weihnachtsgeschenk.

„Aber meine Eltern haben einen Skiurlaub gebucht. Natürlich für mich mit“, jammerte ich.

Andrea streichelte über meine unversehrte Gesichtshälfte. „Uns wird schon was einfallen.“

Nach dem letzten Abenteuer war ich davon überzeugt. War ich diesmal davongekommen – und es sah im Moment danach aus – würde ich alles andere auch hinkriegen.

„Ich würde Lu gerne zum Essen einladen, wo ich heute schon mal hier bin“, wandte sich Andrea an Frau Sawinsky.

„Das dachte ich mir.“ Die Haushälterin stemmte ihre kräftigen Arme in die Seiten. „Lu hat allerdings heute Nachmittag Privatunterricht. Sie hat, glaube ich, einiges nachzuholen.“, sagte die bedeutungsvoll

Spontan fiel ich unserer Haushälterin um den Hals. „Danke für alles!“

Sie lächelte, hob aber drohend den Finger. „Am siebenten Januar wird abgeräumt.“

Sie hatte eine gewisse Strenge in der Stimme und in ihrem Gesichtsausdruck. Aber ich war schon im Flur und zog meinen Wintermantel an.

Andrea und ich entschieden uns für das „Nudelhaus“ in der Innenstadt. In allen Einzelheiten schilderte ich Frau Sawinskys planvolle Rettung.

„Siehst du. Man muss immer optimistisch bleiben“, meinte Andrea. „Ich habe schon oft erlebt, dass im größten Durcheinander des Lebens meistens nichts wirklich Schlimmes passiert.“

Ich sah sie an. „Echt noch nie?“

Andrea zuckte mit den Schultern, sagte aber nichts.

„Wenn ich letzte Nacht völlig verzweifelte Eltern vorgefunden hätte … Oh Mann! Obwohl …“

„Obwohl was?“

„Ob meine Eltern mich überhaupt vermissen würden, wenn ich ganz verschwinde? Na egal.“

„Es ist überhaupt nicht egal, wenn jemand einfach verschwindet“, sagte Andrea streng.

Jetzt war ich es, die die Achseln zuckte. Ich merkte, dass ich Hunger hatte. Und ich bemerkte Andreas ernstes Gesicht – aber ich spürte, dass sie nicht weiter über das Thema sprechen wollte. Also sagte ich: „Du wirst nicht pünktlich zurück in Berlin sein, wenn du noch wartest, bis meine Eltern von der Arbeit zurück sind.“

„Ich lasse halt zweimal vierundzwanzig Stunden ausfallen. Torge wird sicher nicht ausgerechnet in dieser Zeit auftauchen und nach mir suchen.“

Der resignierte Unterton in Andreas Worten war nicht zu überhören.

„Auf jeden Fall will ich erreichen, dass du nach Heiligabend mit mir zusammen in *unserem* Winterdorf bist“, sagte sie.

„Aber ich muss zum Skifahren. Und kommendes Wochenende zu den Großeltern. Du wirst sehen: Es ist zwecklos."

„Wir könnten einen Kompromiss aushandeln. Du fährst am Samstag mit zu den Großeltern, wünschst dir aber zu Weihnachten einen Besuch bei deiner dich liebenden Patentante." Sie gluckste in sich hinein.

„Ich werde sagen, dass ich mir nichts anderes wünsche. Was übrigens nicht gelogen ist."

Nach dem Essen gingen wir in eine Buchhandlung. Andrea schenkte mir zwei Bücher. Zuerst wollte ich das Buch von Chamisso lesen. Schließlich war er der Erste, der über den Teufelspakt mit einem Loser geschrieben hatte. Und anschließend „Timm Thaler". Thaler erinnerte an Geld – und schon bei Chamisso ging es um uneingeschränkten Reichtum, da Schlemihls Taschen stets voller Goldtaler waren. Timm Thaler hatte dem grauen Mann sein Lachen verkauft, wie der Titel schon sagte.

„Kannst du dir vorstellen, nicht lachen zu können?", fragte ich.

„Es gibt Menschen, die nichts zu lachen haben", sagte Andrea ernst.

„Kennst du so jemanden?", fragte ich und dachte dabei an die Depri-Oma.

„Ich kannte so jemanden. Aber das ist lange her."

Als meine Eltern abends nach Hause kamen, hatten wir ein schönes Abendessen arrangiert – mit leckeren Kleinigkeiten vom Türken und Baguette und Rotwein. Schon bei der Vorspeise lenkte Andrea raffiniert das Gespräch auf die bevorstehenden Weihnachtsferien.

„Du siehst sehr abgespannt aus, mein Bester", sagte sie zu ihrem Bruder. „Wollt ihr beiden nicht mal Wellnessferien machen? Ich kenn da einschlägige Adressen."

Mein Vater zog die Brauen so fest zusammen, dass seine senkrechte Stirnfalte als Briefhalter hätte durchgehen können. „Wir wollen zum Skifahren. Ich habe Clubferien in Frankreich gebucht. Komm mir also nicht mit Wellness!“ Er hörte sich absolut nicht diskussionsfreudig an.

„Ich möchte aber in den Ferien Andrea besuchen. Ich wünsch mir auch nichts anderes zu Weihnachten“, sagte ich.

„So ein Quatsch! Wir fahren wie immer Ski.“ Das Thema schien für meinen Vater beendet.

In mir kam die Wut hoch. „Kann ich vielleicht auch mal was entscheiden? Ihr fragt doch oft, was ich mir zu Weihnachten wünsche. Und nun habe ich einen Wunsch – und was ist? Nix ist!“

Jetzt schaltete sich meine Mutter ein. „Lu, bitte! Wir haben doch schon lange gebucht. Du kannst ja ein andermal Andrea besuchen.“ Wie spitz sie das gesagt hatte. „Also mach jetzt gefälligst keinen Aufstand.“

Mit gespieltem Erstaunen hob Andrea die Brauen. „Befürchtet ihr im Ernst, dass Lu einen Aufstand machen wird?“

Meine Mutter warf nur einen abschätzigen Blick in ihre Richtung.

„Ich werde in diesem Jahr viel unterwegs sein. Insofern käme es gut, wenn Lu jetzt in den Weihnachtsferien zu mir könnte. Aber nichts gegen eure Pläne. Da will ich nicht dran rühren“, sagte Andrea mit ironischem Unterton.

„Alles wie gehabt“, konterte ihr Bruder. „Du lebst nur deine Spontaneität aus. Wir planen halt schon mal.“

„Es freut mich, dass du dabei immer alle Familienmitglieder berücksichtigst, tolerant wie du bist. Ganz wie unser Vater früher“, schoss Andrea zurück.

Ich spürte, dass die Diskussion entgleiste.

„Halt du dich aus unseren Familienstrukturen raus! Kümmere dich um dich selber und stifte hier keinen Unfrieden!“, biss mein Vater zurück.

Aber seine Schwester setzte noch eins obendrauf. „Bei deinen Harmoniebestrebungen käme mir noch nicht einmal der Gedanke.“

„Jetzt reicht’s mir aber!“

„Den Satz kenn ich doch irgendwoher …“

Mein Vater warf sein Besteck auf den Teller, was einen ziemlichen Krach machte, und verließ die Runde. Andrea und ich sahen uns an. Die Schlacht war verloren.

Meine Mutter sah mich mit zusammengezogenen Augenbrauen an. „Lu! Nun verdirb du uns bloß nicht die Weihnachtsferien.“ Ihr Mund wurde zum Strich.

„Will ich doch gar nicht. Ich möchte nur nicht mitfahren. Das ist alles.“

„Warte mal, bis sich Papa beruhigt hat. Dann besprechen wir das alles noch mal“, lenkte sie ein.

„Ach. Er beruhigt sich?“, stichelte meine Patentante mit angriffslustig blitzenden Augen.

„Andrea! Bitte!“

„Ging unserem Vater früher nämlich ab.“ Andrea klang oberfrostig.

„Was das jetzt soll. Wo er doch schon so lange tot ist“, sagte meine Mutter.

Geräuschvoll sog Andrea die Luft ein. „Das einzig wirklich Gute an ihm!“

Meine Mutter warf ihr böse Blicke zu. Warum hasste Andrea ihren Vater bloß so? Ich wollte sie bei Gelegenheit danach fragen.

„Aber ich möchte bitte, bitte zu Andrea. Berlin ist so

toll. Und wenn Andrea das ganze Jahr unterwegs ist, sind die Weihnachtsferien vorläufig meine letzte Chance“, bettelte ich.

Meine Mutter seufzte, sagte aber erst einmal nichts mehr. Die Atmosphäre war vergiftet. Andrea und ich verzogen uns in mein Zimmer.

„Ich werde nachher noch einmal mit meinem Bruder reden.“

„War euer Vater echt so schlimm früher?“

„Schlimm ist gar kein Ausdruck.“

„Und Oma? Ist sie deshalb so depri?“

„Ja! Nein! Ich weiß nicht.“

So verwirrt kannte ich meine Patentante gar nicht.

„Erzähl mir mehr von Torge“, lenkte ich vom Thema ab.

„Okay. Also: Er ist wenig größer als ich. Ziemlich breit und mit großen, starken Händen. Äh … er hat blasse Haut und schwarze Haare. Ach ja, und verdammt große Füße.“

Wir kicherten.

„Warum muss er es sein, wo du doch an jedem Finger zehn haben könntest?“

„Das sagt sich so leicht.“ Andrea lachte bitter. „Die Menge macht’s nicht – mal davon abgesehen, dass du Unrecht hast. Und wenn man sich umsieht, stellt man fest, dass es vielen Menschen nicht gelingt, den passenden Partner zu finden. Siehe deine Großmutter.“

„Dafür gibt es heutzutage das Internet.“

„Kann schon sein. Aber die Trennungsquoten sprechen eine eigene Sprache. Nein, im Ernst. Torge und ich hatten viele gemeinsame Themen. Wir sahen vieles mit gleichen Augen.“ Kurze Pause. „Außerdem hatte unsere Beziehung die richtige Mischung aus Abstand und Nähe.

Aber davon ist leider nur der Abstand übriggeblieben."

„Ach, du Arme!" Ich streichelte Andrea über die Wange.

Da sagte sie: „Heute Nacht komme ich übrigens mit."

„Kannst du denn mit meinem ...", ich suchte nach dem passenden Begriff, „... Medium in *unser* Dorf?"

„Ich denke schon. Nur muss ich dann auch wieder hierher zurück."

Kurze Zeit später verließ Andrea das Zimmer und ging die Treppe hinunter. Ich nahm auf der obersten Stufe im Treppenhaus Platz, um ja kein Wort zu verpassen.

„Tut mir leid, Stefan, ich wollte dich nicht provozieren. Tut mir echt leid."

„Tut mir auch leid, dass ich mich so aufgeregt habe."

Eine Pause entstand.

„Ich habe momentan viel um die Ohren, musst du wissen", sagte mein Vater.

Als Einstieg gar nicht übel, dachte ich.

„Aber lass bitte in Zukunft unseren Vater aus dem Spiel. Ich weiß, dass du ihn hasst. Aber Lu muss es ja nicht unbedingt wissen."

„Sie ist kein Kleinkind mehr. Das meine ich ernst, Steff. Und sie muss neulich mein Kinderalbum in Händen gehabt haben."

„Ja, das stimmt. Wir waren bei Mutter. Aber Lu weiß nichts. Und dabei soll es bleiben. Mutter will nie mehr– "

„Wie du meinst", unterbrach Andrea ihren Bruder. „Ich habe nicht das Recht, euch da rein zu reden. Auch wenn ich zehnmal anderer Ansicht bin."

Wieder schwiegen sie sich eine kurze Weile an.

„Was du nicht wissen kannst, Andrea, wie überall macht jetzt auch bei mir im Betrieb das Gespenst namens Stellenabbau die Runde. Ich arbeite fast nur noch. Und dann immer diese Angst im Nacken."

„Das tut mir leid, Stefan."

„Wenn vielen Angestellten gekündigt wird, braucht man logischerweise auch nicht mehr so viele Chefs." Er klang resigniert.

„Und bei mir sieht es auch nicht gerade rosig aus. Die Bauaufträge gehen zurück und damit auch die Arbeit der Architekten", fügte meine Mutter hinzu. Wie gereizt sie sich anhörte.

„Aber gerade dann ist doch ein teurer Skiurlaub kontraproduktiv, oder? Nicht, dass ich es euch nicht gönne. Aber vielleicht haltet ihr besser das Geld zusammen und genehmigt euch einen kleinen, gemütlichen Urlaub auf dem Land. Mit Wanderungen und Sauna und so."

„Aber ich habe längst bezahlt."

„Wir haben doch eine Reiserücktrittsversicherung abgeschlossen. Lu war schließlich krank."

Supi, Mama, mach weiter so!

„Wir können ein Attest einreichen und die Versicherung trägt die Kosten. Im Übrigen, Stefan, finde ich Andreas Vorschlag gar nicht schlecht."

Ich hatte genug gehört. Die Sache würde sich regeln. Musste ich ein schlechtes Gewissen haben, weil ich gar nicht in Berlin wäre? Nein! Ich tat nichts Verbotenes. Nur eben auch nichts, was man erzählen konnte. Aber was war mit Oma? Irgendetwas war doch faul. Es sah ganz danach aus, als ob wir zu der Sorte Familie gehörten, die ungeahnte Geheimnise verbarg. Was war es, das ich nicht wissen sollte? Hing es mit Andreas Hass auf ihren Vater zusammen? Ich bekam die Puzzleteile nicht aneinander.

Noch nicht!

Ich traf meine üblichen Vorbereitungen für die Mitternacht. Hoffentlich dachte Andrea daran, sich etwas zum Anziehen zurechtzulegen. Sie würde ja wohl nicht noch einmal bei jemandem so völlig ohne alles auftauchen wollen – so wie im letzten Winter in dem Haus mit der Nummer neun. Bei dem Gedanken, dass Andrea nackt und fröstelnd in Herrn Brahmeiers Werkstatt spaziert käme, musste ich lachen.

Das Wecksignal machte sich kaum auf der leisesten Stufe bemerkbar, als ich auch schon hellwach war. Ich griff an Andreas Schulter und war beruhigt. Sie hatte sich gar nicht erst ausgezogen. Ein weiterer Auftritt der besonderen Art würde also ausfallen. Vorsichtig rüttelte ich sie wach.

„*Liebe ist kosmisch* strahlt einen ja geradezu an“, flüsterte sie. „Du und der Kai also!“

Ich grinste nur.

„Du zuerst“, raunte Andrea, und als die Kirchturmuhr aus der Ferne zwölf schlug, stieß ich mich ab.

In Herrn Brahmeiers Hausflur trat ich auf die Seite, um Andrea Platz zu machen.

„Heute keine Komplikationen“, sagte Andrea, und wir gingen durch den Flur in Herrn Brahmeiers Werkstatt.

Dem Schuster und Kai stand die Spannung ins Gesicht geschrieben.

„Wie ist es ausgegangen?“, fragte Kai sofort.

„Erst mal Hallo allerseits.“ Andrea war in Hochform.

Und dann berichteten wir abwechselnd über die Erlebnisse der letzten vierundzwanzig Stunden. Frau Sawinsky machte ich zu meiner persönlichen Heldin.

„Dann bring die Dame doch mal mit“, schlug Herr Brahmeier vor. „Sozusagen als Dankeschön für ihre Hilfe.“

„Ich kann unsere Haushälterin schlecht bis Mitternacht in meinem Zimmer verstecken."

„Überraschung!", krähte Andrea, den Blick auf Kai geheftet. „Lu kommt ab dem ersten Weihnachtstag mit mir zusammen her."

Kai strahlte mich an. Am liebsten wäre ich ihm um den Hals gefallen.

Herr Brahmeier bot mir an, das ehemalige Kinderzimmer seiner inzwischen erwachsenen Tochter zu bewohnen. Zumindest für den Fall, dass Torge noch auftauchte, fügte er hinzu. Als der Name fiel, wurde Andreas Blick traurig. Herr Brahmeier wechselte schnell das Thema. „Vor der Kirche ist heute Eisstockschießen. Wie wär's? Gehen wir hin?"

„Warum nicht", sagte Andrea bemüht unternehmungslustig.

Wir wickelten uns in unsere Schals, während Kai, der anscheinend nie fror, nur in seinem Troyer loszog. Die Nacht war sternenklar und es ging kein Wind. An der Eisstockbahn standen Fackeln und Feuerkörbe. Die Mannschaften feuerten ihren jeweiligen Spieler an. Es war richtig Stimmung auf dem Marktplatz.

„Sollen wir auch mal?" Kai lächelte mich an.

„Ich hab noch nie …"

„Klar machen wir mit", antwortete Andrea für mich mit und so schob ich zum ersten Mal in meinem Leben den Eisstock – gar nicht mal so schlecht. Allerdings machte sich meine Aufregung wieder bemerkbar und ich musste schleunigst für kleine Mädchen.

„Die Kirche, dein Helfer in allen Lebenslagen", lachte Kai und zeigte mir, wo ich fand, was ich suchte.

Schon bald machte ich Andrea auf die Zeit aufmerksam. Sie wollte unbedingt noch ihr Spiel machen – da zeigte die Uhr zwei Minuten vor eins.

„Andrea! Wir müssen rennen!"

Ich lief, so schnell ich konnte, zum Haus Nummer eins. Da schrie plötzlich jemand aus der Ferne Andreas Namen – und zwar aus Leibeskräften.

Andrea stoppte. „Beeil dich, Lu. Ich bleibe hier."

Mir blieb nichts anderes übrig, als alleine ins Haus zu spurten, wenn ich die Zeit nicht noch einmal verpassen wollte. In meinem Zimmer angekommen, schlug die Uhr aus der Ferne eins – und Andrea war nicht da!

17. Dezember

Die Dinge ändern sich

Na toll! Jetzt fehlte zur Abwechslung Andrea. Dafür stand vor der Tür ihr Auto. Sonst wäre ja alles kein Problem gewesen. Andrea hätte ausgeschlafen und wäre Richtung Berlin verschwunden. Aber ohne ihren Wagen?

Ich hatte im Moment keine Lust auf neue Probleme. Es reichte irgendwie. Ich wälzte mich im Bett herum. Verdammter Mist! Ich wollte nur noch schlafen. Warum war Andrea denn nicht mitgekommen? Wer um Himmels willen hatte so laut ihren Namen gebrüllt? Torge etwa? Der Tag morgen würde ein Alptraum werden – da war ich mir sicher.

Wie gewohnt redete ich am Frühstückstisch nur das Nötigste, schob Müsli mit Apfel in mich hinein und mampfte vor mich hin. Bloß niemanden ansehen. Dann kamen auch keine Fragen. Klappte in der Schule auch meistens.

„Dachte ich mir, dass deine Schwester ausschläft", sagte meine Mutter spitz und schenkte sich neuen Kaffee ein.

„Was soll sie hier den ganzen Vormittag rumsitzen?", muffelte mein Vater in sich hinein, stand auf und verließ das Haus. Meine Mutter zehn Sekunden später ebenfalls. Mir blieb also bis zum Abend Zeit, nach einer Begründung zu suchen, weshalb Andreas Auto ohne Andrea anwesend war.

Die Mathearbeit wurde zu einem ähnlichen Fiasko wie die Englischarbeit. Nach wenigen Fehlversuchen begann ich, die Rechenkästchen mit kleinen und größeren Häuschen zu bemalen, hier und da ein Tannenbäumchen hinzukritzeln, bis der Gong mein Werk beendete. Ich klappte das Produkt meiner kreativen Tätigkeit zu. Meine Laune war bestens. Mir war eine Erklärung eingefallen: Andreas Wagen war nicht angesprungen und sie hatte deshalb die Bahn genommen. Ganz einfach! Ich grinste vor mich hin. *Honigkuchenpferd* sagte eine Gehirnzelle zu ihren Mitarbeitern.

Überhaupt verlief der Tag nicht so schlecht, wie er angefangen hatte. Das Ergebnis der Englischarbeit blieb weiter im Dunkeln, und die Menge der Hausaufgaben war überschaubar. Für den Spätnachmittag verabredete ich mich mit Anna. So würde der Tag schnell herumgehen und ich käme zum Wesentlichen: zu *meinem* Dorf.

„Hast du echt Häuser ins Matheheft gemalt?" Anna hatte noch nicht einmal ihren Parka abgeworfen.

„Woher weißt du das denn?"

„Ich habe auf dein Heft geguckt, weil ich wissen wollte, was du bei Aufgabe drei geschrieben hast."

„Fehlanzeige!"

„Ich dachte, ich könnte was übernehmen. Aber du hattest ja nur Häuschen auf der Seite."

„Ich kann halt keine binomischen Formeln. Und wozu auch! Die bringen mich im Leben bestimmt nicht weiter."

„Nächstes Mal male ich auch irgendwas dahin."

„Weil ich krank war, habe ich irgendwie den Anschluss verpasst. Ist ja nur erstes Halbjahr und keine Versetzung."

Anna gab mir völlig recht. „Was wünschst du dir zu Weihnachten? Von deinen Eltern, meine ich."

„Nichts! Außer, dass ich meine Patentante in Berlin

besuchen darf. Sie heißt Andrea. Von der habe ich dir schon öfter erzählt."

„Das ist doch wohl nicht alles", sagte Anna streng.

„Doch!"

„Komm schon! Was willst du noch?"

„Nichts! Ehrlich nicht! Mein Zimmer ist, wie du siehst, voll. Wenn du Lust hast, misten wir bei mir aus und verkaufen alles auf dem Flohmarkt."

„Du spinnst wohl. Was willst du denn verticken? Deine Einrichtung etwa?"

„Natürlich nicht! Aber den ganzen Dekokram und Zeugs von früher, was ich nicht wirklich brauchen kann. Die Schubladen sind voller Krempel. Außerdem hat sich mein Geschmack geändert. Ich steh momentan nicht mehr so auf Barbie und Ken. Du?"

Ann lachte. „Was sagen deine Eltern dazu, wenn du deine Sachen zu Geld machst?"

„Als ob ich die frage. Die sind sowieso froh, wenn ich mal aufräume."

„Mensch, Lu!"

„Aber mir fällt plötzlich ein, was ich mir außer ‚nichts' wünsche: einen kleinen Bollerofen. So einen, den man einfach nur mit Holz füttert."

„Cool!"

Wir überlegten uns für meinen Traum-Ofen einen Platz. Dann strichen wir im Keller herum und suchten einen leeren Karton.

„Wenn du mir hilfst, die Sachen auf dem Flohmarkt zu verkaufen, machen wir halbe-halbe."

Auf diese Weise könnte ich Annas Taschengeld aufbessern und bräuchte mich nicht alleine auf den Flohmarkt zu stellen. Sie nahm das Angebot an. Ich war irgendwie stolz, fühlte mich ein bisschen wie Sankt Martin.

Ausmisten war schwieriger als angenommen. Dauernd fragte ich mich, an welchen Dingen ich hing und was ich weggeben mochte, ohne es später zu bereuen. Kinderbücher brauchte man nicht mehr in meinem Alter. Aber dann war da Die *Schneekönigin*, die ich immer so gerne gelesen hatte, wenn ich krank gewesen war.

Wie würde es erst werden, wenn ich mich von meinem anderen Leben trennen musste? Von den Menschen, die mir inzwischen so viel bedeuteten? Von Kai? Mir krampfte sich der Magen zusammen. Der siebte Januar würde kommen. Unweigerlich. Bloß nicht daran denken. Jetzt noch nicht …

„Nächstes Mal sortieren wir auch meine Klamotten aus. Das meiste ziehe ich sowieso nicht an."

„Du hast super Sachen. In deine Läden gehe ich noch nicht mal für Sonderangebote", sagte Anna.

„Deine Sachen sind aber auch nicht übel."

Wir wussten beide, dass ich log.

„Du spinnst."

„Wenn dir deine Sachen nicht gefallen, dann könnten wir für dich doch mal im Second Hand gucken. Da gibt es oft richtig coole Sachen. Meine Patentante kauft fast nur im Second Hand."

„Superidee!"

„Oder wir färben alles, was du hast, einfach schwarz. Und dann nähen wir alles Mögliche dran. Perlen, Stoffblumen."

„Brauchen wir nur noch Färbemittel."

„Wir verticken zuerst Kram auf dem Flohmarkt, dann haben wir genug Geld."

Der Nachmittag mit Anna war schön, weil wir Pläne schmiedeten. Das war sicher gut für „danach". Bei dem Gedanken zuckte ich zusammen.

Schlag zwölf war ich auf dem Posten und landete gekonnt im Hausflur des Schusters.

„Na, Lu, jetzt musstest du dir schon wieder etwas einfallen lassen.“ Wie Herr Brahmeier nur immer so gelassen sein konnte.

„War halb so schlimm. Für meine Eltern ist Andrea mit dem Zug zurück nach Berlin gefahren, weil ihr Auto nicht angesprungen ist. Klingt logisch, oder?“

„Völlig logisch.“ Herr Brahmeier musste lachen.

„Was ist mit Andrea? War es vielleicht Torge, der hinter ihr herrief?“

„Das dachte ich letzte Nacht auch im ersten Moment. Nein, Torge war es nicht“, sagte Herr Brahmeier. „Es war ein Bekannter von Andrea, der etwas über Torge wusste.“

„Und was war das?“

„Torge hat im letzten Frühjahr, als Andrea weg war, unser Dorf verlassen. Er war im vorigen Jahr nur deshalb hier, weil er jemanden besucht hat.“

„Und weiter?“

„Genaues weiß ich nicht. Aber Andrea hat sich bei mir passende Stiefel aus den Schlemihl'schen Werken geliehen, was sie ja schon öfter gemacht hat.“

„Hat sie nicht gesagt, wohin sie geht?“

„Nein! Aber sie ist noch in derselben Nacht mit dem anderen Mann, der solche Stiefel schon an den Füßen hatte, verschwunden.“

Ich war beunruhigt, aber Herr Brahmeier sagte, man müsse abwarten, was aus der Sache würde.

„Im Übrigen wartet Kai auf dich. Bei ihm zu Hause ist ein Festchen. Sein Bruder hat Geburtstag.“

Mit rasendem Herzen und vermutlich hektischen Flecken machte ich mich auf den Weg. Mir blieb eine Dreiviertelstunde. Und wie immer, wenn es spannend wurde, musste ich mal. Draußen war es kalt, niemand spazierte umher. Wenn ich mich zwischen zwei Tannenbäume hockte, könnte mich keiner sehen. War ja auch niemand da. Im Moment jedenfalls nicht. Und ruck zuck war die Sache erledigt. Wäre doch zu peinlich gewesen, gleich nach der Begrüßung aufs Klo zu verschwinden.

Schon vom Marktplatz aus hörte man die Musik. Im Rhythmus hopste ich zu Kais Haus.

„Hi, Lu!“ Ole stand gleich neben der Eingangstür. „Fein, dass du gekommen bist.“ Und dann brüllte er gegen den Lärm an: „Kai! Dein Mädchen ist da.“

Kai tauchte von irgendwoher auf und nahm mich in die Arme – fester als sonst. Und länger. Oder bildete ich mir das nur ein? Er zog mich hinter sich her, weg vom Eingang, hin zu einem Tisch mit Getränken drauf. Im Nebenzimmer spielte eine Band, es war tierisch laut. Und weil man sein eigenes Wort nicht verstehen konnte, legte Kai die Arme um mich und wir bewegten uns zu der Musik. Und weil ich große Lust dazu verspürte, meinerseits die Arme um Kais Hals zu legen, machte ich das – einfach so. Und dabei blieb es in dieser Nacht nicht.

18. Dezember

Lückentext

Es muss mir ins Gesicht geschrieben stehen, dachte ich und versuchte, mein Grinsen zu unterdrücken. Obwohl ich das Gefühl hatte, kaum geschlafen zu haben, fühlte ich mich großartig. Ein Blick in den Spiegel sagte alles: Kein kleinstes Pickelchen weit und breit. Yeah!

Mein Vater hatte bereits das Haus verlassen und meine Mutter spülte gerade ihren letzten Schluck Kaffee runter.

„Bis heute Abend!" Sie griff nach ihren Utensilien, zückte im Gehen ihren Lippenstift. Ich setzte mich gar nicht erst hin, schüttete den Apfelsaft direkt aus der Flasche in mich hinein und machte mich ebenfalls auf den Weg. Dass ich die ganze Zeit vor mich hin lächelte, fiel mir erst auf, als Anna sagte: „Bist du die aktuelle Lottokönigin?"

Die Englischstunde würde heute unweigerlich das Resultat meines Lückentextes bringen. Eine erwartungsvolle Unruhe machte sich breit, als die Lehrerin endlich daran ging, die Hefte zu verteilen.

„Die Klassenarbeit ist gut ausgefallen. Bis auf eine Ausnahme", sagte sie.

Ich wusste Bescheid.

Als ich mein Heft bekam, bedankte ich mich mit einem falschen Lächeln, schlug es auf und sagte in meinem Inneren: *Kais Mädchen hat eine sähächs*. Mich schüttelte plötzlich ein Lachen. Ich konnte einfach nicht anders. Die Englischlehrerin sagte prompt: „Lu, ich finde es wirklich nicht besonders witzig."

Ich grunzte ihr „Ich find's voll lustig" entgegen. Und dann wieherte ich los. Die Klasse tat es mir nach.

„Den Kommentar hättest du dir sparen können", donnerte die Lehrerin dazwischen. Die Mitschüler verstummten und gafften mich an, als sei ich ein verirrtes Mondkalb.

„Zu spät!", entfuhr es mir.

„Lu, jetzt halt mal lieber die Fresse!", flüsterte Anna, die noch retten wollte, was zu retten war. „Ist grad nicht der passende Zeitpunkt für die *Böses-Mädchen-Nummer.*"

Es war aber nichts mehr zu retten.

„Du verlässt sofort den Klassenraum!" Frau Schlössers Stimme überschlug sich fast vor Wut. So superböse hatte die Klasse sie noch nie erlebt.

Es war der erste Rausschmiss meines Lebens.

Ich erhob mich umständlich, schlenderte lässig nach vorne, schob mich betont gemächlich an der wütenden Lehrerin vorbei und ging blöde grinsend hinaus. Nicht gerade leise schloss ich die Türe, setzte mich im Flur auf den Boden, immer noch vor mich hinglucksend, und betrachtete die Wände. Wenigstens roch es hier nicht so stark nach verbrauchter Luft wie im Klassenraum. Meine Situation fühlte sich derart fremd an, dass ich mich fragte, ob ich gerade im Theater saß. Und zwar auf den Bühnenbrettern. Sollte ich mich bei Frau Schlösser entschuldigen? Aber wofür? War doch lustig gewesen. Und Lückentext blieb Lückentext. Bei dem Gedanken musste ich schon wieder lachen.

„Ich bin voll bekloppt", dachte ich. Mir fielen Andreas Worte ein: Ist der Ruf erst ruiniert, lebt es sich ganz ungeniert. Nein, das Schicksal ließ sich nicht bestechen –

ich hatte mit der miesen Note nur für meine abenteuerliche Mitternachtsstunde bezahlt. Dabei hatte ich es gut getroffen: Ein geringer Preis, wenn man bedachte, was ich dafür geboten bekam...

Als es gongte, erhob ich mich. Binnen weniger Sekunden herrschte um mich herum das Chaos.

„Auch wenn du irgendwie gestört bist. War voll cool", sagte Marcel und baute sich direkt vor mir auf.

„Mensch Lu! Wie bist du bloß drauf!" Anna schubste Marcel auf die Seite und fiel mir um den Hals. Bestens gelaunt drückte ich Anna so feste zurück, dass sie aufschrie: „Du Irre. Lass mich am Leben!"

Ich nahm alles nur wie durch Watte wahr, denn meine eigentliche Geschichte hatte mit meinem momentanen Aufstieg zur Drama Queen der Klasse nichts zu tun. Meine Erinnerungen an die letzte Nacht sorgten für einen Adrenalinstoß nach dem anderen. Ich hörte die Musik, fühlte seine Umarmung, unsere Küsse. Seinen Geruch hatte ich an mir. Duschen würde ich erst heute Abend. Mit meinem Lieblingsshampoo. Ich lechzte nach der nächsten Nacht. Und damit nach der Fortsetzung meines persönlichen Drehbuchs, das sich irgendjemand für mich ausgedacht hatte.

Nur hin und wieder streifte in den noch folgenden Unterrichtsstunden mein Blick den jeweiligen Lehrer, unfähig zu erfassen, worum es gerade ging. Und in den kurzen Pausen dazwischen ließ ich mich feiern. Was blieb mir auch anderes übrig. Im Grunde fand ich meinen Auftritt lächerlich. Keine Geschichte, auf die man stolz sein konnte. Nein – was die Schule anbelangte, hatte ich ab sofort die Rolle des Stümpers, der sehen musste, wie er sich durchpfuschte, um irgendwie zu überleben.

Mein Hochgefühl wechselte mit der Sorge um Andreas Verschwinden. Was war geschehen?

Kai erwartete mich im Flur. Mit seinem breiten Grinsen, das ihm Grübchen in die Wangen drückte, schloss er mich in die Arme. Herr Brahmeier sagte nichts weiter, sondern grinste ebenfalls. Mit den Worten „Bis nachher“ verließen wir das Haus.

„Morgen kann ich nicht kommen – ich muss mit meinen Eltern meine Großeltern besuchen. Die sind zwar nett, aber …“, und dann entstand eine Pause.

„Kann ich verstehen. Ist schließlich Weihnachtszeit.“

Wie er das sagte. So lieb irgendwie.

„Ist das hier auch so? Bei uns artet Weihnachten manchmal in totalen Stress aus, weil so Besuchshorden ja auch essen müssen.“

„Besuchshorden reisen bei uns auch hin und her.“

Wir schlenderten Richtung Kosmos. Eng umschlungen.

„Weißt du etwas über Andrea?“

„Ein bisschen was habe ich gehört. Der Mann, der Andrea vorgestern Nacht gerufen hat, den hat Andrea durch Torge im letzten Jahr kennen gelernt.“

„Weißt du noch mehr?“

„Ich habe nur gehört, wie der Mann zu Andrea gesagt hat, dass er weiß, was mit Torge ist.“

„Komisch! Findest du nicht auch?“

„Wir wissen nicht, was dahinter steckt.“

Wie ruhig er das sagte. Eigentlich sprach er so ähnlich wie Herr Brahmeier, fiel mir mit einem Mal auf. Ganz anders als die Leute aus – ich wusste nicht weiter. Hieß es wirklich *aus meiner Welt*?

„Andrea hängt doch so sehr an Torge. Das muss er doch wissen.“

„Sie leben schließlich in zwei verschiedenen Welten.

So wie wir beide auch.“ Jetzt hatte er es ausgesprochen. Er blieb stehen und nahm meine Hände in seine. Wir sahen uns traurig an.

„Du hast recht“, sagte ich leise. Weiter nichts.

Als wir beim Kosmos ankamen, hatten wir eigentlich gar keine Lust auf die vielen Leute. Arm in Arm gingen wir weiter.

19. Dezember

Andreas Bücher

Als wir auf der Autobahn waren und keine Kurven mehr kamen, von denen mir kotzschlecht wurde, kramte ich eines der beiden Bücher aus, die mir Andrea geschenkt hatte: Peter Schlemihl. Schon nach den ersten Seiten merkte man, dass es kein lustiges Buch war. Schlemihl war ein unglaublicher Loser. Wenigstens waren ihm die besondersten Stiefel der Welt geglückt. In Gedanken saß ich vor einem Becher Kakao mit Rum, roch die Gemütlichkeit der kleinen Küche und sah in Kais schönes Gesicht. Dabei berührten meine Finger den heißen Becher …

Das dünne Büchlein in der Hand, stieg ich aus dem Auto. Die Großmutter breitete die Arme aus, als wollte sie uns alle auf einmal umarmen. In dem festlich geschmückten Wohnzimmer duftete es nach Honigwachskerzen und Tannen – wie bei Kai zu Hause.

„Das Buch haben wir damals in der Schule gelesen. Aber ich bin mir nicht sicher, ob ich es begriffen habe.“ Mein Großvater sprach zu mir. *Konzentration*!, befahl ich meinem abtrünnigen Geist.

„Ich habe es auch in der Schule durchgenommen. Ich weiß noch, dass wir gelernt haben, dass es um die Frage nach dem wirklichen Wert der Dinge ging“, dozierte meine Großmutter. „Geld macht eben nicht glücklich.“

Nach Kaffee und Kuchen kramte ich das andere Buch aus meiner Tasche.

„Timm Thaler! Regina! Das hattest du doch auch

früher. Weißt du noch?" Meine Großmutter klang total enthusiastisch.

„Ich kann mich dunkel erinnern." Meine Mutter nahm das Buch in die Hand und begann zu lesen. Sie lächelte. „James Krüss – wohnte der nicht auf Helgoland?"

Mein Großvater erklärte, dass der Autor tatsächlich Helgoländer gewesen sei. Sie unterhielten sich über das verkaufte Lachen des Jungen, über Helgoland, wo man unbedingt einmal im Leben gewesen sein müsse, weil es doch die einzige Hochseeinsel Deutschlands sei, und dass solche Bücher immer wieder schön zu lesen wären. Aber ich dachte an Andrea, die jemanden kannte, der das Lachen verlernt hatte. Und an die Depri-Oma, die immer so ernst war. Ob auch ihr das Lachen vergangen war? Und dann war da noch dieser fette Bruder, Onkel Arno, der so fies nach Schweiß stank und einem manchmal so aufdringlich nahe kam. Schon als ich klein war, mochte ich nicht auf seinem Schoß sitzen. Irgendetwas stimmte nicht mit der Familie meines Vaters. Dass meine hypermoderne Mutter und ihre vertrocknete Schwester ebenfalls eine merkwürdige Mischung abgaben, fiel mir erst später ein.

Ich war derart an das mitternächtliche Aufwachen gewöhnt, dass ich auch heute, in einem anderen Haus und ohne Wecker, um kurz vor zwölf aufwachte. Schlagartig wuchs in meinem Bauch ein trauriger Wutknubbel. Mir kamen die Tränen. Jetzt, genau in diesem Moment hätte ich *dort* sein können. Was meine Familie – äh, die Freunde aus *meinem* Dorf wohl gerade so machten? Wie kam ich auf *Familie*? Ich musste grinsen, wischte mit dem Schlafanzugärmel meine Tränen weg. Ob Andrea wohl aufgetaucht war? Es half alles nichts – ich war nicht in *meinem* Dorf und konnte auch nicht hin. Niemand wisperte geheimnisvoll in die Nacht. Keine Schrift leuchtete für mich. Es war stockdunkel. Wie ich alle Menschen beneidete, die jetzt dort waren.

Ob mich Kai auch so vermisste wie ich ihn?

Es war nicht zu leugnen: Ich hatte fürchterliches Heimweh. Und das nach einem Dorf und nach Menschen, die im Moment so weit weg waren, wie es weiter nicht ging.

Morgen, flüsterte ich in die Nacht.

Morgen wieder…

20. Dezember

Vierter Advent

Meine Großeltern strahlten großelterliche Ruhe aus, was sogar meine Eltern aus ihrer Hektik riss. Frühstück, Spaziergang, Mittagessen – ich ließ alles über mich ergehen. Dabei war jedes noch so belanglose Gespräch für mich mit großen Konzentrationsproblemen verbunden. Logisch, dass ich nicht in der Stimmung war, darüber zu diskutieren, was ich später mal werden wollte. Schon deshalb nicht, weil sich eine solche Frage vielleicht eines Tages ganz anders stellen würde. Zum Beispiel weit hinter der Frage, wo ich eines Tages hin wollte …

Dem forschenden Blick meiner Großmutter wich ich, so gut es ging, aus. Tapfer verdrückte ich bei jeder neuen Mahlzeit wenigstens eine kleine Portion.

Erst am späten Nachmittag kehrten wir nach Hause zurück. Ich hatte es geschafft. Mit allen meinen Nervenfasern sehnte ich die Nacht herbei.

Endlich war es so weit. Das Lebkuchenherz leuchtete und ich tauchte ab in mein *wahres* Leben.

Kai stand mit erhobenem Arm im Türrahmen und hielt einen Brief in der Hand: „Der ist für dich."

„Von Andrea?"

„Keine Ahnung! Oder gibst du nichts ums Briefgeheimnis?"

„Doch!" Ich riss das Kuvert auf, Kai stellte sich hinter mich und las, den Kopf neben meinem, mit.

Liebe Lu!

Sicher wunderst du dich, dass du von mir einen Brief

bekommst. Von einer Person, die du gar nicht kennst. Mein Name ist Selma Rose, und ich habe dich schon öfter in unserem Dorf gesehen. Das erste Mal, als du dich zu Nikolaus auf dem Marktplatz umgesehen hast. Ich nehme an, dass das dein erster Besuch bei uns war.

Einmal bist du sehr schnell losgerannt und Kai, den ich kenne, seit er ein Baby war, hat deinen Namen gerufen. Daher weiß ich, wie du heißt.

In unserem kleinen Dorf sprechen sich die Dinge schnell herum. Mir ist zum Beispiel zu Ohren gekommen, dass Andrea deine Tante ist. Du musst wissen, dass Andrea den Sohn einer guten Freundin von mir in meinem Haus kennen gelernt hat. Das war im letzten Jahr, als ich bei meiner Freundin zu Besuch war. Dieser junge Mann heißt Torge – und weil ich ja, wie schon gesagt, nicht zu Hause war, habe ich mein Haus – übrigens die Nummer drei – genau diesem Torge überlassen, der gerne einmal in diese Gegend kommen wollte. Aus welchen Gründen Torge in diesem Jahr nicht wieder hergekommen ist, kann ich dir nicht sagen. Aber ich habe eine Vermutung, wo er zurzeit ist. Dies bedarf einer längeren Erklärung. Deshalb lade ich dich und natürlich auch Kai zu mir ein.

Herzliche Grüße
Deine Selma Rose

„Gehen wir jetzt gleich hin?“, fragte Kai.

„Ja klar!“

Arm in Arm machten wir uns auf den Weg.

„Hoffentlich ist eine Uhr im Haus.“

„Bestimmt!“, versicherte Kai mir.

In Frau Roses Haus, das größer war als das von Herrn Brahmeier, befand sich im Erdgeschoss ein Lebensmittelgeschäft. Um in die Wohnung zu gelangen, benutzte man einen Seiteneingang. Wir liefen die Treppe hinauf und klopften an die Türe. Als Frau Rose öffnete, erinnerte ich mich an die alte, zierliche Frau, die mir in der Nikolausnacht zugenickt hatte. So, als habe sie mir Mut machen wollen, als ich zum ersten Mal verschreckt und gleichzeitig verzückt in der fantastischen Winterwelt gestanden hatte. Jetzt kam es mir vor, als wäre das schon eine Ewigkeit her.

„Ich freue mich immer, wenn Besuch kommt." Sie lächelte uns an, bedeutete uns mit einladender Geste ihrer schmalen Hände, einzutreten und Platz zu nehmen.

Mitten vor einer Wand im Wohnzimmer stand eine große alte Uhr aus dunklem Holz. Rechts neben der Uhr hing ein Bild, das Eisberge in einem fantastischen Licht zeigte. Ich blieb eine ganze Weile davor stehen.

Die Wohnung von Frau Rose war ähnlich schlicht eingerichtet wie das Haus von Herrn Brahmeier und das Zimmer, in dem Andrea hier im Dorf wohnte. Die Uhr und das Bild waren die einzigen Dinge, die nicht unbedingt notwendig waren. Alles andere, wie der Ofen, der Tisch und die Stühle gehörten zu einer normalen Grundausstattung, die jede Wohnung brauchte.

Es duftete wie in einer Bäckerei. Auf dem Tisch wartete ein Kuchen mit Schokoladenkuvertüre darauf, dass man ihn anschnitt. Außerdem hatte Frau Rose Tee gekocht, der wunderbar nach Karamell duftete. Mhm!

„Wollt ihr die ganze Geschichte? Wenn ja, fange ich sofort an, weil Lu, wie ich weiß, uns um kurz vor eins verlassen muss."

Wir nickten beide gleichzeitig.

Frau Rose schnitt den Kuchen in dicke Scheiben und schenkte Tee ein. Wir nahmen uns jeder ein Stückchen, obwohl ich mir nicht sicher war, dass ich in meiner Aufregung etwas herunterbringen würde.

Frau Rose nahm auf der gegenüberliegenden Seite von uns beiden Platz.

„Vor ungefähr fünfzig Jahren verlor ein kleiner Junge seine Eltern. Sie kamen bei einem Schiffsunglück ums Leben." Sie sah uns abwechselnd an. „Der kleine Junge konnte gerettet werden, aber die Eltern wurden nie gefunden. So kam der Junge nach Stockholm zu seiner Großmutter. Es war eine liebe Frau und ihm ging es dort nicht schlecht. Er hatte seine Großmutter sehr lieb."

Sie legte eine kleine Pause ein – gerade so lang, dass sie sicher sein konnte, dass ihre Zuhörer ihr gefolgt waren.

„Aber die alte Frau starb bald und für das Kind, das zu jener Zeit etwa sieben oder acht Jahre alt war, blieb nur das Waisenhaus", fuhr sie fort. „Dort wurde der sensible Junge immer stiller. Wohl auch, weil er oft von den anderen Kindern geärgert wurde."

„Der Arme", sagte ich voller Mitleid.

„Einmal lief er davon, aber die Polizei fing ihn schnell wieder ein", erzählte Frau Rose weiter. „Als seine Großmutter noch lebte, schenkte sie ihm im Winter einige Bastelbögen, auf denen viele Iglus abgebildet waren. Es waren vierundzwanzig Stück, und weil der Junge noch zu klein war, um sie alleine auszuschneiden und zusammenzukleben, half ihm die Großmutter dabei. Leider starb sie kurz darauf, und, wie schon gesagt, musste der kleine Junge nun ins Waisenhaus. Sein Winterdorf, denn ein solches war es, wie ihr sicher schon vermutet habt, packte er ein. Wie kleine Papierhüte steckte er die Iglus ineinander. Aber im Waisenhaus konnte er sein Dörfchen nicht aufbauen, weil er dafür keinen Platz hatte. Auch befürchtete er, die anderen würden es kaputt machen. So lag das kleine Adventdorf ein Jahr lang in einem Pappkarton unten im Spind des Jungen und er verbrachte ein trostloses Jahr in dem Heim. Eine Erzieherin bemühte sich sehr um ihn, aber er kapselte sich ab und zog sich immer häufiger auf den Dachboden des großen, alten Hauses zurück."

Obwohl ich ahnte, was nun kam, konnte ich vor Spannung kaum atmen.

„Eines Tages baute er dort oben sein Igludörfchen auf. Er muss sich in der Adventzeit öfter des Nachts dorthin geschlichen haben – oben auf den Dachboden. Und eines Nachts stieß er darauf, wie man das Dorf benutzen kann. Es wurde zu seinem Medium für die Freiheit. Aber ihr esst ja gar nicht", unterbrach sich die alte Dame.

„Es ist furchtbar spannend." Aus Höflichkeit biss ich wenigstens einmal in mein Stück Kuchen.

Kai sagte kauend: „Ist der Junge denn überhaupt noch mal zurück ins Waisenhaus?"

„Zunächst einmal müsst ihr wissen, dass er barfuß und im Schlafanzug in einem Iglu in Grönland eintraf, und zwar mitten in eine große Familie. Die lag um das Feuer, das in dem Iglu brannte, und schlief auf ihren Felllagern. In der Mitte des Igludaches war ein Loch, so dass der Rauch abziehen konnte, und der Junge wäre beinahe in der heruntergebrannten Glut gelandet."

„Oh nein", rief ich.

Frau Rose lächelte. „Er hat dort in der Tat ziemlich verblüfft gestanden, wie mir später meine Freundin berichtete."

„Wer ist Ihre Freundin? War sie dabei?" Ich war supergespannt, warf aber immer zwischendurch einen Blick auf die Standuhr. Dies war wieder so eine Nacht, in der man die Zeit vergaß.

„Also“, fuhr Frau Rose fort, „in dem Iglu wohnte neben anderen Kindern ein kleines Mädchen von ebenfalls acht Jahren. Es rückte auf Seite, und der Junge kroch mit unter ihre Felle.“ Wieder lächelte sie sanft. „Sie haben sich viel voneinander erzählt: Wer sie ist und woher er kommt und so weiter, bis die Mutter wach wurde und dem Jungen klar machte, dass er schleunigst, und zwar vor ein Uhr, zurück müsste. Da blieb dem kleinen Jungen nichts anderes übrig, als die Rückreise anzutreten. Aber genau wie du, Lu, kam er in der nächsten Nacht wieder. Und auch in der übernächsten. Und eines Nachts erzählte er dem Mädchen, wie schrecklich es im Waisenhaus wäre. Und als er wieder einmal am Tage besonders schlimm geärgert worden war, beschloss er, nicht mehr zurückzukehren. Seine kleine Freundin hat ihn tagelang versteckt. Aber eines Tages hat die Mutter bemerkt, dass dauernd ein Teil der Vorräte fehlte. Da ist herausgekommen, dass die Kinder ein eigenes kleines Iglu fernab von dem Dorf gebaut hatten, wo der Junge untergekrochen war. Sie ist zu ihm gegangen und hat ihn gefragt, warum er nicht nach Hause wolle. Seine Eltern machten sich bestimmt große Sorgen um ihn und ließen alles nach ihm absuchen. Er hat der Mutter anvertraut, woher er kam. Sie verstand ihn. Und ab da war er eines ihrer Kinder. Er hatte endlich wieder eine Familie. Für den Fall, dass er doch eines Tages in sein altes Leben zurück wollte, reiste die Mutter später nach Rovaniemi, um ihm Bücher, Schulbücher zum Beispiel, zu besorgen, damit er nicht ganz den Bezug zu seiner Heimat verlöre. In einer Buchhandlung, in der ich stöberte, lernte ich sie kennen. Aber diese Geschichte erzähle ich euch vielleicht ein andermal."

„Und wie ging es mit dem Jungen weiter?" Mir blieben noch neun Minuten Zeit.

„Also der Junge. Er wollte nicht mehr zurück – auch später nicht, als er groß war. Er wuchs in der Familie heran und als junger Mann heiratete er das ehemals kleine Mädchen. Die beiden bekamen drei Kinder."

„Eins davon ist Torge", sagte Kai.

„So ist es. Er war ein sehr naturverbundenes Kind. Zum Beispiel zog er einen Wolf groß, mit dem er dort oben im Norden durch die Gegend streifte. Sein Bruder und er machten später eine Hundezucht auf. Als die Jungen schon über zehn Jahre alt waren, bekamen sie noch ein Schwesterchen. Ein besonderes Kind. Christina heißt sie. Sie kann nicht laufen. Niemand weiß, warum sie nicht laufen kann. Torge und sein Bruder zogen sie immer mit ihren Schlitten durch die Gegend oder spannten die Hunde vor. Wie fröhlich das Mädchen war. Inzwischen ist sie eine hübsche junge Frau und Torge liebt sie sehr. Er hält sich oft dort auf, wo er aufgewachsen ist."

„Dann meinen Sie, dass er bei seiner Familie ist. Also ziemlich weit weg." sagte ich.

„Ja, das nehme ich an. Denn einmal ist jemand in sein Dorf eingedrungen, hat seine Schwester als Vertrauensperson ausgenutzt und … aber, Lu, du musst jetzt gehen."

„Was war geschehen?" Ich war ganz aufgebracht.

„Jemand wollte das geheime Dorf für seine Zwecke gebrauchen. Torge und sein Bruder machen sich seitdem immer Sorgen – lauf, Lu, sonst schaffst du's nicht."

Ich hatte schon meinen Pullover übergeworfen, rannte mit meinem Kuchenstück in der einen und Kais Hand in der anderen Hand los. Zurück zu dem Haus mit der

Nummer eins, hin zur Tür, ein Abschiedskuss mit Umarmung, und ich war zurück in meinem Zimmer – mit einem angebissenen Stück Kuchen.

21. Dezember

Vorletzter Schultag

Ich wechselte nicht nur zwischen zwei Leben hin und her, sondern auch zwischen zwei Sorten Wetter. In *meinem* Dorf herrschte richtiger Winter mit Kälte und Schnee, in Essen zog einen das Schmuddelwetter runter. Alle Welt war erkältet, nieste, hustete und klagte um die Wette. Weihnachtsstimmung wollte nicht aufkommen – vielleicht auch deshalb, weil einem schon seit Wochen aus jeder Ecke *Last Christmas* um die Ohren dudelte. Einfach ätzend. Dabei hatte ich mich die letzten Jahre immer auf Weihnachten gefreut.

Nachdenklich saß ich mit dem Stück Kuchen an meiner Fensterbank und schaute *mein* Dorf an. Zwischendurch schnupperte ich an meiner zweiten Haut, dem dicken alten Pullover, in dessen Maschen mein Geheimnis eingestrickt war, und an Frau Roses Kuchen. Niemals wollte ich den aufessen. Ich suchte nach einer Dose, um dieses Stück aus meinem wirklichen Leben zu bewahren. Meine Wahl fiel auf eine unscheinbare Blechbüchse. In ihr könnte der Kuchen vor sich hin trocknen – im Sommer würde ich ihn jeden Tag einmal herausnehmen und seine Magie einatmen.

Dann pass bloß auf, dass du nicht aus Versehen die bis dahin drögen Krümel in die Luftröhre kriegst, lästerte die kleine innere Stimme.

Frau Sawinsky erzählte mir wieder einmal von früher. *Früher*, das war das Zauberwort, das bei mir diese unbestimmte Sehnsucht hervorrufen konnte. Früher war bekanntlich alles anders und irgendwie besser gewesen – jedenfalls, wenn man Jahre später davon erzählte – wobei Frau Sawinsky stets betonte, wie wichtig in ihrer Familie Zusammengehörigkeit und Gemeinschaft gewesen wären.

„Heute ist die Gesellschaft weihnachtsfeindlich – außer, wenn man damit Geld machen kann“, sagte sie mit verengten Augen. „Die Geschäfte sind bis spät abends geöffnet. Und wer sitzt an der Kasse? Frauen! Als hätten die keine Familie.“

Früher hätten sie zu Hause allerdings viel mehr arbeiten müssen als heute, weil es noch nicht so viele Maschinen im Haushalt gab. Auch die Kinder hätten ran gemusst.

Als Frau Sawinsky gegangen war, musste ich noch eine ganze Weile über ihre Schilderungen nachdenken. Obwohl sie sich nach wirklich viel Arbeit anhörten, hätte ich gern mit ihr getauscht. Manchmal jedenfalls. Ich dachte an *mein* Dorf. Und ich fühlte, dass mit meinem Zuhause etwas nicht stimmte. Waren meine Eltern eigentlich glücklich? Erst vorgestern hatte mein Vater erzählt, dass in drei Monaten die halbe Belegschaft entlassen werden würde. Meine Eltern guckten oft bedrückt und machten ohne Ende Überstunden.

Dummerweise hatte die Mathelehrerin die Arbeit noch vor Weihnachten fertig korrigiert. Heute erwartete mich also das nächste Fiasko.

„Lu Kranich! Was hast du dir eigentlich gedacht?“, schimpfte Frau Backhaus los, noch bevor sie die Hefte verteilte. „Ein Klassenarbeitsheft ist ein Dokument und kein Schmierblock.“

Ich war nicht der Ansicht, geschmiert zu haben. Ich sagte aber nichts, sondern bemühte mich, einen coolen Eindruck zu machen. Ich war mir sicher, dass ich noch nicht einmal scharlachrot anlief, was sonst zu meinen leichtesten Übungen gehörte. Wie die anderen bekam ich das Heft zurück und erhielt innerhalb kurzer Zeit die zweite Sechs in meinem Leben. Heute war ich nicht so albern wie neulich. Aber besonders traurig war ich auch nicht. Es war mir ganz einfach egal.

Nach der Stunde kam Frau Backhaus auf mich zu. „Ich würde gerne deine Eltern sprechen."

„Die müssen arbeiten", sagte ich.

Da ging der Ärger erst richtig los. Dann müssten sich meine Eltern frei nehmen, und wie ich überhaupt so eine unverschämte Antwort geben könnte, und so ging es weiter – dabei hatte ich nur die Wahrheit gesagt. Meine Eltern tönten doch dauernd, dass sie arbeiten müssten. Ich beschloss, das Thema zu verschieben. Wenn ich meinen Eltern nach Weihnachten den Wunsch der Mathelehrerin mitteilte, hätte sich die Backhaus bestimmt wieder abgeregt.

Viel lieber wandte ich mich den wirklich wichtigen Dingen des Lebens zu.

Ob Andrea Torge gefunden hatte?

Auch kam mir die Geschichte über Torges Vater in den Sinn. Wie traurig musste er als kleiner Junge gewesen sein und wie furchtbar einsam. Und dann die Wahnsinnserkenntnis, dass das Igludorf in ein anderes Leben führte. Mich berührte diese Geschichte fast mehr als meine eigene – und die war auch nicht gerade unspannend.

Ich sorgte mich, dass Andrea inzwischen so weit weg gereist war, dass sie gar nicht zu Weihnachten zurück wäre – selbst wenn sie wollte. So große Entfernungen könnten auch die Schlemihl'schen Stiefel nicht überbrücken. Und was war das für ein Mensch, der in das geheime Igludorf eingedrungen ist? Wie hatte der das trotz böser Absichten geschafft? Was hatte er mit dem Dorf überhaupt vorgehabt?

Noch heute und morgen im Unterricht ein harmloses Gesicht aufsetzen und dann wären Ferien.

Meine Eltern disponierten tatsächlich um und buchten ein Quartier auf einer kleinen Kuschelwellnessfarm. Wenn ich statt Skifahren im Club Robinson unbedingt meine Tante in Berlin besuchen wollte – bitte sehr.

„Wir können auch billig“, sagte meine Mutter schnippisch.

„Was soll dein Bild eigentlich darstellen?“, fragte mich Marcel. Wir hatten gerade Kunst.

„Das ist ein Feuerkorb.“

„Habt ihr so einen?“

„Äh … nö.“

„Wie kommst du denn da drauf?“

Ich grinste breit. „Ganz einfach. Ich liebe Feuerkörbe.“

„Lu ist in letzter Zeit etwas schräg. Noch nicht gemerkt?“ Anna stand plötzlich neben mir.

Ich grinste immer noch. Mein Linolschnitt sah nicht schlecht aus. Der eiserne Korb mit den Holzscheiten und den lodernden Flammen war echt gelungen, wie ich fand. Ich legte mich richtig ins Zeug – schließlich ging es um *mein* Dorf. Nikolaus! Als Kai mich einfach so angesprochen hatte.

Au! Verdammter Mist! Dass diese Linoleumschneider so leicht abrutschten.

„Ein gewisser Schwund ist immer.“ Mein Kunstlehrer schmunzelte, als er mit einem viel zu großen Pflaster anrückte. „Hauptsache, es gibt Überlebende“, sagte er auch noch.

Oh Schreck! Sowohl meine Großeltern als auch eine

alleinstehende Tante, einzige Schwester meiner Mutter, wollten nicht auf Familienseligkeit und leuchtende Kinderaugen verzichten, wie sich mein Vater ausdrückte. Heilignachmittag wollten sie anrücken. Zu blöde, dass meine Eltern die einzigen waren, die es wenigstens auf ein Kind gebracht hatten. So würde ich wie jedes Jahr mit den unmöglichsten Geschenken überschüttet. Glück für Anna. Die Flohmarktkiste füllte sich weiter mit Kram, den wir beide zu Geld machen würden.

Tante Helga war kein bisschen wie Andrea. Ich fand sie voll gestört. Sie war auch total anders als meine Mutter. Eine relativ kleine, ältliche Frau mit unfarbenen Haaren und mit einem merkwürdig verschlafenen Geierblick. Genau in dem Moment, in dem man nicht mit einem Kommentar von ihr rechnete, haute sie mit irgendeinem blöden Satz dazwischen. Und das mit einer tiefen, rauchigen Stimme, die man eher einem Cowboy nach etlichen Gläsern Whisky zugetraut hätte. Es kam einem vor, als säße in einem grauen Mäuschen die Stimme von einem Walross. Irgendwie erschien diese Helga mir völlig fehl am Platz, schrullig und stehen geblieben. Schon deshalb, weil sie überhaupt nicht mitbekam, dass ich jedes Jahr ein Jahr älter wurde. Was sollte ich noch mit Diddlmauszeugs oder Büchern, wo *ab zehn* drauf stand.

Meine Großeltern waren immer fürs Praktische und überraschten mich mit teuren Klamotten, um die mich auch Anna nicht beneidet hätte. Wann sollte ich bitteschön ein langes Samtkleid in Violett tragen? Die Bescherung wollte ich einfach über mich ergehen lassen. Den Bollerofen der Marke *den-krieg-ich-ja-sowieso-nicht* hatte ich längst abgeschrieben. Während ich die anderen Jahre voller Spannung auf Heiligabend gewartet hatte, wartete ich dieses Mal mit weit größerer Spannung darauf, wie ich es schaffen konnte, unbemerkt um vierundzwanzig Uhr abzuhauen. Denn ich hatte ein Problem: Wie konnte ich morgen Nacht nach Bescherung, Festessen und Familiengelaber rechtzeitig entkommen? Wahrscheinlich würde mir übel werden und ich musste kurz nach elf ins Bett. Ganz einfach.

Als ich um kurz vor zwölf aufwachte, geschah etwas Merkwürdiges. Die Aufschrift *Liebe ist kosmisch* flackerte so komisch. Wie ein Flimmern. Egal. Ich machte mich fertig, beugte mich über das Haus mit der Eins, stieß mich genau mit dem ersten Schlag der Turmuhr ab. Plötzlich spürte ich, wie mich etwas am Salto hinderte. Ich fühlte mich mit einem Mal entsetzlich schwer. Es war, als kämpfte ein Magnet auf der einen Seite gegen eine Zentnerlast auf der anderen und ich würde gleich in zwei Hälften gerissen. Da merkte ich es: Etwas oder jemand hing an meinen Beinen, zog mich in die Tiefe. Herr Brahmeiers Worte durchzuckten mich und ich strampelte wild los, als ginge es um mein Leben. Jetzt hing das Etwas nur noch an meinem linken Bein. Mit aller Kraft holte ich aus und trat zu. Der Griff löste sich, als ein unglaublicher Rums die Luft erschütterte, während ich unsanfter als jemals zuvor auf dem Boden der Schusterei landete. Der Schmerz trieb mir die Tränen in die Augen. Ich biss die Zähne zusammen. Die Wände wackelten – Erdbeben, durchfuhr es mich.

Da kniete Herr Brahmeier neben mir. „Lu!“ Er hob mich vorsichtig auf. „Alles … Alles in Ordnung?“, brachte er mühsam über die Lippen.

Entgeistert sah ich ihn an, sah den Schreck in seinen Augen. Wovon redete er?

„Du hast es noch gerade so geschafft. Lu – du meine Güte. Nur den Bruchteil einer Sekunde später …“ Er sprach nicht weiter, sondern drückte mich an sich. Dass er mir dabei weh tat, sagte ich nicht.

„Ist hier öfter mal ein Erdbeben?", fragte ich immer noch arglos und blieb, wo ich stand, immer noch einen Arm des Schusters um meine Schultern. Vor Schmerzen konnte ich mich kaum rühren.

„Erdbeben? Ach Mädchen."

Was war denn nur los? Warum liefen Herrn Brahmeier Tränen übers Gesicht? Er blickte mich an, als hätte er vergessen, wie ich aussah. Dann senkte er den Kopf und drehte ihn zur Seite.

Ich hörte ein Getrappel, da wurde auch schon hektisch die Türe aufgerissen. Kai stürzte sich auf mich, entriss mich dem Schuster und schlang so heftig wie noch nie die Arme um mich. Auch er tat mir weh – aber wie ich seine Umarmung genoss!

„Lu!"

„Nun drück sie nicht kaputt. Wo sie so knapp überlebt hat", hörte ich Ole sagen. Leider hörte Kai auf seinen Bruder.

„Was habt ihr alle?" Ich schaute in die Runde.

Alle waren gekommen, auch Frau Rose und Peer. Wie ernst und besorgt sie guckten. Allmählich kroch die Angst in mir hoch. Waren etwa Teile des Dorfs zerstört? Vielleicht Frau Roses Haus? Oder das von Kai und seiner Familie? Waren sie jetzt obdachlos?

„Das war kein Erdbeben, Lu, mein Liebes", sagte sie mit brüchiger Stimme und musterte mein Gesicht. Dann stellte sie sich vor mich hin, beugte sich ganz langsam zu mir vor und streichelte über meine Wange. Ihre zierliche Hand war ganz kalt.

„Was war es denn?"

Eine Pause entstand.

Frau Rose räusperte sich. „Etwas sehr Schlimmes“, sagte sie leise und sah mich eindringlich an.

„Jemand hat sich bei dir angedockt, mein Mädchen. Jemand, den unser Dorf nicht will“, erklärte Herr Brahmeier mit düsterer Stimme.

„Die Häuser haben Front gemacht“, sagte Ole.

„Haben was?“ Ich begriff einfach nicht, worum es ging.

„Sie rücken blitzschnell zusammen wie eine Wand. Ein winziger Augenblick später, und …“

„Und was?“

Keiner sprach – sie sahen mich nur an. Da fiel mir Herrn Brahmeiers Warnung ein, als ich unfreiwillig eine Nacht hatte hierbleiben müssen: *Wenn sich jemand bei dir andockt* – so ähnlich hatte er gesagt. Und jetzt kapierte ich es. Mir wurde schlecht, meine Knie zitterten, Kai fing mich auf. Für Sekunden verlor ich das Gefühl dafür, wer ich war, wo ich war … Ein seltsamer Schwindel hatte mich ergriffen.

„Also, Tee mit Rum beruhigt.“ Das war Herr Brahmeier. „Und es hat ja noch mal ein gutes Ende genommen.“

Außer Kai und Frau Rose schlichen alle aus dem Haus. Ole sagte beim Hinausgehen: „Ich geh dann mal nachsehen, was von dem Typ noch übrig ist. Wir können seine Reste ja im Gebüsch verscharren.“

Peer raunte leise: „Die Suche können wir uns sparen. Mehr als Gulasch wirst du nicht finden.“ Aber ich hatte es gehört. Mir war übel. Der Schreck hatte meinen Körper so schwer gemacht, dass ich nur mühsam und mit Kais Hilfe aufrecht stehen konnte.

Herr Brahmeier flößte mir Tee mit Rum ein, dass ich husten musste. „Es ist wirklich selten, dass sich hier so ein Typ einschleichen will. Mensch Lu!“ Er haute mir auf die Schulter und ich hustete gleich noch einmal. Dass mir von dem Aufprall sämtliche Körperteile wehtaten, behielt ich weiterhin für mich. Gemessen an den Sorgen, die sich alle um mich gemacht hatten, und dafür, dass ich nicht vor die Mauer geknallt war, fand ich den Preis durchaus angemessen.

Kai drückte mich wieder an sich. Ich spürte, wie sein Herz klopfte – schnell und laut – genau wie meins. Und mich übermannte das Gefühl, noch einmal davongekommen zu sein auf meinem *Heimweg*, einem Heimweg, der von meinem vorherigen Leben Galaxien entfernt war, aber trotzdem seinen Namen verdiente: Hier, genau in diesem Winterdorf, fühlte ich mich zu Hause. Die Empfindung war so heftig, dass mir die Knie gleich noch einmal weich wurden.

„Übrigens habe ich wieder einen Brief für dich“, wisperte Kai mir ins Ohr und riss mich damit aus meiner neusten Erkenntnis. „Willst du ihn lesen?“

„Nur, wenn du mich nicht loslässt.“

„Lässt sich einrichten.“ Für ein paar Sekunden drückte er mich noch fester an sich. Schmerzen hin oder her, ich war unglaublich glücklich.

Dann setzten wir uns auf Herrn Brahmeiers Küchensofa, Kai hatte den Arm immer noch sehr fest um meine Schulter gelegt, unsere Köpfe berührten sich.

Der Umschlag war grün, und in roter Schrift stand „Lu Kranich – Haus eins – zurzeit bei Herrn Brahmeier“ darauf. Ich riss das Kuvert auf und las vor:

Liebe Lu!
Ich habe ihn gefunden!
Dass er nicht zu mir gekommen ist, hat mit einer sehr

speziellen Angelegenheit zu tun, über die ich nicht sprechen möchte. Sorry! Ist halt so.
Ich werde Heiligabend in unser Winterdorf kommen. Ich kehre dann mit dir gegen ein Uhr in dein Zimmer zurück. Morgens werde ich mich irgendwie verdrücken und etwas später überraschend vor der Tür stehen, ‚Hallo allerseits' in die traute Runde tröten und dich nach Berlin mitnehmen. Vor den Augen von Tante Helga, diesem drögen Rind mit ihrer Unterlippenschippe und dem Humor eines blinden Maulwurfs ☺ Mach dir mal keine Sorgen – wird schon alles irgendwie klappen. Und dann gehen für dich die Ferien erst mal richtig los.
Liebe Grüße auch an Kai und Herrn Brahmeier.
Umarmung, Andrea

Ich war gleichzeitig erleichtert und enttäuscht. Andrea dachte zum Glück an unsere Verabredung, aber sie verschwieg mir etwas.

Zu Kai sagte ich: „Dann können wir endlich mal richtig was unternehmen. Ohne die blöde Uhr im Nacken."

„Du zitterst."

Wie er mich streichelte. Ich hatte nur einen Wunsch: bis an mein Ende, das ich vorhin knapp verpasst hatte, so sitzen zu bleiben. Da fiel mir ein, dass kaum eine halbe Stunde her war, dass ich mein Ende knapp verpasst hatte…

„Ich werde mir schon mal ein Programm ausdenken. Auf jeden Fall musst du deine Schlittschuhe mitbringen", flüsterte Kai in mein Ohr.

„Hast du eine Idee, wie ich hier mit Gepäck einfallen soll? Ich brauch doch mehr als Schlittschuhe und das, was ich am Leib trage“, bibberte ich.

„Stimmt!“

„Schon für den Transport der Schlittschuhe muss ich mir was einfallen lassen. Die erschlagen mich sonst bei der Art, wie man zu euch kommt.“ Meine Knochen wollten einfach nicht still halten.

„Wäre schade drum.“ Kai lachte kurz auf. „Vor allem, wo du gerade erst dem Tod eins ausgewischt hast.“ Er drückte mich so feste, als klemme er mich in eine Zwangsjacke. „Schluss mit dem Geschlotter!“, sagte er streng. „Andrea hat bestimmt eine zündende Idee. Und so viel brauchst du sicher nicht.“

Gar nichts brauchte ich. Ich hatte im Moment alles.

Jedenfalls an diesem Ort.

22. *Dezember*

Vorweihnachtsstimmung

„Den letzten Schultag des Jahres schaffst du auch noch“, tönte es wenig freundlich in meinen Schlaf. „Also steh endlich auf!“

„Mit allergrößter Mühe“, gähnte ich meiner Mutter entgegen, die mit grimmigem Gesicht vor meinem Bett herumhampelte.

Ich hatte tierische Kopfschmerzen. Bei dem Aufprall heute Nacht und der ganzen Aufregung kein Wunder. Wie hypnotisiert starrte ich meine Mutter an und dachte: *Wenn du wüsstest…*

Dabei war ich froh, dass der, nach Peers Ansicht in Gulasch verwandelte Mann, mir nicht im Schlaf als Alptraum begegnet war.

Heute war nach drei Stunden Unterricht in meiner Klasse ein gemeinsames Frühstück mit Wichtelei geplant. Ich packte den kleinen, dunkelbraunen Knuddelelch für Anna und mein Wichtelgeschenk in die Schultasche. Währenddessen pendelten meine Gedanken zwischen meinem Beinahe-Ableben und Andreas Nachricht hin und her. Wer hatte sich letzte Nacht an mich drangehängt? Es war doch niemand hier gewesen. Ich sah mich in meinem Zimmer um, als suchte ich nach einem mir bislang unbekannten Versteck. Nichts zu entdecken. War ja schon vorher klar gewesen. Als ob jemand in meinem Kleiderschrank gewartet hätte, bis ich … Außer Andrea wusste ja niemand etwas über mein geheimes Zweitleben. Meine Gedanken hüpften wild herum. Wenn alles nach

Plan ging, dann stünden mir die tollsten Ferien bevor, die man sich nur denken konnte. Wenn sich nicht noch mal jemand …

Was war das für eine Angelegenheit, über die Andrea nicht sprechen wollte? Und immer wieder die große Frage, wer wollte in *mein* Dorf, ohne dass das Dorf *ihn* wollte?

Auf dem Schulweg versuchte ich, die Puzzleteile um Andrea zusammenzubringen: Andrea hatte eine persönliche Angelegenheit, von der Torge zu wissen schien. Andrea hatte meinem Vater gegenüber erwähnt, dass ich ihr Kinderalbum angesehen hatte. Und mein Vater, der natürlich nicht hatte ahnen können, dass ich das Gespräch belauschte, hatte streng gesagt, dass ich nichts davon wisse und auch nichts davon zu erfahren bräuchte. Wovon bloß? Und die ohnehin immer traurige Oma hatte geweint. *Christian*, fiel mir plötzlich ein. Das war der Name des Jungen neben Andrea auf dem Bild. *Diesen* Namen hatte meine Großmutter voller Bitterkeit ausgesprochen. Danach waren der alten, verhärmten Frau die Tränen gekommen. War das vielleicht gar nicht Andreas Freund, sondern – ein Bruder? Ich versuchte, mir das Foto ins Gedächtnis zu rufen. Hatte der Junge Andrea nicht ähnlich gesehen? Ja, natürlich. Das Bild, auf dem er auf Onkel Arnos Schoß gesessen hatte, war ein Farbfoto. Der Junge hatte rötliches Haar gehabt. Nicht so dunkel wie das von Andrea. Aber auf jeden Fall rötlich. War er vielleicht … gestorben? Aber weshalb hätte man nicht darüber reden können? Das war zwar traurig, wenn ein Kind starb, sehr traurig sogar, aber kein Grund zur Geheimniskrämerei. Oder doch? Hatte jemand dieses Kind umgebracht? Alleine bei dem Gedanken an einen Mord begann ich zu frösteln, dachte an letzte Nacht.

Gulasch hatte Peer gesagt. Vor meinem inneren Auge donnerte jemand vor eine Mauer. Da war ich am Schulgebäude angekommen.

In der Schule herrschte eine chaotische Stimmung. Dabei war vor der Weihnachtsfeier noch normaler Unterricht angesagt. Wir nahmen in Deutsch Gedichte zum Thema Liebe durch. Die Hausaufgabe über die Ferien bestand darin, selber dazu ein Gedicht zu schreiben.

„Voll peinlich“, sagte jemand.

„Kann ich nicht“, sagte ein anderer.

„Mach ich nicht“, trötete Anna in die Runde.

Aber die Hausaufgabe wurde nicht zurückgenommen.

Ich werde Andrea fragen, dachte ich. Wenn ich dann noch am Leben bin.

Die Weihnachtsfeier verlief wie die anderen Jahre auch. Es wurde gewichtelt und die besten Freundinnen beschenkten sich noch gegenseitig. Den Jungen war das Ganze eher peinlich. Ihr Vorschlag, ein *Schrottwichteln* zu veranstalten, bei dem sich jeder in Sachen Geschmacklosigkeit überbieten sollte, war von uns Mädchen abgeschmettert worden. Wir hatten auf richtigen Geschenken bestanden.

Ich bekam von meinem Wichtel ein Paar dicke Stulpen aus dunkelgrauer Islandwolle, die ein wenig kratzten, mir aber für meine nächtlichen Ausflüge äußerst passend erschienen. Mein Geschenk, ein gefüllter Bonbonautomat für Lasse, kam auch gut an.

Anna fiel mir aus Freude über den kleinen, weichen Schmuseelch um den Hals. „Du bist zwar in letzter Zeit etwas schräg – genau genommen sehr schräg – aber ich verzeih dir alles.“ In mein Ohr flüsterte sie: „Die Jungs finden dich neuerdings richtig cool. Und du merkst nix, du Dummbeutel.“ Sie brach in Lachen aus, dass mir fast das Trommelfell platzte.

Endlich war Unterrichtsschluss und alles wünschte sich gegenseitig „Fröhliche Weihnachten“. Nur Thomas, der in der Klasse neben Marcel saß, grölte „Frohe Ostern“ zum Abschied und fand sich ungeheuer witzig.

Zu Hause verpackte ich das Geschenk für Kai. Allein die Überlegung, welches Geschenkpapier ich nehmen sollte, erforderte volle Konzentration. Nach vielem Hin und Her entschloss ich mich, mit meiner Sammlung aus Schmuckbuchstaben auf einfaches Packpapier *Fröhliche Weihnachten von deiner Lu* zu stempeln. Unsicher war ich mir schon, denn eigentlich war das, was ich für ihn ausgesucht hatte, ja auch „Kram“. Andererseits wurde etwas erst zu Kram, wenn man es irgendwohin packte, um es aus den Augen zu haben, hatte Frau Sawinsky neulich gesagt. Die konnte manchmal echt rumphilosophieren. Bei diesem Gedanken überfiel mich eine plötzliche Traurigkeit. Wohin würde Kai meine Eisläuferin stopfen, wenn eines Tages oder sogar schon bald … Nein! Nicht dran denken! Nicht nach der letzten Nacht, als ich beinahe … wie erschrocken er gewesen war … und wie fest er mich … und das Tollste kam erst noch. Jedenfalls, wenn Andrea es schaffte, mich hier wegzuholen. Aber danach … Ich wischte die düsteren Gedanken auf Seite und setzte mich in die Küche.

„Kommt dein Großonkel eigentlich heute zum Essen? Ich frage nur wegen der Menge.“

„Bitte wer?“

„Dein Onkel. So ein wuchtiger Mann mit einem …“

„… Mondgesicht“, sagte ich verdattert. „War er etwa hier?“

„Bereits gestern. Und er sagte, er hätte vor, eine Weile zu bleiben. Das sei mit seinem Neffen abgesprochen. Jetzt sag mir bloß, du wusstest nichts davon."

„Waaas?", schrie ich.

„Brüll nicht so. Er hat sich im Wohnzimmer breit gemacht und als ich ging – gestern war ja mein freier Nachmittag – da saß er immer noch da. Gerade so, als wollte er Wurzeln schlagen."

„Wie bitte?" Ich war fassungslos.

„Okay, er erinnert an einen grobschlächtigen Klotz, der gerne mal in einem feinen Ledersessel thront. Aber was ist so schrecklich an diesem Menschen, dass du so schreien musst? Er kann ja nichts dafür, dass er so aussieht."

„Nichts!" Ich rannte in mein Zimmer. Machte meinen Schrank auf und wieder zu. Sah unter mein Bett. So ein Quatsch. Da hätte dieser Kloß nie im Leben drunter gepasst. Also wieder zum Schrank. Konnte nicht sein. Ich hastete auf den Flur und hörte, wie Frau Sawinsky durch Treppenhaus rief: „Luhu! Ich muss lohos! Schöne Weihnachten!"

Ich rannte die Treppe hinunter und warf mich in ihre Arme. Und nun konnte ich die Tränen nicht mehr unterdrücken. Ich weinte und weinte, und Frau Sawinsky streichelte meinen Rücken.

„Ach, meine Kleine! Was hast du bloß für einen schlimmen Kummer."

Sie fischte ein unbenutztes Taschentuch aus ihrer Manteltasche und wischte über mein tränennasses Gesicht. „Ist nicht einfach, durchs Leben zu stapfen. Ich kenn das. Auch Kinder können manchmal große Sorgen haben. Brauchst nichts zu erzählen."

Sie wankte mit mir im Arm hin und her, bis ich flüsterte: „Ist schon okay."

„Mach's gut, meine Kleine. Und meine Telefonnummer hast du ja. Für alle Fälle!"

Sie war gegangen.

Wie in Zeitlupe ging ich die Treppe nach oben, die Lippen fest aufeinander gepresst, in den Beinen Pudding. Da fiel mein Blick auf die Türe der Abstellkammer, wo mein Vater seinen Krempel einsortiert hatte. Zeugs, was er momentan nicht brauchte, von dem er sich aber nicht trennen wollte. Ich drückte die Klinke und machte das Licht an – und bekam einen Schock. Auf dem Fußboden lagen ein Mantel und ein Hut. Daneben standen ein Paar dunkelbraune Herrenschuhe der Marke *alt und hässlich.* Am Schrank lehnte ein Spazierstock. Mein Vater trug nicht solche altmodischen Klamotten. Und schon gar nicht in XXL. Außerdem besaß er nur Skistöcke. Onkel Arno also. Er hatte sich hier eingeschlichen und bis Mitternacht gewartet. So ein verfluchter Hund. Und jetzt war er … Ich musste an Peers Worte denken. Vor meinem geistigen Auge lag ein Haufen roher Gulasch im Schnee. Aber viel Zeit zum Grübeln hatte ich nicht. Hinunter in die Küche, die Schublade mit den Plastiktüten durchwühlt. Wieder hoch, Mantel, Schuhe, Hut hineingestopft. Wo war der nächste Altkleidercontainer? An der Bushaltestelle. War nur um zwei Ecken. Hoffentlich begegnete mir jetzt niemand. Ich warf mir irgendeine Jacke über, ignorierte das Geniesel und rannte los. Bloß weg mit dem Zeug.

An der Haltestelle standen zwei ältere Frauen. Niemand, den ich kannte. Ich nahm das Tempo raus, ging betont gemächlich zu dem hellen Blechcontainer mit dem roten Kreuz drauf, legte die Tüte mit den übriggebliebenen Habseligkeiten des blöden Pfannkuchens ein und wuchtete die Vorrichtung mit dem Griff nach oben. Onkel Arnos Winterbekleidung plumpste mit Getöse aus meinem Leben. Wenn ich es recht bedachte, ein befriedigendes Geräusch. So gesehen war es sehr beruhigend, dass sich dieser Typ weder in der einen noch in der anderen Welt jemals wieder in meine Angelegenheiten mischen konnte. Manchmal schien das Schicksal einsichtig zu sein.

Gerne hätte ich als Beigabe meine abscheuliche Vorstellung von rohen Fleischstücken hinterher geworfen. Und damit die Sorge, dass die Überreste dieses Menschen mich eines Tages doch noch als Alptraum heimsuchten.

Meine Mutter kündigte an, dass sie Heiligabend bis in den Nachmittag hinein arbeiten müsse, mein Vater sowieso. Das gäbe Stress hoch drei, wenn nachmittags die Verwandtschaft anrückte. Frau Sawinsky sei ja heute zum letzten Mal vor Weihnachten gekommen, also sei nun Not am Mann.

„Kannst du nicht etwas vorbereiten? Plätzchen backen, Stollen und Lebkuchen besorgen und irgendwelches Tannenzeugs hinstellen?“

„Klar! Kann ich machen.“

„Meine Eltern und meine entsetzliche Schwester brauchen außerdem ein paar Weihnachtsengel, Kerzen und so. Zu essen habe ich beim Partyservice bestellt. Holt Papa ab.“

Und weg war sie.

Ich machte mich gleich am Nachmittag ans Backen – nicht ohne Hintergedanken. Ich würde jeweils eine Portion Plätzchen für Andrea und Torge, eine für Herrn Brahmeier und eine für Kai abzweigen. Am liebsten wäre ich mit einem großen Nikolaussack in die geheime Welt eingefallen und hätte das ganze Dorf mit Keksen versorgt.

Im Adventdorf war in dieser Nacht viel los. Die Häuser standen da, wo sie immer gestanden hatten. Nichts deutete darauf hin, was letzte Nacht passiert war.

Der Marktplatz wurde geschmückt, weil das ganze Dorf zusammen Heiligabend feiern wollte. Dafür steckte man jede Menge große Tannenzweige in Schneehaufen, die zusammen mit den dort stehenden Bäumen einen Kreis vor der Kirche bildeten. Kai und Herr Brahmeier standen auf Leitern und banden silberne Sternengirlanden zwischen die Zweige, an denen Kerzenhalter befestigt wurden. Kais Freunde und Frau Rose waren ebenfalls da. Der Maronimann verteilte wieder Esskastanien und aus einem großen Kessel, der über einem Feuertopf hing, gab es Glühpunsch.

Ich fühlte mich nicht als Besuch.

Als Kai mich sah, sprang er von der Leiter. „Geht's wieder?"

„Ich denke schon."

„Und? Hast du rausbekommen, wer sich an dich rangemacht hat?"

Auch Herr Brahmeier und Frau Rose standen jetzt dicht neben mir.

„Es war mein Großonkel. Keine Ahnung, wieso er – also, ich versteh's nicht."

„Gibt Leute, die von uns Wind kriegen. Die wollen hier ein Urlaubsparadies oder so was draus machen." Sehr ernst fügte er hinzu: „Und dann will sie das Dorf nicht."

„Lu, du weißt ja. Der Maler", sagte Frau Rose. „Er hat es geschafft, die Dörfer, die es ihm so sehr angetan haben, zu bannen."

„Dieser Onkel ist also mit aus deinem Zimmer gestartet?", fragte Kai.

„Ich habe Mantel, Schuhe und Hut von ihm in unserer Abstellkammer gefunden. Da wird er sich um Mitternacht wohl in mein Zimmer geschlichen haben. Ach ja …“, überfiel mich plötzlich eine Erkenntnis, „… die Aufschrift von meinem Lebkuchenherz hat so komisch geflackert. Sonst leuchtet sie um Mitternacht ganz gleichmäßig.“

„Ist es von hier?“, fragte Herr Brahmeier.

„Aus Rovaniemi. Andrea hat es mir geschickt.“

„Ist so gut wie von hier. Wir produzieren für Rovaniemi Weihnachtsstadt“, erklärte Herr Brahmeier.

„Gut, dass Ole seine Drohung nicht wahr gemacht hat.“

„Welche Drohung?“, fragten Herr Brahmeier und ich gleichzeitig.

„Er schlug vor, die Reste von dem Typen in einen Sack zu stecken und gegen eins aus dem Dorf zu schmeißen.“

„Um Himmels willen“, rief Frau Rose.

„Ich weiß nicht, ob ich das für eine gute Idee halten soll.“ Auch Herr Brahmeier guckte erschrocken.

„Was ist denn daran so schlimm?“, fragte ich arglos in die Runde. „Schließlich bin ich wegen ihm fast draufgegangen. Außerdem hatte ich ihn noch nie besonders leiden können“, redete ich mein aufflammendes Mitleid nieder.

Kai grinste. „Na ja. Wo landest du denn, wenn du dich gegen Mitternacht von hier wegbegibst?“

„Zu Hause. Wo sonst?“

„Eben!“ Er grinste noch breiter. „Jeder landet dort, wo er gestartet ist.“

„Du willst damit sagen …“ Ich war entsetzt.

„Genau das will er“, sagte Herr Brahmeier ernst.

Kai machte „Mhm“ und grinste immer noch. Vor meinem geistigen Auge landete ein dicker, bluttriefender Sack mit mir zusammen auf meiner Matratze. Ein Sack voller …

„Es gibt hier Wölfe, weißt du“, sagte Herr Brahmeier. „So löst sich das Problem von alleine.“

Mich schauderte, weil mein besseres Ich natürlich wusste, dass der Vorfall mehr als schlimm war. Trotzdem war ich erleichtert. Auch wenn das Futter dieser Raubtiere aus meinem Großonkel bestand. Er war ganz einfach weg und ich war ihn ohne mein Zutun los. Endgültig. So konnte ich unbeschwert dem Urlaub meines Lebens entgegenfiebern.

Die Kirchturmuhr zeigte vier Minuten vor eins.

„Ab übermorgen dann.“ Kais strahlendes Lächeln sah ich noch vor mir, als ich längst in meinem Bett lag.

23. Dezember

Letzte Vorbereitungen

Ich wachte so früh auf, als müsste ich gleich zur Schule. Wie gemütlich es war, einfach liegen zu bleiben, auf das glimmende Herz zu schauen und zu träumen. *Liebe ist kosmisch…* Und wieder erschien Kais Lächeln vor meinem Gesicht. Fast hätte ich die Hände nach ihm ausgestreckt.

Als ich Licht anmachte, trat kurzzeitig das Bild eines blutigen, dicken Sackes vor mein geistiges Auge. Ich wischte das Bild aus meinem Blickfeld und machte Platz für das Wichtigste in meinem Leben.

Was sollte ich auf meine Reise mitnehmen? Natürlich besaß ich warme Kleidung, zum Beispiel eine komplette Skiausrüstung. Aber mit dem modernen, knalligen Outfit käme ich mir in *meinem* Dorf irgendwie albern vor. Andrea machte es richtig. Sie passte überall und nirgends hin, weil sie in jeder Hinsicht besonders war. Natürlich auch wegen ihrer ungewöhnlichen Garderobe – vor allem den wundervollen Tüchern, die sie sich immer um Hals oder Schultern schlang. Deshalb fiel sie auf. Aber der war das egal. Wie ich Andreas Selbstbewusstsein bewunderte. Und wieder dachte ich an die Puzzleteile, die mit meinem Vater und Andrea zusammenhingen. Wie waren die zwei verschieden. Ich bin kein Kleinkind, dachte ich. Ich werde Andrea fragen. Dabei kramte ich in meinem Kleiderschrank herum, konnte aber keine passenden Klamotten entdecken. Nach was suchte ich eigentlich? Ich brauchte mindestens noch einen superdicken, ultrawarmen Pullover. Also ging ich ins Schlafzimmer meiner Eltern und öffnete den riesigen Kleiderschrank meiner Mutter. Da waren zwar massig Sweatshirts und Pullover, aber darin würde ich erfrieren. Viel zu dünn. Plötzlich kam mir die Idee, im Kleiderschrank meines Vaters nachzusehen. Mein Vater war groß, aber ziemlich schlank. Ich nahm die Pullover aus dem obersten Fach, einen nach dem anderen. Nein. Die waren zu fein und auch nicht warm genug. Im nächsten Abteil lagen sportliche Modelle. Schon besser, aber irgendwie auch nicht das Richtige. Plötzlich sah ich, wonach ich suchte: Einen fetten Rollkragenpullover, den sich mein Vater vor einigen Jahren zum Segeln zugelegt hatte. Ich zog ihn über und betrachtete mich in dem großen Bodenspiegel. Ja, das war's. Ein langer dicker Pullover, unter den ich noch alles mögliche andere ziehen konnte, bis es warm genug war. Ich gefiel mir in dem für mich viel zu großen Exemplar. Ich wirkte wie … ich kramte nach passenden Wörtern … etwas Zerbrechliches, das man gut verpackt hatte. Vielleicht eine Porzellanpuppe. Das Marineblau passte supergut zu meinen blonden Haaren. Mein blasses Gesicht und die schmalen Handgelenke, die aus den dicken Ärmeln hervorkamen, verstärkten den Eindruck, dass ich in eine andere Welt driftete. Ich wählte verwaschene, knallenge Jeans und halbhohe, abgetragene Stiefel für meine übrige Ausstattung. Ja, jetzt sah ich aus wie eine Streunerin. Die neuen Stulpen schauten lässig über den Stiefelrand. Und mit Schal, Mütze und Handschuhen spürte ich das Abenteuerliche, das Geheimnisvolle eines Herumtreibers, auf das ich mich einlassen wollte. Dabei fiel mir ein, dass ich eigentlich schon genug Abenteuer und Geheimnis überstanden hatte. Aber das war etwas anderes gewesen. Jetzt wollte ich richtig abtauchen, am liebsten für immer. Ich blieb noch eine ganze Weile vor dem Spiegel stehen, drehte mich nach allen Seiten, genoss dieses verschwörerische Gefühl einer nie gekannten Freiheit. Ich würde einfach aus meiner Alltagswelt verschwinden. Weil ich es so wollte. Als Unterkunft stellte ich mir eine Kammer unter irgendeinem der Dächer aus *meinem* Dorf vor, nur mit Bollerofen und einer dort abgelegten Matratze. Zugedeckt mit meinen beiden Pullovern. Das musste ausreichen.

Ich bin ein bisschen wie Andrea, dachte ich und pellte mich wieder aus der warmen Kleidung.

Mit dem einen dicken Pullover von meinem Vater war der Rucksack bereits voll, was ich unter Fehlversuch verbuchte. Den Ersatzpullover müsste ich mir also mit den Ärmeln um den Bauch binden. Die Schlittschuhe kämen schon heute Nacht mit. Logisch, dass ich weder Kleider noch irgendwelche Accessoires brauchte. Kein Gedanke daran, ein Buch oder mein Handy mitzunehmen. Fürs Lesen plante ich keine Zeit ein und mit einem Handy konnte ich *dort* nichts anfangen. Im Übrigen waren die Schlittschuhe genug Verbindung mit zuhause. Mehr davon konnte ich in meiner Winterwelt nicht gebrauchen.

Mit dem Rucksack, in den ich also nur das Nötigste an Wechselwäsche, meine Zahnbürste, Pyjama und Socken stopfen wollte, würde ich von Berlin aus starten. Die vier Keksdosen mussten natürlich auch noch mit hinein.

Abends rief mein Vater bei Andrea an, um die Einzelheiten zu klären. „Was für einen Blödsinn Andrea auf den Anrufbeantworter gequatscht hat. Jeder, der das hört, muss doch annehmen, sie sei bekloppt." Wie unverhohlen vorwurfsvoll er das sagte.

„Ach! Ist sie das nicht?“ Auch der fiese Ton meiner Mutter reizte mich.

„Wir müssen schleunigst klären, wann Andrea Lu abholt oder ob sie mit dem Zug kommen soll. Nichts ist klar“, schimpfte mein Vater feindselig vor sich hin.

„Wie ich deine Schwester einschätze, steht sie entweder plötzlich vor der Tür oder sie hat es vergessen“, ätzte meine Mutter.

In mir kroch allmählich die Wut hoch. „Andrea wird ganz sicher kommen. Sie hat es versprochen. Und außerdem – was habt ihr eigentlich gegen Andrea? Immerhin habt ihr sie zu meiner Patentante erkoren. Da kann sie ja wohl nicht so schlimm sein. Richtig?“

Mein Vater ignorierte meinen Kommentar. „Was machen wir, wenn sie nicht kommt?“ Er klang mehr als gereizt.

„Was ihr gegen Andrea habt, will ich wissen, verdammt noch mal.“

„Lass diese dumme Fragerei!“ Meine Mutter hörte sich auch nicht anders an.

„Und warum hat Depri-Oma losgeheult, als ich nach dem Jungen auf dem Bild gefragt habe? Kann mir das endlich mal jemand erklären?“

„Jetzt wechsel bitte nicht das Thema. Die einzige Frage ist im Moment, ob Andrea überhaupt hier erscheint. Sie ist derart flippig“, sagte mein Vater.

„Stefan, wie blöd wir waren. Wir hätten uns gar nicht von ihr bequatschen lassen sollen.“ Meine Mutter warf einen kurzen, abweisenden Blick in meine Richtung.

Ich hatte die Nase voll. „Das wird schon klargehen. Andrea kommt bestimmt pünktlich hier an.“

Doch ich musste mir ein Lachen verkneifen. Wenn meine Eltern wüssten, *wie* Andrea hier ankäme – und zu welcher Zeit. Und trotz meines Ärgers genoss ich wie heute Nachmittag vor dem Spiegel das Gefühl von Geheimnis und Verschwörung.

Um Mitternacht war ich so sehr damit beschäftigt, die Schlittschuhe gut festzuhalten, dass ich wie bei den ersten Malen hart auf dem Hintern landete. Aber dafür waren meine Schlittschuhe nun hier und hatten glücklicherweise nicht mein Gesicht halbiert. Kai und Herr Brahmeier saßen in der Küche und tranken Kakao mit Rum und einem Sahnehäubchen. Der Duft stieg mir in die Nase. Ich rappelte mich hoch, streckte mich kurz – alles in Ordnung – biss die Zähne zusammen und setzte mich etwas zögerlich dazu.

„Hat sich angehört, als ob der Schrank umgekippt wäre.“ Kai konnte nicht verhindern, dass er ein klein wenig schadenfroh klang.

„Immer noch besser, als wenn ich wieder einen vor die Mauer gesetzt hätte“, konterte ich strahlend. Boah, war ich fies.

„Morgen wird hier zusammen gefeiert.“ Der Schuster holte eine große Tasse für mich aus dem altmodischen Küchenschrank. „Du machst doch mit? Wenigstens für ein Stündchen.“

„Wir bekommen Besuch, und es wird sicher spät.“

„Straf ihn mit Verachtung“, knurrte Kai.

„Nichts lieber als das.“ Böse Worte lagen mir auf der Zunge.

Ich trank von dem Kakao. Mhmm! Wie gut das tat. Mit Sahne und einem Schlückchen Rum. Ich war mir sicher, dass die Welt nichts Leckereres für mich bereithielt. Mein Zorn war verflogen.

„Vielleicht kann ich gar nicht verschwinden, weil noch alle auf den Beinen sind.“ Mit dem Ärmel wischte ich einen Sahnerest vom Mund. Was wäre, wenn die Verwandten in meinem Zimmer stünden, auf das leere Bett starrten und plötzlich käme ich aus dem Nichts hereingeschossen? Am besten zusammen mit Andrea …

Kai guckte streng. „Muss klappen."

„Das sagst du so." Ich konnte nicht verhindern, dass sich meine Stimme traurig anhörte. „Es kann sein, dass ich morgen gar nicht komme."

„Am ersten und zweiten Weihnachtstag ist es hier auch noch festlich. Und dann bist du ja da", tröstete Herr Brahmeier. „Was man nicht ändern kann, kann man nicht ändern. Hauptsache, du kommst überhaupt."

Ob ich Kai beleidigte, wenn ich nachfragte, ob er noch zur Schule ging?

„Hast du denn Zeit?", umschiffte ich mein Problem.

„Bis Mitte Januar."

„Das hört sich gut an", zwitscherte ich.

„Mhm!" In seinen Augen blitzte es auf.

Wenn ich endlich für länger hier wäre, wollte ich alle Fragen stellen, die ich die ganze Zeit mit mir herumtrug. Jetzt war die knappe Zeit dafür zu kostbar. Lieber wanderte ich mit Kai auf den Markt, um zu schauen, wie weit die Vorbereitungen für den morgigen Abend gediehen waren. Aber der Platz war stockdunkel und es hatte keiner mehr zu tun. So machten wir beide in der Dunkelheit unsere Runde um das Dorf. Allein. Mit vibrierenden Herzen. Und ohne etwas zu sagen.

24. Dezember

Halluzination

Jetzt war also Heiligmorgen. Und ich sollte für den Abend Weihnachtszauber verbreiten. Na schön. Auf in den Keller, die alten Kartons nach der passenden Deko durchstöbern. Wenn ich zu tun hatte, verflog die Zeit schneller. Als mir im Keller als erstes eine fette Spinne über den Weg lief, war ich eigentlich schon bedient.

Nur dem Mutigen gehört die Welt, sagte ich mir, dachte kurz an Pfannkuchens brutales Ende und griff nach dem kolossalen Karton mit der Aufschrift *Weihnachten*, den ich nach oben schleppte. Strohsterne, mehrere Sortimente Kerzenhalter, wahlweise in Silber, Violett und dunklem Rot, Anhänger aus Holz, dunkelrote Weihnachtskugeln vom letzten Jahr und grüne und goldene aus grauer Vorzeit kamen zum Vorschein. Als Unterstes lagen eine Kiste mit einer Pyramide und vier verschiedene Räuchermännchen in Schachteln, die meine Mutter einst von ihrer Großmutter geerbt hatte. Auf den Pappdosen stand: Original aus dem Erzgebirge. Es gab sogar noch eine kleine graue Schachtel mit Räucherkerzen. Mit einem Mal freute ich mich über die alten Teile. Schade, dass niemand außer mir da war. Ich versuchte, mir vorzustellen, wie die Familien aus *meinem* Dorf das Weihnachtsfest vorbereiteten. Und plötzlich wusste ich, was zu tun war.

Die halb ausgepackte Kiste ließ ich stehen und verließ das Haus. Zum Markt wollte ich, richtig viel Tannengrün kaufen. Ich hielt schon ein Büschel in der Hand, als mit einem Mal Anna vor mir stand. „Sag bloß, Kranichs verfügen noch nicht über einen Mega-Ultra-Weihnachtsbaum."

„Bingo!"

„Mein Brüderchen hilft aus bei dem Typen da vorne. Kriegt richtig Kohle."

„Freut mich für ihn."

„Komm mit! Wir finden für euch den passenden Superbaum."

In meiner Vorstellung nahm unser Wohnzimmer die Ausmaße einer Kathedrale an: Ich hatte plötzlich große Lust, es *meinem* Dorf nachzutun und alles aufzubauen, was wir besaßen.

„Hat dein Bruder ein Auto dabei? Ich möchte einen Baum, den ich mir nicht unter den Arm klemmen kann."

„Der Mann, bei dem er angestellt ist, hat einen Transporter."

Annas Bruder Dennis versprach, den Baum meiner Wahl vorbeizubringen. Und dann suchte ich mir eine Tanne aus…

Wieder zu Hause montierte ich die Flügel an die Pyramide, steckte Kerzen in die Halterungen und stellte sie auf den Tisch, als die Türglocke ging. Dennis und Anna standen mit meinem Trumm von Baum im Eingang.

„Hast du einen Ständer für das Teil? Dann stiel ich ihn dir noch schnell ein."

Als die große Blautanne in unserem Haus Einzug hielt, musste ich nach Luft schnappen. Alleine würde ich das Riesenteil im Leben nicht zum Stehen bringen. Dennis war ein Schatz. Ich rückte unsere vier Sessel zusammen, entfernte den Couchtisch und gab Anweisungen, wo der Baum der Bäume stehen sollte. Unsere Zimmerdecken waren hoch – der Baum füllte den halben Raum und reichte bis unter die Decke, sodass die Spitze ein wenig umgebogen war.

Zu dritt standen wir vor dem monumentalen Teil, das ich gleich in einen Weihnachtsbaum verwandeln würde.

Dennis schob sein schmales Kinn vor. „Ohne Leiter kannst du ihn nicht schmücken."

Da hatte er Recht. Im Keller stand eine Holzleiter.

„Ich bleibe noch hier und helfe dir. Also, wenn du nichts dagegen hast." Anna hatte vor lauter Eifer rote Wangen.

„Als ob!", sagte ich glücklich über ihr Angebot.

Wir hängten alles an den Baum, was die Kiste hergab. Ich raste noch einmal los, um einen Berg Kerzen zu kaufen. Weil ich spät dran war, musste ich mit den Resten vorliebnehmen. Mein Baum hatte also rote, violette und weiße Kerzen.

„Genial!" Nach vollen zwei Stunden war Anna mit uns superzufrieden.

Aber ich war noch nicht fertig. In der Weihnachtskiste wartete noch eine uralte Krippe mit großen, handgeschnitzten Holzfiguren auf ihren Einsatz, und die Räuchermännchen baute ich auch noch auf.

„Total genial!" Anna hielt die Hand hoch und wir klatschten uns ab.

„Ich muss dann leider mal gehen. Dabei würde ich gerne die Augen deiner Mutter sehen."

In dem Moment kreischte es hinter uns. Abrupt drehten wir uns um. Meine Mutter starrte auf unser Werk, die Hand vor dem Mund.

„Überraschung!", rief ich in ihre Richtung.

„Schöne Weihnachten", schnurrte Anna, grinste schräg und trabte zur Tür. Ich hinterher.

„Mach's gut! Und vielen Dank für deine Hilfe", flüsterte ich.

„Kommst du nach der Bescherung noch ins Bistro? Da geht die ultimative Christmas Party ab."

„Nee! Ich geh noch, äh, wir gehen Heiligabend nicht raus."

„Also dann!"

Wir umarmten uns.

„Lu! Um Himmels willen!" Die Stimme meiner Mutter hörte sich an, als müsste sie gleich zur Schlachtbank.

„Genau, Mama!" Ich hatte Mühe, nicht loszuwiehern. Meine Mutter schockgefrostet! Dabei hatte ich ihr nur den Gefallen getan, das Haus weihnachtlich herzurichten – wie ich fand, war mir das gelungen. Ich ließ sie stehen und füllte einen großen Teller mit meinen selbst gebackenen Plätzchen. Dabei fiel mir ein, dass ich heute Nacht unbedingt die Keksdosen und den exotischen Senf für Herrn Brahmeier in den Rucksack packen musste und ich trabte in mein Zimmer. Auch, weil ich keine Lust auf Diskussionen hatte.

Kais Geschenk wollte ich beim Übergang in das geheime Dorf in die Hand nehmen und erst bei der Ankunft vorsichtig neben die Keksdosen stecken. Sonst verknickte es womöglich.

Lass mich heute Nacht unbemerkt abhauen. Und vor allem mit Andrea unbemerkt wieder auftauchen, sendete ich flehentlich in den Kosmos.

Im Spiegel sah ich mich an: Da war die Verschwörerin, bereit, alles zu riskieren.

Ich sprang die Treppe hinunter. Meine Mutter saß tief in den Ledersessel gedrückt matt vor einem Cognac. „Was möchtest du mir damit sagen, Lu?"

Ich wusste keine Antwort.

Meine Mutter schüttelte langsam den Kopf. Es folgte

ein zweiter Cognac.

„Haben wir eigentlich Rum?“, fragte ich.

Am Nachmittag kam mein Vater nach Hause, das Auto voller Salate, Käsesorten, Fladenbrote und Baguettes.

„Boah, Lu! Toll hast du das gemacht.“ Er breitete die Arme aus. „War sicher viel Arbeit.“

Juchhu – Papa in Weihnachtsstimmung. Wie anders er manchmal sein konnte.

Da klingelte die Hausglocke. Die Großeltern mit Tante Helga, wie immer zurechtgemacht wie eine aus dem vorigen Jahrhundert entsprungene Gouvernante, fielen ein. Es gab ein Hallo, als sei man mit letzter Kraft von einem fremden Planeten zur Heimat zurückgekehrt. Wie jedes Jahr bemerkte Helga als Erstes, wie groß ich doch geworden sei. Hoffentlich hast du das vor dem Kauf des Weihnachtsgeschenks einkalkuliert, dachte ich, ahnte aber, dass der Wunsch vergebens war. Dann halt funkelnagelneue Sachen für den Flohmarkt. Glück für Anna und unsere Einnahmen.

„Gut siehst du aus.“

Da unterscheiden wir uns gewaltig, dachte ich und drehte den Kopf zur Seite, damit mein hämisches Grinsen nicht so auffiel.

„Ein bisschen blass und dünn vielleicht. Und? Hast du schon einen Freund?“

„Unsere Tochter ist äußerst zurückhaltend“, ergriff meine Mutter das Wort.

Ich setzte jetzt ein eher harmloses Kleinmädchenlächeln auf und sagte nichts.

„Wahnsinn!“ Meine Tante klatschte beim Betreten des Wohnzimmers in die Hände und lächelte hingebungsvoll den Weihnachtsbaum an.

„Wie früher“, schwärmte nun auch meine Großmutter und trat dem Blautannenungetüm kerzengerade gegenüber. Mein Großvater strahlte wie mein unbekannter Freund – das Honigkuchenpferd.

„Hat Lu alles ganz alleine arrangiert.“ Hörte ich ein wenig Stolz bei meiner Mutter durch?

Bald standen Kaffee und ein erstes Schlückchen Alkoholisches auf dem Tisch, und die Gäste und meine Eltern wurden gemütlich. Die Großeltern kamen ins Erzählen – von früher im Vergleich zu heute, wie sie damals Weihnachten gefeiert hatten. *Damals* hieß in der Nachkriegszeit. Und wie schon des Öfteren fiel mir auf, dass *früher* und *damals* irgendwie immer mit *wenig haben*, was eine allgemeine Bescheidenheit mit sich brachte, und *Familie* zu tun hatten. Gleichgültig, ob es sich um Frau Sawinskys Frühergeschichten oder um die der Großeltern handelte. Immer ging es darum, wie armselig alles gewesen war und dass bei festlichen Anlässen wie Weihnachten aus allen Ecken des Landes Verwandtschaft in großen Einheiten angerückt war. Tante Helga wartete mit Episoden über spezielle Angehörige auf und je nachdem, ob die entsprechende Person noch lebte oder tot war, wurde ihre Miene schadenfroh oder sie machte auf betroffen.

Die Uhr ging auf sechs und man begann, über den Modus der Bescherung nachzudenken. *Früher* hatte es natürlich Hausmusik gegeben. Vielleicht wollte Stefan bitte so gut sein und das Radio anstellen, damit man wenigstens ein bisschen festliche Musik zu hören bekam. Ich spürte eine merkwürdige Peinlichkeit um sich greifen, als es daran ging, wer wem zuerst und auf welche Weise ein Geschenk übergeben sollte. Am liebsten hätte ich einfach den Fernseher angeworfen.

„Ich fang einfach mal an", sagte meine Mutter und holte von irgendwoher einen Korb voll mit Päckchen, von denen sie jedem eines überreichte. „Fröhliche Weihnachten" ging es von einem zum anderen, und schließlich hatte jeder auf geheimnisvolle Weise einen Korb oder eine Kiste voller Präsente, die hin und her gereicht wurden. Als ich Tante Helgas Buch auspackte, musste ich an mich halten. *Maike auf dem Pferdehof* war schon lange nicht mehr meine Liga.

„Danke für das Buch. Aber … also mit dem Thema Pferd bin ich ehrlich gesagt durch." Am liebsten hätte ich das blöde Buch an eine Kerze gehalten.

„Ach komm! Wo du doch so gerne in den Ferien geritten bist." Für diesen Satz hätte ich meine Mutter lynchen können.

„In meinem Alter sucht man nicht mehr den starken großen Freund im Tierreich", maulte ich.

Meine Großmutter schlug vor: "Ist doch gar kein Problem. Lu erklärt uns, was sie zurzeit gerne liest, und Helga tauscht das Buch einfach um. Nicht wahr, Helga?"

Die Gefragte wagte keinen Widerspruch und so kam das Buch zurück in Tante Helgas Geschenkekorb, in dem inzwischen zwei Fläschchen von dem besonderen Rotwein der Marke *Den-musst-du-unbedingt-mal-probieren* lagen, nebst einem Arrangement aus zwei Teetassen, einer Teedose und einem kleinen Fläschchen Rum. Als ich das lächerliche Rumfläschchen sah, sehnte ich mich nach der Küche von Herrn Brahmeier, auf deren Tisch ich im Geiste drei Tassen mit Kakao und Sahne und einer richtigen Flasche Rum sah.

Bitte lass mich nachher hier weg, sendete ich ein Stoßgebet nach dem anderen in den großen, weiten Kosmos.

Meine Großmutter hatte die Zeichen der Zeit erkannt, und so bekam ich dieses Mal nicht wieder eine Edelklamotte für den Kleiderschrank, sondern eine Grünpflanze, an deren Ästen kleine bunte Knallbonbons hingen. Sie enthielten jeweils einen Geldschein.

„Ich werde mir den wärmsten Pullover der Welt kaufen“, verkündete ich, und meine Freude war echt. Spontan stellte ich mir vor, in ein Sportgeschäft zu gehen und mir einen eigenen Seemannspullover zuzulegen.

Auch meine Eltern warteten mit einem Gutschein auf.

„Such dir etwas Hübsches für dein Zimmer aus“, sagte meine Mutter. „Vielleicht möchtest du einen von diesen neuen, flotten Computern?“

„Ich hätte gerne einen Bollerofen.“

„Wir haben eine Heizung“, stellte mein Vater klar.

„Wisst ihr noch, früher? Unser alter Kachelofen. Inzwischen bereue ich, dass wir ihn haben abreißen lassen. Alles nur wegen dem Platz. Es war immer so gemütlich mit dem Ofen“, sagte meine Großmutter.

Das Zauberwort *früher* tat erneut seine Wirkung: Weitere Erlebnisse, die irgendwie mit dem inzwischen abgerissenen Kachelofen in Verbindung standen, schlossen sich an. Mein Wunsch ging dabei unter.

Insgesamt freute sich jeder über jedermanns Geschenk, und so konnte das Abendessen aufgetragen werden. Neben den Salaten gab es eine Fischtafel, und weil Fisch bekanntlich schwimmen muss – sagte jedenfalls mein Großvater – wurde Weißwein serviert, dem ein Aperitif vorausging.

„Trinkst du nicht ein Schlückchen mit uns?“, fragte mich meine Großmutter.

„Ich trinke sicher nachher mit den anderen.“ Verdammter Mist! Da war es passiert.

„Mit wem bitte?“ Meine Mutter zog die zu dünnen Linien gezupften Brauen hoch.

„Du gehst doch nicht noch weg heute Abend?“, fragte Tante Helga mit einem gewissen Unterton.

Alle Augen waren auf mich gerichtet. Was sagte ich bloß?

„Also … natürlich nicht“, stotterte ich. „Ich, äh, habe mich versprochen. Ich wollte sagen, dass ich, äh, nachher etwas anderes mit euch trinke.“

„Dann machen wir nach dem Essen einen Sekt auf“, schlug mein Vater vor.

Ich verdrückte mich nach einem mittleren Schweißausbruch in den Keller, um freiwillig den Sekt hoch zu holen. Puh! War das knapp gewesen.

In deiner Situation wird es langsam Zeit für etwas mehr Selbstkontrolle, schimpfte die kleine innere Stimme.

Gegen elf wurde der Sekt aufgemacht und ich musste, ob ich nun wollte oder nicht, davon trinken. Dabei hatte ich Sorge, zu müde zu werden. Ich wollte ja in einer Stunde los. Also sollten die Erwachsenen ordentlich trinken. Dann achteten sie nicht mehr auf mich und fielen hoffentlich bald in die nötige Bettschwere, damit ich unbemerkt abhauen konnte.

Es war halb zwölf durch, als Tante Helga immer mehr Ungereimtes losließ, mein Großvater unter seinen struppigen Augenbrauen dramatisch in die Runde blickte und ebenfalls alles Mögliche vor sich hin erzählte, während meine Mutter auf ihrem Stuhl hing und fast einschlief. Irgendwie hatte man vergessen, vom Tisch aufzustehen und zu den bequemen Sesseln zu wechseln, die dicht gedrängt vor dem Monsterbaum standen, auf dem schon die zweite Garnitur Kerzen brannte. Dieses Mal war mein Vater auf die Leiter gestiegen.

Meine Großmutter redete auf ihren Schwiegersohn ein, fragte, ob denn wohl jemand heute Abend bei seiner Mutter sei.

„Bestimmt geht Onkel Arno hin. Er kam schon früher immer Heiligabend zu uns."

Ich erhob mich mit den Worten „Gute Nacht allerseits" und verließ fluchtartig das Esszimmer.

Oben ließ ich demonstrativ Wasser und Toilettenspülung laufen. Geräuschvoll schloss ich die Tür und – sicher ist sicher – legte meine alte Puppe in mein Bett. Danke, Frau Sawinsky. Und danke, Käthe, mein altes, liebes Mädchen. Geniale Idee!

Die entfernte Uhr schlug zwölf. Mit Rucksack und dem Geschenk für Kai in der Hand startete ich durch. Das Haus Nummer eins war leer. Den Bastelbogen mit der Eistänzerin packte ich neben die Keksdosen in den Rucksack. Meinen Schal schwang ich mir um den Hals.

Wie an Nikolaus war ich von der Atmosphäre überwältigt. Das Halbrund vor der Kirche war durch die vielen Kerzen wunderbar erleuchtet und ich hörte leise, festliche Orgelklänge. In der Mitte des Marktplatzes stand der große Weihnachtsbaum im Kerzenlicht. Eine Weile blieb ich andächtig stehen. Er strahlte eine geradezu majestätische Wirkung aus.

Als erstes entdeckte ich Herrn Brahmeier, der mich in die Arme schloss. „Fröhliche Weihnachten, Lu!"

An seiner Seite stand Frau Rose. „Ich möchte dir Geschichten von unserem Dorf schenken. Sie befinden sich in meinem Kopf." Sie lächelte mich an. „Ich lade dich und Kai zu mir ein. Wann immer ihr Zeit habt, ist es recht."

Plötzlich legte mir jemand von hinten die Hände auf die Augen und sagte: „Fröhliche Weihnachten!“ Als ich die Hände ergriff und mich umdrehte, sagte Kai: „Ich schenke dir alle Abenteuer, die du dir hier bei uns im Dorf wünschst. Und noch einiges mehr.“

„Versprochen?“ Ich sendete einen vielsagenden Blick ab.

„Versprochen!“

Wir lagen uns in den Armen.

Und dann – endlich – sah ich Andrea mit einem Mann neben sich. Das war also der lang Gesuchte. Andrea breitete die Arme aus. „Ich hab's geschafft.“ Sie sprühte vor Glück. „Das ist er.“

„Hallo!“ Ich musterte ihn.

„Guten Tag, Lu!“ Torge reichte mir die Hand. „Andrea hat viel von dir gesprochen. Schön, dass wir uns kennen lernen.“

Torge war ein Eskimo. Zumindest ein halber. Seine Mutter war Grönländerin und der Vater, das wusste ich von Frau Rose, stammte aus Schweden. Torge war genau, wie Andrea ihn beschrieben hatte: stämmig, schwarzhaarig, mit sanften dunklen Augen. Bei seinem Anblick dachte ich an Wildnis, Jagd, Beute machen, obwohl sein Gesicht etwas Kindliches hatte. Vielleicht wegen der Stellung der Augen und der rundlichen Wangen. Er trug einen Fellmantel und eine Mütze, wie sie Nordländer verwendeten. Jedenfalls hatte ich so ein Outfit schon mal in einer Fernsehsendung über Grönländer gesehen.

Andrea strahlte. Sie hatte es wirklich geschafft.

„Ich schenke dir die schönsten, unvergesslichsten Ferien deines Lebens.“ sagte sie. „Morgen fahren wir nach Berlin und starten von da aus. Es wird fantastisch.“

Davon war ich überzeugt.

„Und ich verschenke Unterkunft mit Frühstück und Unterhaltung“, sagte Herr Brahmeier.

In meinem Bauch dehnte sich ein Glücksknubbel aus. Kai rückte mit Glühpunsch, Peer, Sonja und Wibke an. Wir stießen an – auf Weihnachten, auf eine schöne Zeit und überhaupt auf alles.

Torge sagte: „Ich schenke dir und Kai eine Schlittenfahrt, wie ihr sie vermutlich noch nicht gemacht habt.“

„Sollen wir das wagen?“ Kai zwinkerte Torge zu.

„Meine Hunde sind bereit.“

„Wow!“ Torge züchtete ja Huskies, erinnerte ich mich.

Jemand rief laut in die Menge: „Ich schenke euch allen ein Scheunenfest – und zwar Silvester. In der Nummer dreizehn.“ Das war der Maronimann, der Gejohle und anhaltenden Applaus erntete.

Blitzartig dachte ich an meine Bastelarbeit, die mir schon endlos lange her schien. Das Haus mit der Dreizehn drauf war tatsächlich als Scheune vorgesehen. Ich hatte sogar noch Gras aus dem Kompost vom letzten Rasenmähen aus dem Garten geholt und vor und in dem Papierhäuschen aufgeschichtet, damit es möglichst echt wie eine Scheune aussah. Nun würde ich in dieser Scheune Silvester feiern. Nur nicht weiter drüber nachdenken. Womöglich träumte ich gerade.

„Ich bringe ein Schwein mit – das drehen wir am Spieß“, rief einer.

„Ich mach uns Kuchen. Wer backt mit?“, rief ein anderer.

Herr Brahmeier wollte Glühpunsch beisteuern.

Ole rief: „Ich bring Musiker mit.“

Hier machte man andere Geschenke als zu Hause, durchfuhr es mich. Und mit einem Mal fand ich meine

Geschenke unpassend. Ich sagte laut: „Ich backe Kekse."

„Die kennen wir. Sind genehmigt", rief Wibke und die Umstehenden lachten.

Ich überlegte – und dann kam ich drauf: Die Leute hier waren in der glücklichen Lage, ihre Zeit zu verschenken. Ich dachte daran, dass es bei uns immer hieß: „Ich habe keine Zeit", „Vielleicht später mal" und „Ich muss jetzt aber …" Worauf wurde hier verzichtet? Sparten sie die Zeit an anderen Stellen?

Plötzlich hielten Kais Bruder und seine Freunde Instrumente in der Hand. Das Orgelspiel verstummte und die Band begann zu spielen: Melodien, die mir fremd waren. Sehr rhythmisch, sodass man unmöglich still stehen konnte. Die Leute fassten sich an den Händen. Auch ich wurde in den immer größer werdenden Kreis gezogen, ließ mich anstecken von der ausgelassenen Stimmung, von der fetzigen Musik, von der Andersartigkeit dieses Festes. An meiner rechten Hand fühlte ich Kais festen Griff. Die Musik wurde schneller, die Bewegung der Tänzer ebenfalls, und für einen Moment vergaß ich die Zeit, die Welt, mein Zuhause, einfach alles.

Zum Abschied der Gäste, die wie ich in ihre Welt zurück mussten, wurde mit Sekt angestoßen. Für Andrea und mich hieß das: Aufbruch ins feindliche Lager.

Wir spazierten zum Haus mit der Nummer eins.

„Mutters Eltern und Tante Helga sind da. Wir müssen höllisch aufpassen, dass dich keiner sieht."

Andrea wandte sich mir zu. „Oh Gott – die Helga! Wird schon schief gehen. Ansonsten stelle ich mich als Gespenst zur Verfügung."

„Cool!"

Ich landete sicher auf der Gästematratze. Sofort sprang ich auf die Seite, um für Andrea Platz zu machen.

Es wurde höchste Zeit. Gleich schlüge die Uhr eins. Da kam Andrea auch schon. Wir hielten eine Weile inne und lauschten. Es war nichts zu hören.

„Ich schleiche mich jetzt nach unten und verschwinde nach draußen. Dann klingel ich einfach und du machst mir offiziell auf."

„Superidee!"

„Bei mir wird es keinen verwundern, dass ich mitten in der Nacht aufkreuze."

„Nimm den Schlüssel mit. Du darfst die Türe nicht ins Schloss fallen lassen, wenn du aus dem Haus gehst."

„Oh ja! Hab ich nicht dran gedacht."

„Schließ sie ganz vorsichtig mit dem Schlüssel."

Leise, ganz leise, öffnete ich die Zimmertüre. Andrea huschte hinaus.

„Bis gleich", hauchte sie.

In demselben Moment, als sie im dunklen Flur stand, ging die Klospülung. Die Türe des Badezimmers wurde geöffnet. Ein schriller Schrei zerriss die weihnachtliche Stille. Tante Helga! Meine Eltern und Großeltern polterten in ihren Zimmern hoch. Ich riss mir Pullover und Jeans herunter und warf mir den Bademantel über. Im Flur trafen wir aufeinander. Als meine Mutter auf den Lichtschalter neben dem Elternschlafzimmer drückte, drückte ich auf den Schalter neben meinem Zimmer. Sofort war es wieder dunkel.

„Mach doch mal einer Licht!", rief mein Vater ungehalten, und dasselbe Spiel wiederholte sich.

„Wer macht denn dauernd das Licht aus?", schmetterte mein Großvater durchs Haus.

Gezielt setzte ich auf Kleinmädchenstimme. „Ich will es doch gerade anmachen."

Als das Licht endlich brannte, sah man, dass Tante

Helga an der Wand lehnte, aschfahl im Gesicht.

„Meine Güte – Schwesterherz! So habe ich dich ja noch nie erlebt. Ist dir nicht gut?“, fragte meine Mutter.

„Sie hat bisschen viel getrunken. Das ist alles“, stellte mein Großvater klar. „Nach dem ganzen Durcheinander, was wir getrunken haben, ist die Wahrnehmung halt nicht mehr so ganz stimmig.“

Tante Helga sagte unheilvoll: „Da war gerade jemand.“

„Wo?“, fragten alle auf einmal. Ich auch.

„Vor mir auf dem Flur.“

„Sag ich doch. War bisschen viel, Helgalein.“

„War es nicht, Papa!“, stammelte Helga. „So wahr ich … so wahr ich hier stehe. Da … da war jemand.“

„Du hast Halluzinationen. Passiert schon mal. Wir haben ja ziemlich durcheinander getrunken“, sagte jetzt auch meine Mutter.

„Helga, mein Liebes! Ist doch nicht so schlimm“, tröstete meine Großmutter. „Wirst sehen: Morgen geht es dir bestimmt wieder besser und du –“

In dem Moment schellte es.

Meine Mutter stöhnte auf. „Wer kommt denn jetzt noch?“

„Vielleicht das Gespenst“, kicherte ich.

Alles rannte nach unten zur Haustür. Außer Tante Helga, die sich am Geländer festhielt und wie eine alte Frau langsam und vorsichtig hinterherkam. Dabei hielt sie immer wieder an und blickte sich um.

Mein Vater machte auf.

„Fröhliche Weihnachten allerseits!“, trompetete Andrea ins Haus. „Wie schön, dass ihr noch alle auf seid. Seid ihr gut drauf? Macht ihr Schlafanzugparty? Wartet mal kurz – ich mach mit!“ Und sie begann, einen nach dem anderen zu umarmen. Und wo nun schon mal alle wieder auf waren, nahm man im Wohnzimmer platz – endlich auf den bequemen, zusammengerückten Sesseln und dem Sofa, das man aus dem offenen Flur heran schob. Rasch holte ich aus meinem Zimmer für Andrea das Geschenk vom Weihnachtsmarkt. Andrea lächelte bedeutungsvoll, als sie die Häuschen auf dem Schal sah. „In so einem Dorf wäre ich gerne mal in echt."

Mein Vater entkorkte ein weiteres Fläschchen, Tante Helga verstand die Welt nicht mehr und rang um Fassung, während Andrea die ganze Runde mit ihren Erlebnissen unterhielt. Vor allem meine Großeltern amüsierten sich bestens. Nur Tante Helga setzte noch einmal an: „Ich hätte schwören können …"

„Bitte keinen Meineid!", wurde sie von ihrem Vater unterbrochen.

„Aber ich habe wirklich jemanden gesehen", beharrte Tante Helga auf ihrer Erscheinung. Dabei blickte sie sich wie jemand um, der auf der Hut ist.

Andrea hatte auch hierzu ein Erlebnis beizusteuern, das mit zu vielen günstigen Drinks für den halben Preis zur Happy Hour zu tun hatte. Daraufhin sei ihr des Nachts gleich eine ganze Trollherde begegnet, welche bei ihr leicht hysterische Ausbrüche verursacht habe. Tante Helga ließ sich nicht davon überzeugen, dass ihre Erscheinung pure Halluzination gewesen sei, aber sie hielt jetzt wenigstens den Mund. Zu guter Letzt erfand Andrea eine haarsträubende Geschichte, weshalb sie erst so spät gekommen war. Es wurde noch eine richtig lustige Heilige Nacht.

25. Dezember

Aufbruch

Keiner war am nächsten Morgen wie geplant reisefertig. Meine Großmutter fand als Erste zu alter Form zurück und begann damit, das Schlachtfeld der durchzechten Nacht zu lichten.

„Derartige Entgleisungen, bei denen einem Familienmitglied eine Erscheinung unterläuft, wären früher nicht möglich gewesen“, grummelte sie vor sich hin. „Da war man am nächsten Morgen ausgeruht und ging pünktlich in die Christmesse.“

„Früher ist eben nicht heute.“ Ich trug noch meinen Bademantel und guckte meiner Großmutter beim Aufräumen zu.

„Diese Andrea ist schuld. Wenn die nicht noch so spät gekommen wäre.“

„Fand ich cool.“

„Dann hätte Stefan nicht noch eine Flasche und noch eine entkorkt. Dass er so eine Schwester hat. Die passt gar nicht zu ihm.“

„Aber zu mir.“

Darauf sagte meine Großmutter nichts.

„War doch lustig gestern Nacht“, sagte ich auch noch.

Meine Großmutter maulte: „Helga geht es bestimmt elend heute Morgen.“

Aber da irrte sie sich gewaltig. Tante Helga machte absolut keinen erbärmlichen Eindruck. Ganz im Gegenteil: Sie war von allen die Fitteste.

„Ich habe kaum etwas getrunken. Aber mir glaubt ja keiner“, nölte sie und sah uns mit traurigen Augen der Reihe nach vorwurfsvoll an. Wie mochte sie wohl gucken, wenn einmal etwas wirklich Schlimmes passierte?

Geschäftig machte sie sich an der Kaffeemaschine zu schaffen.

Als Letzte kam Andrea – logischerweise in denselben Klamotten wie in der Nacht.

Meine Großmutter guckte sie streng an. „Hast du eigentlich kein Gepäck dabei?“

Andrea schüttelte ihre tizianrote Mähne und fuhr sich mit dem Handrücken über die müden Augen. „Wieso?“

„Wieso?“, äffte sie Andreas Ton nach. „Na, weil du dasselbe trägst wie gestern.“

Andrea gähnte demonstrativ. „Meine Reisetasche habe ich doch im Zug liegen lassen. Habe ich das denn nicht gestern Nacht erzählt?“, log sie, ohne rot zu werden und schenkte sich erst einmal ein Tässchen Kaffee ein. „Das weckt Tote“, sagte sie, während sie das heiße Gebräu schlürfte – für meinen Geschmack ein wenig zu herausfordernd.

Meine Großmutter blitzte Andrea denn auch böse an. „Als Letzte auftauchen, nichts zum Gelingen des Frühstücks beitragen, aber sich als Erste Kaffee nehmen. So was hat man gerne.“

„Fröhliche Weihnachten!“, konterte Andrea und grinste mir verstohlen zu.

Boah, was die sich traute. Heimlich griente ich zurück.

Nach dem Frühstück, das ein wenig still ausfiel, packte jeder seine Siebensachen.

„Dein Auto ist doch kaputt.“ Mein Vater klang angespannt. „Hast du das etwa vergessen?“ Dabei blickte er nicht etwa auf seine Schwester, sondern auf seine Füße, die in dunkelbraunen Lederpantoffeln steckten.

„Das beruhigt sich meistens wieder", sagte meine Patentante und lächelte ihren Bruder an.

„Das glaubst du doch selbst nicht." Meinem Vater war nicht nach Lachen zumute.

„Aber klar! Es braucht gelegentlich eine Auszeit. Das ist alles."

Nachdenklich faltete er seine Hände wie zu einem Gebet. „Also manchmal glaube ich, du spinnst."

„Nö, tu ich nicht", murmelte Andrea. „Aber hin und wieder meine Karre. Ich werd mal versuchen, ob sie nicht wieder anspringt."

Andrea lief vor die Tür. Immerhin hat sie an die Autoschlüssel gedacht, ging es mir durch den Kopf.

Natürlich sprang ihr Wagen sofort an. Tat er ja sonst auch immer. Also holte ich meinen Rucksack. Es folgte ein kurzer Abschied mit deutlichen Weisungen von Seiten meiner Eltern, worauf Andrea wegen mir alles zu achten habe, und wir fuhren los.

Erst als wir auf der Autobahn waren, ließ die Anspannung allmählich nach.

„Ich kann es nicht glauben, dass sie mich wirklich weggelassen haben."

„Und auch noch mit so einer wie mir", spottete Andrea.

Und dann wollte ich wissen, warum Andrea beim Frühstück so drauf gewesen war.

„Ach weißt du, wenn alle so vorbildlich tun, dann geht's mit mir durch und ich kann nicht anders. Dann muss ich ein kleines bisschen ärgern."

„Ich fand's lustig. Noch besser fand ich allerdings Tante Helga."

Wir lachten uns schlapp.

„Warst du nicht total erschrocken, als die plötzlich im Flur aufgetaucht ist?"

„Na klar war ich erschrocken. Aber du hast ja zum Glück immer wieder das Licht ausgemacht. Da hatte ich genug Zeit zu verschwinden. Arme alte Helga", sagte Andrea mit Kinderstimmchen.

Wieder prusteten wir los.

„In welchem Haus wartet Torge auf dich?"

„Er ist in meinem Zimmer in dem kleinen Haus am Dorfrand."

„Ich wusste ja gar nicht, dass er ein Eskimo ist."

„Zunächst einmal ist er Grönländer. Den Begriff Eskimo streichst du besser aus deinem Wortschatz."

„Warum das denn?"

„Das bedeutet Rohfleischesser. Die Grönländer empfinden es als gemeines Schimpfwort."

„Davon hatte ich bisher keine Ahnung."

„Der richtige Ausdruck ist Inuit. Das heißt Mensch."

„Einfach nur Mensch?"

„Eine schöne Bezeichnung, finde ich."

Ich dachte einen Moment nach. Ja, sie hatte Recht.

„Wie hast du Torge gefunden? Und warum ist er nicht zu dir gekommen?"

„Eins nach dem anderen. Also beginnen wir mit dem Finden."

„Okay."

„Du erinnerst dich sicher daran, dass ein Mann nach mir gerufen hat und du ohne mich nach Hause musstest."

„Na klar! Du warst danach von der Bildfläche verschwunden."

„Das war ein Freund von Torge, den ich in unserem Dorf vor einem Jahr kennengelernt hatte. Er sah kürzlich in Rovaniemi per Zufall ein Kind mit einem Lebkuchenherz, das ganz in seiner Nähe stand."

„Echt?"

„Ja! Und auf diesem Herz hat er die Aufschrift gelesen: Andrea sucht Torge."

Ich strahlte Andrea an. „Da hatte unsere Aktion wenigstens Erfolg."

„So ist es. Jedenfalls wollte der Mann, der übrigens Matti heißt, in der Gegend unseres Dorfes jemanden besuchen oder etwas erledigen. So genau weiß ich es nicht mehr. Ich war so aufgeregt, als ich ihn traf und er mir sagte, dass er wüsste, wo Torge ist. Da habe ich wohl alles andere nicht so richtig mitbekommen."

„Und wie ging es dann weiter?", drängte ich.

„Matti berichtete, dass Torge mit seinem Bruder aufgebrochen war, und zwar mit ihren Hundeschlitten. Sie züchten Huskies, musst du wissen."

„Weiß ich. Torges Weihnachtsgeschenk ist eine Hundeschlittenfahrt."

„Ach ja! Stimmt! Sie sind also los durch unwegsames Gelände, um zu jagen. Sie wollten zu Weihnachten Fleisch haben."

„Aber er hätte sich doch trotzdem vorher bei dir melden können. Er konnte sich doch denken, dass du auf ihn wartest."

„Das ist die andere Sache. Er war auf der Suche nach jemandem."

„Was hat das damit zu tun, dass er nicht zu dir gekommen ist?"

„Er wollte mich … also er wollte erst diesen Jemand finden. Für mich."

Ich war verwirrt. Einen Jemand zu suchen war doch kein Grund, den anderen sitzen zu lassen. Wenigstens eine Nachricht hätte er hinterlassen können. Ich verstand die Welt nicht mehr.

„Wen wollte er denn für dich suchen?"

Andrea schwieg.

„Hast du im vorigen Jahr noch jemand anderes kennen gelernt, den du wiedersehen wolltest?"

„Nein! Ja, doch! Jedenfalls so ähnlich."

„Und wie heißt der? Wir können ja wieder Lebkuchenherzen mit Zuckerguss beschriften. Bin ich echt gut drin."

Andrea blickte konzentriert auf die Straße.

„Er heißt Christian."

„Christian?"

Das saß! Der Junge auf dem Foto.

„Andrea?"

„Ja?"

„Wir haben neulich die Depri-Oma besucht."

Andrea schnaubte. „Nenn sie bitte nicht so."

„Entschuldigung!"

„Meine Mutter hatte ein Scheiß-Leben, sag ich dir."

Pause.

„Und du?", fragte ich so sanft wie möglich. „Wie war dein Leben, als du noch ein Kind warst?"

Keine Antwort.

Sollte ich es wagen? Ja. Jetzt oder nie …

„Als ich vor zwei Wochen bei Oma war, habe ich dein Fotoalbum angesehen."

Andrea guckte starr geradeaus.

„Da war immer ein Junge mit dir auf den Bildern." Ich sprach ganz leise. „Irgendwann aber nicht mehr."

Andreas Augen blinzelten.

„Ich habe Oma gefragt, ob das dein Kinderfreund war. Und wie er hieß."

Kurze Pause.

„Oma hat mir seinen Namen gesagt und dann … dann musste sie weinen.“

Sollte ich weiter sprechen? Zu spät! Jetzt war ich mitten drin.

„Der Name war Christian.“ Nun war es heraus.

Andrea blinkte rechts und bog auf den Parkplatz ein. Als das Auto stand, liefen ihr Tränen die Wangen hinab. Sie vermied es, den Kopf in meine Richtung zu drehen.

„Er war mein Zwillingsbruder.“ Jetzt schluchzte sie und schmiegte sich an meine Schulter. Ich legte die Arme um sie und drückte sie fest. Und dann kamen auch mir die Tränen.

Irgendwann war genug geweint worden und Andrea schaute mich aus traurigen Augen an. „Ich will versuchen, dir alles zu erklären. Lass uns einen Kaffee dabei trinken, ja?“

Als wir uns im Autobahnrestaurant bei Kaffee und Milchshake gegenüber saßen, holte Andrea tief Luft. „Mein Vater war ein Tyrann, musst du wissen. Er hat uns fertig gemacht. Uns Zwillinge und meine Mutter. Die vor allem. Nichts konnte sie ihm recht machen.“

„Und was war mit meinem Vater?“

„Dein Vater hat nicht ganz so viel abbekommen – er war der Kleine, Papas süßer Junge. Aber auch er hatte keine unbeschwerte Kindheit. Weil Christian verschwunden ist.“

Ich erschrak. „Verschwunden?“

„Ja! Verschwunden! Er hatte Geheimnisse.“ Andrea blickte mich mit einem unergründlichen Ausdruck an.

„Davon verschwindet keiner“, sagte ich und fühlte, wie wenig dieser Satz passte.

„Und was ist mit dir?“, fragte Andrea prompt.

Eine verschwommene Ahnung ergriff mich.

„Du glaubst, er könnte wie wir ...?“ Aus irgendeinem Grund brachte ich den Satz nicht zu Ende.

„Das glaubte ich zumindest. Im letzten Jahr dachte ich, dass es ein Winterdorf war. Ich hoffte es mit allen Sinnen. So ein wunderbares Dorf wie unseres.“ Sie sah unglaublich traurig aus.

„Du meinst, es könnte sein ... also, er hat dasselbe erlebt wie wir?“

Sie nickte.

„Und eines Tages ist er nicht nach Hause zurückgekehrt?“

„Genau!“ Ihre Finger bewegten sich unruhig, als mache sie Trockenübungen fürs Klavierspiel.

„Hast du damals beobachtet, wie er verschwand?“

„Nein, das habe ich nicht.“ Jetzt trommelte sie mit Zeige- und Mittelfinger im schnellen Wechsel auf den Tisch. „Er hatte wohl ein Versteck für sein Adventdörfchen.“

Wieder trat eine Pause ein, in der man nur Andreas Finger-Tischtrommelei hörte, bis sie mit einem Mal sagte: „Aber Torge hat ihn nirgends gefunden.“ Sie ließ ihren Oberkörper gegen die Banklehne fallen.

„Und jetzt bist du dir nicht mehr sicher“, sagte ich.

Wieder nickte sie.

„Hast du eine Ahnung, warum er nicht zu euch zurück wollte?“, fragte ich leise.

„Mein Vater hat ihn fertig gemacht. Auf so eine richtig miese Art. Chris wäre kein richtiger Junge und so! Weil er keine Räubergeschichten hören wollte, sondern so gerne mit meinen Puppen spielte und Märchen liebte.“

Pause.

„Hans Christian Andersen und seine Märchen – die

mochte er besonders gerne."

„Und weiter?"

„Mein Vater kaufte einen kleinen Fotoapparat, wie sie damals gerade neu auf den Markt kamen. Mein Bruder sollte dauernd irgendwo fotografieren. Da Chris so ein Geheimniskrämer war, hat er mir nicht verraten, wohin er immer verschwand und was er mit seiner Kamera festhalten sollte. Aber mein Vater hat, als Christian nicht mehr auftauchte, seine Basteleien vernichtet. Ich weiß noch, dass auf dem Bastelkarton *Made in Finland* stand."

„Deshalb bist du nach … wie hieß die Stadt noch mal?"

„Rovaniemi."

„Nach Rovaniemi gefahren?"

„Ja, nur deshalb!" Endlich trank sie einen Schluck Kaffee. „Zuerst bin ich öfter nach Finnland gereist, ohne zu wissen, wonach ich eigentlich suchte, bis ich eines Tages in Rovaniemi gelandet bin – der Weihnachtsstadt im Norden. Und da bin ich, wie du weißt, auf die Bastelbögen gestoßen."

„Und auf ihren Verkäufer", sagte ich und wagte ein Lächeln. „Aber du konntest doch nicht ahnen, wozu die Bögen in Wirklichkeit zu gebrauchen sind."

„Trotzdem habe ich alles so gemacht, wie es auf der Anleitung stand."

„Einfach so?"

„Natürlich nicht! Denk an den Bastelbogenverkäufer. Du hast ihn ja gerade selber erwähnt."

„Das war ja Torge."

„Genau! Und es kam mir so eine Erinnerung, als habe mein Bruder vor fast 30 Jahren auch solche Bögen gehabt und dasselbe getan wie ich. Also ausgeschnitten, zusammengeklebt, alles, was man halt damit macht. Keine Ahnung, wieso, aber ich musste sofort und scheinbar ohne jeden Grund an ihn denken." Andrea biss sich auf die Unterlippe.

„Und dann hast du eines Nachts gemerkt, dass das Dorf ein Medium ist."

„Genauso war es." Sie atmete geräuschvoll ein und aus. „Ich war mir im letzten Jahr so sicher, dass mein Bruder dasselbe damit erlebt hatte. Aber das war wohl ein Irrtum."

Wie traurig sie war. Ich streichelte ihre Hand.

„Gab es jemanden, der Genaueres über Christian wusste?"

„Nein. Das heißt, vielleicht Onkel Arno. Dieser abscheuliche Kerl war sein Patenonkel."

Bei mir setzten die Alarmglocken ein. „Andrea?"

„Ja?"

„Ich habe etwas Fürchterliches erlebt." Und ich berichtete, wie sich ein Mann an mich gehängt und mich dadurch beinahe umgebracht hatte und dass er voll vor die Wand geflogen war, weil die Häuser eine undurchdringliche Mauer gebildet hatten. Und wie ich Onkel Arnos Sachen in der Abstellkammer gefunden hatte.

„Oh Gott, Lu!" Andrea starrte mich sekundenlang an. Dann fing sie wie irre an zu lachen.

„Dieser gemeine Fettkloß", prustete sie. „Geschieht ihm recht. Er war der fieseste Mensch der Welt."

Auch ich musste plötzlich laut lachen. Dabei kam mir die Vision von einem blutigen Sack mit der Aufschrift: Wolfsfutter. Als wir uns endlich beruhigt hatten, sprach Andrea weiter.

„Dann wusste er also, wo Christian war. Deshalb hat er immer bei uns herumgeschnüffelt. Hat meinem Vater was von einem paradiesischen Erholungsgebiet vorgesülzt und mein Vater und er sind sogar nach Skandinavien geflogen und haben sich eine Rundreise genehmigt. Und das, obwohl wir mit dem Geld inner total knapp waren.“

Ich musste mein Erlebnis noch einmal ganz genau wiederholen, so aufgeregt war Andrea. Jetzt berichtete ich auch, dass ich Onkel Arnos Klamotten verschwinden lassen hatte.

„Aber wie erfährt die Verwandtschaft, dass er tot ist? Ich kann doch schlecht erzählen, dass er vor die Mauer eines Dorfes geknallt ist, das ihn nicht wollte“, sagte ich, „und dass sich die Wölfe den Gulasch geholt haben.“

Wir schüttelten uns vor Lachen.

„Erst mal abwarten, ob ihn überhaupt jemand vermisst. Meine Mutter konnte ihn nicht ausstehen“, sagte Andrea. „Und wir Kinder haben uns irgendwie vor ihm gefürchtet. Dabei weiß ich gar nicht mal, warum. Er war so scheißfreundlich. Kinder spüren vermutlich, wenn jemand nicht echt ist.“

Wir beschlossen, in der Angelegenheit nichts zu unternehmen. Was hätten wir auch tun sollen …?

„Lass uns gemeinsam nach deinem Bruder suchen.“

„Ach, Lu!“ Andrea sog hörbar die Luft ein. „Torge hätte ihn gefunden.“

„Warum bist du dir so sicher?“

„Er war in jedem geheimen Dorf, das es gibt.“ Andrea stützte den Kopf in die Hände und sah ins Leere.

„Wirst du trotzdem dort bleiben? Das ganze Jahr über?“, wollte ich wissen.

„Vielleicht. Torge ist meine große Liebe, weißt du?“

Jetzt war ich es, die traurig guckte. Die große Liebe. Wie würde ich zurechtkommen nach dem sechsten Januar?

Andrea sagte: „Wir können uns jeder Zeit in Rovaniemi treffen. Da ist das ganze Jahr Weihnachtszeit."

„Echt?"

„Echt! Dort sind die beiden gegensätzlichen Welten vereinbar."

„Was meinst du damit?" Mein Herz machte einen Hüpfer.

„Jede Weihnachtsstadt und jedes Adventdorf stehen in enger Verbindung."

„Wahnsinn", brachte ich heraus.

Andrea grinste mich an, ich grinste zurück.

„Nach Berlin kommt Torge aber nicht?"

„Nein, Lu! Die geheimen Winterdörfer, die mit ihren vierundzwanzig Häusern ja wie Adventdörfer sind, haben mit unserem Alltag nichts zu tun. Er würde nicht in unsere Welt hineinpassen. Und die anderen auch nicht."

„Darüber habe ich auch schon nachgedacht. Ich fürchte, dass du recht hast."

„Ich hab's ja nicht so mit dem Religiösen, aber Advent bedeutet Ankunft. So viel habe ich jedenfalls behalten." Andrea lachte kurz auf. „Oft ist einem gar nicht bewusst, wo man genau ankommen möchte. Aber das Unterbewusstsein weiß Bescheid. So sehe ich das."

„Ich glaube, ich ahne, was du meinst." Ich dachte kurz nach. „In unserem Dorf habe ich eine alte Frau kennen gelernt. Frau Rose heißt sie. Sie ist total nett. Und sie hat die Geschichte von Torges Vater erzählt."

„Die kenne ich noch gar nicht." Andrea zog die fein gezupften Brauen hoch. „Los! Erzähl schon!"

„Seine Eltern sind verunglückt und er zog zu seiner Großmutter. Die starb aber auch bald und er kam ins Waisenhaus und hat sich dort fürchterlich alleine gefühlt."

„Hat Torge mir nichts von erzählt."

„Und durch sein Adventdörfchen, das er heimlich auf dem Dachboden des Waisenhauses aufgebaut hat, ist er mitten in eine Familie gefallen. Genau das brauchte er: eine Familie."

Andrea nickte lebhaft.

Ich fragte mich, was es war, das ich alles brauchte …

Ich genoss es, neben Andrea zu fahren, mit ihr zu quatschen oder einfach vor mich hin zu träumen. Noch cooler wäre es natürlich gewesen, wenn mich Andrea mit dem Motorrad abgeholt hätte. Aber erstens hätten meine Eltern gestreikt – viel zu gefährlich – und zweitens war es zu kalt und zu ungemütlich. Es nieselte und die Straßen waren bestimmt glitschig. Andrea berichtete, sie habe eigens für die unangenehme Jahreszeit diese alte rasende Keksdose auf vier Rädern für sage und schreibe 400 Euro gekauft.

„Ich werde einen Freund bitten, das rollende Möbelchen bald zu verticken. Sonst hätte ich es eines Tages kunstvoll bemalt", hatte sie entschuldigend gesagt, als sie mit dem Gefährt aufgetaucht war.

Jetzt erinnerte ich sie daran und sagte: „Du hast es schon beschlossen."

„Dass ich nicht nach Berlin zurückkehre?"

„Du willst mindestens ein ganzes Jahr lang aus deinem normalen Leben aussteigen. Stimmt's?"

„Schon möglich", sagte sie mit Unternehmungslust im Tonfall. „Ich steh halt nicht so auf normales Leben. Jedenfalls nicht auf das, was mein kleiner Bruder, also dein Vater, daraus macht."

Darauf sagte ich erst einmal nichts. Was verabscheute Andrea an ihm? Dass er ein großes Haus und ein dickes Auto besaß und viel arbeitete?

„Ich habe zuerst gedacht, ich will nur bleiben, wenn ich Chris gefunden habe", unterbrach Andrea meine Gedanken. „Aber ich habe dafür Torge wiedergefunden.

Man wird sehen, was wird."

„Wie meinst du das?"

„In den meisten Fällen entwickeln sich die Dinge von selbst. Man muss ihnen einfach ihren Lauf lassen."

Für eine Weile schwiegen wir.

„Vielleicht taucht dein Zwillingsbruder ja doch noch auf", sagte ich nach einiger Zeit.

Andrea schaltete den Scheibenwischer ein. „Ach Lu! Wie lange ich das schon hoffe."

Nachdenklich sah ich in den Regen und horchte auf das Geräusch der Reifen auf der nassen Straße.

Am Abend kamen wir in Berlin an. Andreas Wohnung in Kreuzberg lag im fünften Stock in einem alten Haus ohne Aufzug.

„Dafür ist sie besonders günstig", sagte Andrea und stapfte vor mir die knarzende Treppe hinauf, deren Stufen sich in der Mitte durchbogen. Das ganze Treppenhaus roch nach abgestandenem Essen.

Wahrscheinlich versprühte meine Tante Raumduft, denn in der Wohnung roch es wunderbar nach fremdartigen Kräutern oder Blumen. Sie bestand aus einem großen Raum, den eine Mauer aus beschrifteten Kisten in zwei Hälften teilte. Zwischen Mauer und Zimmerdecke war noch ein halber Meter Platz. Da standen Andreas Bücher drauf. Ich betrachtete die Buchrücken. Wie gerne hätte ich hier gestöbert. Es waren andere Bücher als die aus der schmal bemessenen Bücherwand meiner Eltern, die sich wenig aus Lesen machten. Das erkannte ich sofort. Aber jetzt war keine Zeit für fremde Erlebnisse zwischen alten und frischen Buchdeckeln. Nur das dicke Märchenbuch mit der *Schneekönigin* drauf fischte ich vom Regal. Die Seiten waren vergilbt und viele hatten Eselsohren. Der Einband war stark abgenutzt, seine Ecken waren gesplisst. Ich schlug das Buch auf und las die unordentliche Jungsschrift: Dieses Buch gehört Christian Kranich.

Lange betrachtete ich diesen einen Satz. Meine Augen fuhren jeden Buchstaben nach, so, als stünde in ihnen das Geheimnis um Christians Verschwinden. Ich schnupperte dem Geruch der alten Seiten hinterher und stellte mir vor, wie der Junge von dem Foto aus Andreas Album seine Nase in das Buch gesteckt hatte …

Auf der einen Seite der ‚Mauer' lagen zwei Matratzen mit bunten Kissen und Decken voller asiatischer Motive: Drachen, Schlanken, Skorpione, alle mit roten und orangen Farbtönen. Neben diesem Lager standen zwei umgestülpte Apfelsinenkisten mit einem Brett darüber, auf dem sich Andreas Winterdorf befand. Es waren die gleichen Häuschen mit den vielen Erkern und winzigen Kleinteilen wie bei mir. Auch die Anordnung war ähnlich. Andrea hatte als Schnee ein weißes Seidentuch untergelegt. Kleine Tannenzapfen und winzige Nikoläuse, die Handstand machten und Purzelbäume veranstalteten, standen auf dem Marktplatz und in den Gassen. Es sah echt lustig aus.

Ich sah zu Andrea. „Es gefällt mir genauso gut wie mein eigenes."

„Das ist wichtig, damit es für dich als Medium taugt", sagte sie lächelnd.

Auf die Idee, dass der „Transfer" in *mein* Dorf nicht klappen könnte, war ich bisher gar nicht gekommen. Schließlich war es für Andrea auch kein Problem gewesen, aus meinem Zimmer zu starten. Sofort wischte ich die Zweifel fort. Es *musste* ganz einfach klappen.

Auf der anderen Seite der ‚Mauer' standen Herd und Spülbecken, alt und schadhaft. Vor einem großen Fenster mit altmodischen Fensterkreuzen befand sich ein Holztisch und an der Wand daneben war tatsächlich ein Bollerofen, neben dem Brennholz in einer großen Obstkiste auf seine Bestimmung wartete. Ein Haufen gestapelter Stühle stand in der Ecke. An den Wänden hingen große Fotografien. Motorräder im Gelände und Eisberge, die durch eine unwirkliche Beleuchtung aussahen wie riesiges Geschmeide.

„Für die kurze Zeit, die wir hier sind, lohnt es sich nicht zu feuern“, erklärte Andrea.

„Dann lass uns frieren.“ Ich deutete ein Zittern an.

„Machen wir.“

Wir lachten uns an.

„Es ist wirklich saukalt hier. Aber deine Wohnung gefällt mir supergut.“

„Das freut mich.“

„Sie hat so etwas Höhlenartiges, sodass man das Gefühl bekommt, hier seinen Winterschlaf abzuhalten. Natürlich nur, wenn man nichts Besseres vorhat – so wie wir.“

Ich nahm das Bad in Augenschein. Andrea hatte die alten Kacheln bemalt. Es sah hier aus wie in einem antiken Badetempel. Einfach wunderschön! Auf dem breiten Badewannenrand am Kopfende standen zwei antike Kerzenleuchter mit hellroten Duftkerzen, die jeweils ein Buddha vor seinen dicken Bauch hielt. Und vor der Wanne lag ein großer dunkelroter, flauschiger Teppich. Unser hochmodernes Bad kam mir mit einem Mal kotzlangweilig vor. Irgendwie kalt.

Auch hier stand ein kleiner Ofen und ich stellte mir vor, wie kuschelig die Wohnung bei bollernden Öfen gewesen wäre. Ich zog Vaters warmen Pullover aus meinem Rucksack.

An einer Wand neben dem Matratzenlager hing ein

großer Spiegel mit einer prunkvollen Umrandung.

„Vom Flohmarkt“, sagte Andrea.

Als ich mich in dem Spiegel sah, kam wieder dieses unschlagbare Gefühl in mir auf. Probehalber setzte ich den Rucksack auf. Wie ich die Aufregung vor dem Abenteuer genoss. Ich würde abtauchen in eine Welt, die mir gehörte. Mir und Andrea!

Andrea legte einige ihrer Tücher übereinander und schlang sie um ihre Schultern. Ihr langes Haar steckte sie zusammen. „Ich habe Angst, dass sich bei der rasenden Flugrolle meine Haare verheddern oder irgendwo hängen bleiben. Ein Alptraum, sage ich dir.“

„Stell dir vor, du hängst an – na ja – woran könnte man denn überhaupt hängen bleiben?“

„Man kann nie wissen.“ Andrea zuckte die Achseln. „Aber nun komm. Bis zwölf Uhr ist es noch Zeit. Lass uns etwas essen gehen.“

Beim Türken um die Ecke bestellten wir eine gemischte Vorspeisenplatte. Andrea duzte sich mit dem Kellner und dem Koch, der zwischendurch aus der Küche vorbeischaute. Auch wurde sie von zig Gästen begrüßt.

„Wann bist du eigentlich von zu Hause ausgezogen?“, fragte ich.

„Sofort nach der Schule. Hat lange genug gedauert.“

„Habt ihr viel von Christian gesprochen?“

Sie überlegte kurz. „Meine Eltern haben das Thema Christian gestrichen. Sofort nach seinem Verschwinden. Jedenfalls wurde in meinem Beisein noch nicht mal mehr sein Name erwähnt. Aber ich habe manchmal meinen Vater und Onkel Arno belauscht. Spät abends, wenn meine Mutter schon schlief, bin ich auf und habe mich an die Wohnzimmertüre geschlichen.“

„Was hast du mitgekriegt?“

„Wie ich schon sagte: Sie sprachen über irgendwelche seltsamen Pläne. Erst seit deinem Erlebnis mit Onkel Arno glaube ich wieder, dass es doch mit den geheimen Dörfern zu tun hatte."

„Dann lebt Christian in so einem Dorf wie unserem. Ganz sicher!"

Ich war mit einem Mal fest entschlossen, diesen Christian zu finden.

Andrea schüttelte den Kopf. „Kann nicht sein, denn sonst hätte ihn Torge gefunden."

„Habt ihr anderen Kinder, also du und mein Vater, denn nicht nach ihm gefragt?"

„Wenn ich damit anfing, bekam ich eine Ohrfeige und wurde angeschnauzt – von meinem Vater. Meine Mutter heulte immer nur. Aber das kennst du ja bereits."

„Ich begreife nicht, wie man so sein kann. Immer nur heulen und nix tun."

„Habe ich auch nie verstanden. Außer in meinem Fotoalbum, was du bei meiner Mutter gefunden hast, existieren nicht einmal mehr Bilder von ihm. Und ich gehe jede Wette ein, dass es diese Fotos nur deshalb noch gibt, weil meine Eltern vergessen haben, dass ich ein eigenes Kinderalbum besitze." Andrea zog die Augenbrauen zusammen. „Würde mich nicht wundern, wenn meine Mutter das Album nach deinem letzten Besuch vernichtet hat."

Erschrocken sah ich sie an. „Das darf sie nicht. Es gehört doch dir."

„Hm", machte Andrea. Sie überlegte. „Es ist nicht davon auszugehen, dass sie danach fragt."

„Wie traurig."

„Ja, schlimm traurig. Es ist, als hätte es ihn nie gegeben", sagte sie leise.

26. Dezember

Und los geht's

Ich schnallte den Rucksack an – Andrea blickte auf die Uhr. „Es ist soweit. Die Zweiundzwanzig ist der Einstieg. Du zuerst!"

Ich beugte mich über das Haus, das ganz am Rand des Dorfes stand. Mein Herz war total aus dem Takt. Da fühlte ich den Sog – ich wurde weggezogen, und die folgende Bewegung ergriff ohne mein Zutun von mir Besitz. Andrea hatte einen guten Einstieg gewählt, ich landete sanft im Heu. Sekunden später saß Andrea an meiner Seite. Wir setzten uns auf und schauten uns an.

„Schöne Ferien!" Andrea legte den Arm um mich und wir ließen uns beide wieder auf den Rücken fallen.

„Wünsch ich dir auch. Und noch mal danke für dein Päckchen."

Über eine Leiter kletterten wir von dem Heuhaufen hinunter, verließen den Anbau und begaben uns in Andreas kleines Zimmer.

„Da seid ihr ja." Torge lächelte uns mit ausgebreiteten Armen an. „Ich soll ausrichten, dass sich Herr Brahmeier auf seinen Feriengast freut." Er drückte uns an sich.

Wir zogen direkt weiter, obwohl es in dem kleinen Zimmer so schön warm war. Im Gegensatz zu seinem Kumpel in Berlin brannte der Ofen nämlich. Ich lief aus dem Haus, als mir plötzlich einfiel, dass ich Zeit hatte. „Daran muss ich mich erst mal gewöhnen", erklärte ich dem Sternenhimmel, der mich mit einer grandiosen Beleuchtung empfing. Ich drosselte das Tempo, blieb einen Moment in der klaren Nachtluft stehen und atmete tief durch. Dann ging ich gemächlich zusammen mit Andrea und Torge zum Marktplatz.

Hier war heute genauso viel Betrieb wie am Vierundzwanzigsten. Der große Weihnachtsbaum hatte neue Kerzen bekommen. Die Kirchtür war offen und man hörte wieder sanfte Orgelklänge. Die Leute standen in Gruppen zusammen – es kam mir vor wie auf einer überdimensionalen Familienfeier.

„Hallo Lu!“ Das war Wibke, deren langes Haar im Kerzenschein rötlich leuchtete. „Kai und die anderen sind auf der Rückseite vom Weihnachtsbaum.“ Erst jetzt fiel mir ihre Ähnlichkeit mit der *Roten Zora* auf, dem Mädchen mit dem roten Haarschopf, das wild und selbstbestimmt ihre gesamte Umgebung in Atem gehalten hatte.

Wir folgten ihr und liefen um den Baum, wo wir auf Herrn Brahmeier, Kai und Peer stießen.

„Wir dachten, ihr kommt durch die Nummer eins“, sagte Kai.

Ich erklärte, dass ich offiziell in Berlin sei und deshalb Andreas Dorf und damit das Haus mit der Zweiundzwanzig als „Zugang“ benutzte. „Aber jetzt bin ich hier. Und zwar für länger.“ Ich sah in sein schönes Gesicht – die Schmetterlinge eines kompletten Sommers im Bauch.

„Ein Grund zum Feiern.“ Kai hob mich samt Rucksack hoch, um sich einmal mit mir um die eigene Achse zu drehen.

„Komm! Wir gehen dich entladen.“ Er nahm meinen Rucksack in die eine Hand und meine linke Hand in die andere. Wir gingen Richtung Haus Nummer eins.

Er sah mich von der Seite an. „Und? Wie fühlst du dich?“

„Fang mich bitte auf, wenn ich gleich vor Schreck in Ohnmacht falle, weil die Uhr eins schlägt."

„Nicht vergessen!"

„Was?"

„Dass du auch ja gleich fällst."

„Äh, wieso?"

„Damit ich dich auffangen kann." Wie er mich anlachte.

Es fühlt sich gerade unglaublich wunderbar an, sendete ich glücklich in den Kosmos. So wunderbar, wie man es gar nicht beschreiben kann.

Wir legten meinen Rucksack in der Werkstatt ab. Ich stellte, quasi als Gastgeschenk, den süßen Gewürzsenf auf den Küchentisch. Dann kehrten wir sehr gemächlich zum Marktplatz zurück.

„Ich wollte dich so vieles fragen. Aber jetzt habe ich gar keine Lust dazu."

„Dann lass es einfach!"

„Danke für den Tipp."

„Eilt ja ausnahmsweise nicht."

So sagten wir eine Weile gar nichts. Mein Herz schien sich einen Weg ins Freie zu bahnen. Als Kai mich an sich drückte, merkte ich, dass es mit seinem Herz ähnlich war. Meine Vision von zwei über den Marktplatz spazierenden Herzen wurde durch unseren Kuss abrupt unterbrochen.

Inzwischen ging Oles Band in Stellung. Zwei Gitarren und eine riesige Trommel kamen zum Einsatz, dazu eine Flöte und eine Art Dudelsack. Als das Orgelspiel verklang, spielte die Musikgruppe die alten nordischen Weisen – und zwar laut und echt cool. Stücke mit lustigen Texten wechselten sich mit melancholischen Liedern ab. Auch heute wurde getanzt, getrunken und viel erzählt.

Mir wurde warm. Ich war so unglaublich glücklich.

Um kurz vor eins fiel mir auf, dass etliche Leute eilig den Marktplatz verließen.

„Ich nicht!"

„Bitte?" Kai sah mich verständnislos an.

Ich kicherte ihn an und zeigte auf die abziehende Gruppe der Mitternachtsgäste. „Ich bleibe hier."

Da schlug die Uhr eins und ich fiel um. Aber nicht, ohne mich vorher zu vergewissern, dass Kai in die richtige Richtung blickte. „Das mach ich jetzt immer so", sagte ich, als ich in seinen Armen lag.

„Ich garantiere für nichts."

„Mist!"

Irgendwann verließen die ersten Dorfbewohner den Platz – das Fest näherte sich dem Ende. Ich hielt nach Herrn Brahmeier Ausschau. Irgendwie wurde ich ein wenig unsicher, weil der Schuster weder ein Freund der Familie noch ein Verwandter von mir war. Mit Andrea an der Seite wäre mir wohler gewesen. Aber die stand mit ihrem Liebsten zusammen.

Plötzlich stoppte die Musik.

„Übrigens begrüßen wir jetzt einen besonderen Gast, der bisher immer nur eine knappe Stunde pro Tag in unserem Dorf verweilen durfte", sagte Ole sehr laut, so dass die allgemeine Unterhaltung unterbrochen wurde. „Mein Brüderchen hat sein Weihnachtsgeschenk in Empfang genommen: Herzlich Willkommen, Lu!"

Die ganze Gesellschaft klatschte Beifall. Kai hob sein Geschenk hoch, damit es auch alle sehen konnten, und die Kapelle spielte einen Tusch. Noch vor wenigen Wochen wäre ich im Boden versunken. Heute nicht.

Die Musiker klemmten ihre Instrumente unter den Arm und machten sich auf den Heimweg. Andrea, Torge und Kai begleiteten mich und Herrn Brahmeier zum Haus mit der Nummer eins.

„Kommt doch noch kurz mit rein“, forderte sie der Schuster auf.

Meine Verlegenheit löste sich endlich auf.

„Hier ist dein Reich. Jedenfalls bis zum sechsten Januar.“

Mein Domizil erinnerte an eine Schiffskoje. Das schmale Bett befand sich in einer Holzwand, in welcher ab Sitzhöhe offene Schrankfächer eingelassen waren. Es gab noch ein hochklappbares Brett unter der Fensterbank und zwei Hocker. Alles war aus Holz und es roch nach Wald. Hier war es genau richtig.

Endlich lag ich in „meiner“ Koje, kuschelig zugedeckt wie in einer Wolke, den Kopf voller Bilder. Eine ungewohnt beruhigende Stille war ins Haus eingezogen. Dazwischen Worte in meinem Inneren. Verschwommen und doch klar. Klingende Worte. *Es ist hier, wie du es dir in deinem Innersten wünschst! Wie du es dir wünschst! Dir wünschst …*

27. Dezember

Die Einlösung von Geschenken

„Trinkst du Kaffee oder Kakao?"

Das war eindeutig eine Männerstimme.

Ich bündelte meine Gehirnzellen, um Zimmer, Bett, Stimme und Frage in einen sinnvollen Zusammenhang zu bringen.

Ich lag in einer engen Koje des Hauses mit der Nummer eins aus einem Dorf, dessen Kleinausgabe bei mir zu Hause auf der Fensterbank stand.

Ich kannte niemanden, der jemals in einem solchen Bett in einer solchen Kammer geschlafen hätte.

„Kaffee bitte! Mit viel Milch." Jetzt war es heraus.

„Ist schon in Arbeit."

Wenn ich Kaffee trinke, kommt gleich Frau Sawinsky und wirft den Staubsauger an. Mein Blick fiel auf den Boden. Da lag mein Rucksack – ausgekippt. Ich erinnerte mich. Mein Schlafanzug hatte zuunterst gelegen. Und den hatte ich gestern Abend gebraucht.

In Zeitlupe stand ich auf. Wohin mit meinem Zeug? Ach ja! Die Klappen in der Wand. Jetzt den Vorhang auf und aus dem Fenster gesehen.

Wahnsinn! Ich blickte auf den Marktplatz mit dem großen Weihnachtsbaum – alles war wie mit Puderzucker überrieselt. Es war die Wahrheit: Ich war in *meinem* Dorf. Ich wohnte bei dem Schuster aus Haus eins. Ich war nicht verrückt.

„Kannst ruhig im Schlafanzug erscheinen. Ist warm hier unten und der Kaffee ist fertig", rief der Schuster durchs Haus. Ich zog die dicken Wollsocken an und ging die Treppe hinunter, indem ich jede Stufe betrachtete, als wäre dies die erste Treppe meines Lebens.

„Und, wie hast du geschlafen?"

Ich kramte nach einem Wort, das hierher passte. Rasch entschied ich mich für „wundervoll".

„Das hat meine Nike auch meistens gesagt", sagte Herr Brahmeier heiter. „Übrigens danke für den Senf. Hast wieder was gefunden, was ich brauchen kann."

„Das freut mich", sagte ich und fand diesen Satz etwas zu förmlich. Ich sah erst Herrn Brahmeier an, dann blickte ich aus dem Fenster. Wie eine Traumtänzerin – angekommen im Märchenland. Ich konnte meinen Blick lange nicht abwenden, so grandios fand ich die Schneelandschaft im Sonnenlicht.

„Kinder brauchen Nestwärme, hab ich mir gedacht. Und die Koje ist wie ein Nest" sagte Herr Brahmeier in meinen Tagtraum hinein, holte knusprige Brötchen aus dem Ofen und schnitt sie auf.

Ich dachte nur, so ein Nest hätte ich zu Hause auch gerne. Und da spulte es wieder vor mir ab: *Es ist hier so, wie du es dir ...*

Mein Blick blieb an dem Ofen hängen, durch dessen Ritzen die Glut zu sehen war. So funktionierte er also: Links wurde gefeuert und hinter der rechten Klappe konnte man backen. Die Asche rieselte in eine eiserne Schieblade untendrunter.

Ich erfuhr, dass Nike, Herrn Brahmeiers Tochter, nach der Schule eine Ausbildung als Lehrerin gemacht hatte. Damit sie einmal etwas anderes sah als nur dieses eine Dorf, hatte sie mit dem Lehrer eines anderen Dorfes den Platz getauscht. So war im hiesigen Adventdorf der Herr Hokinen und in dessen Herkunftsort unterrichtete

Nike Brahmeier. Da das hiesige Dorf das am nächsten gelegene andere Dorf zu Silvester eingeladen hatte, würde Herr Brahmeier seine Tochter bald sehen.

„Aber die muss nicht mehr in der Koje schlafen. Ich habe noch ein Klappbett. Das Kinderzimmer bleibt für dich. Auch wenn du kein kleines Kind mehr bist.“ Lächelnd zwinkerte er mir zu.

Wie das überhaupt hier mit der Schule sei, wollte ich wissen. Er sah mich erstaunt an – so, als verstünde er meine Frage nicht. Aber dann legte er los. „Die Kinder dürfen zur Schule, sobald sie dazu Lust haben. Haben die meisten schon ganz früh. Nike wollte schon mit vier Jahren hin.“

„Was? Sie *dürfen* zur Schule?“

„Na klar, warum sollten sie nicht? Da dürfen sie lernen, was man so braucht. Und natürlich, was man lernen möchte.“

Okay, diese Welt hier stand anscheinend Kopf.

Herr Brahmeier fuhr fort: „Also zum Beispiel wollen alle gerne Buchstaben lernen. Damit sie schnell Bücher lesen können. Und natürlich wollen sie lernen, wie man Geschichten schreibt. Davon leben ja die meisten hier. Und da wollen es die Kinder natürlich auch lernen.“

„Deswegen verschenkt man hier Geschichten? Weil sie hier auch geschrieben werden?“

„Es ist eine unserer Haupteinnahmequellen. Die allermeisten Geschichtenschreiber stammen aus unseren Dörfern, musst du wissen.“

„Gibt es auch schon mal Leute, die hier bleiben, weil sie Geschichten besonders gerne haben?“, fragte ich nicht ohne Hintergedanken.

„Joah.“ Er kratzte sich am Kopf. „Kommt schon mal vor. Aber ob sie ausschließlich wegen Geschichten hier bleiben, kann ich dir nicht sagen."

„Wie oft hat es so etwas schon gegeben?"

Herr Brahmeier schüttelte bedächtig den Kopf. „Ganz, ganz selten!"

„Kennen Sie so jemanden genauer?", bohrte ich mit vor Spannung klopfendem Herzen weiter.

„Den Jungen, von dem ich gerade sprach, und Hannes. Der ist aber längst erwachsen."

Meine Hoffnung brach zusammen. Wäre ja auch komisch gewesen, wenn ausgerechnet ich auf den Gesuchten gestoßen wäre, wo Torge doch schon alles nach ihm abgesucht hatte.

„Mittag gibt's heute im Futterkasten", wechselte Herr Brahmeier das Thema.

„Futterkasten? Was für 'n Futterkasten?"

„So nennen wir das Haus neben der Kirche. Da ist die Schule drin, die Teestube und eben der Futterkasten. Der platte Bau mit der Elf drauf – deshalb ‚Kasten'." Herr Brahmeier lächelte in mein ungläubig staunendes Gesicht und zeigte aus dem Fenster in Richtung des Hauses, um das es ging.

„Und wer kocht?"

„Jeden Mittag andere Leute."

„Essen denn alle im Futterkasten?"

„Nö! Es gibt Familien, die wollen lieber zu Hause essen."

„Kochen Sie auch manchmal?"

„Ich bin nicht so der Koch", sagte Herr Brahmeier und lachte kurz auf. „Aber zum Beispiel kann ich gut Kartoffeln schälen. Und Fisch ausnehmen kann ich auch. Ist mir egal, wenn einem davon die Finger stinken. Gibt schließlich Seife." Wieder sein tiefes, kurzes Lachen. „Weil ich aber zurzeit einen Gast habe", er zwinkerte mir zu, „halt ich mich momentan aus der Arbeit raus."

„Bei mir zu Hause esse ich oft alleine."

Herr Brahmeier schaute mich einen Moment lang an. Dann strich er mir lächelnd übers Haar. „Hat auch was! Im Futterkasten ist es nämlich ganz schön laut. Und manchmal verdammt voll, dass man sich anstellen muss, um noch einen Platz zu ergattern."

Plötzlich stand Kai im Türrahmen.

„Der Kasten ist 'ne echte Quasselstube", sagte er. „Wenn du mit einem Problem dahin gehst, wird es platt gequasselt."

„Und damit ist es dann auch gleich weg", ergänzte Herr Brahmeier und zeigte auf die Haustüre, als flögen die Probleme breit gequasselt ins Freie.

„Gibt es eigentlich jemanden, der nicht gerne hier lebt?", fragte ich wie ein neugieriges Kind – aber es interessierte mich wirklich.

„Wir hatten einmal jemanden, dem es hier nicht passte. Ihm war es zu eng, zu klein, zu – ich weiß auch nicht so richtig. Er hat seine Siebensachen gepackt und ist fort gegangen. Wo er hin ist, weiß ich allerdings nicht. Und wie er es geschafft hat, hier wegzukommen, ist mir ebenfalls schleierhaft", sagte Herr Brahmeier. „Jedenfalls ist er nicht wieder hergekommen – oder er hat nicht mehr zurückgefunden, kann auch sein."

Also war nicht alles Friede, Freude, Eierkuchen. Ob es einem hier auf Dauer langweilig wurde? Aber das zu fragen, traute ich mich nicht.

Es war Mittag, als ich endlich den Schlafanzug gegen kältetaugliche Garderobe tauschte. Ich hatte zwar noch keinen Hunger, war aber sehr auf den Futterkasten gespannt.

Schon von weitem konnte man das Mittagessen riechen. Fisch! Im „Kasten“ war es brechend voll. Es hatte etwas von einer Jugendherberge. Als ich mir vorstellte, hier mit meinen Eltern essen zu gehen, musste ich grinsen. Ich konnte mir ihre Gesichter genau ausmalen. Jeder hätte sehen können, dass sie sich total am falschen Platz fühlten. Eher wären sie verhungert, als sich hier einzureihen. Aber ich, ich war hier genau richtig. Oder etwa nicht? Und schon wieder gingen mir Kais Worte durch den Kopf.

Es ist hier so, wie du es dir in deinem Innersten wünschst ...

Am Nachmittag gingen Kai und ich Eislaufen. Auf dem nahegelegenen Kanal war es brechend voll. Wie ich es genoss, mit ihm dahinzugleiten – ohne die Zeit im Nacken und meine Hand in seiner. Es sei denn, wir legten einen Zwischenstopp ein, um uns zu küssen.

„Hallo Britt“, rief Kai fröhlich einem Mädchen zu und ich fühlte einen Stachel, als ich von weitem ihr Lächeln sah und wie sie winkte. Doch sie sauste in die andere Richtung davon und ich verlor sie rasch aus dem Blick.

Später zogen wir zum Schneeberg. Mit Schlitten und Proviant. In normalen Stiefeln. Es gab keine Hetze und wir blieben oft stehen, weil ich mich immer wieder umsehen musste. Ein mit Tannen dicht bewaldeter Hügel gleich neben dem kahlen Schneeberg, der in der späten Wintersonne glitzerte. Kais Unbeschwertheit machte mich noch froher, als ich ohnehin schon war, und legte sich mit meinem Herzklopfen an.

Als es dunkel war, kehrten die anderen nach und nach zum Dorf zurück. Nur wir hatten es damit nicht eilig, obwohl ich mich dazu zwingen musste, die Zeit zu vergessen – so sehr hatte ich verinnerlicht, dass mein Abenteuer nach einer Stunde immer enden musste.

„Lass uns noch mal runter fahren“, schlug Kai vor.

Hand in Hand stapften wir den Berg hoch, den Schlitten hinterher ziehend. Bei der Abfahrt saß ich vorne, Kai schlang die Arme um mich.

… *Wie du es dir wünschst* … flüsterten die Schneeflocken und wirbelten meinen Pulsschlag durcheinander.

„Trefft ihr euch öfter mit Leuten aus anderen Dörfern?“, fragte ich Kai.

„Wir feiern schon mal zusammen, wenn’s was zu feiern gibt.“

„Auch im Sommer?“

„Ja klar. Das Sonnenwendfest zum Beispiel. Sommerfeste sind bei uns aber selten.“

Eine seltsame Unruhe ergriff mich. Ich sah das Mädchen von heute Nachmittag vor mir, das Kai auf dem Eis angesprochen hatte. Britt sah super aus mit ihren dunklen Locken und den großen Augen. Und sie war so … Ich suchte nach einem passenden Begriff. Mehr als cool. Verwegen, so wie Kai. Sommer! Nicht dran denken, befahl ich mir.

Am Nachmittag vor Silvester besuchten Kai und ich Frau Rose. Wir wollten ihre Geschichten hören.

Auch sie verwendete das Zauberwort *früher*, was sofort meine Neugier weckte.

„Früher waren sich alle Dörfer hier oben sehr ähnlich. Es gab noch keine Unvereinbarkeit zwischen der einen und der anderen Welt, weil der Fortschritt noch nicht so, wie du ihn kennst, Lu, geboren war.“

Ich hatte etwas Mühe, mich auf ihre etwas altertümliche Sprache einzustellen. So wie beim letzten Mal ging auch diesmal eine sonderbare Spannung von ihrer Erzählweise aus.

„Da verirrte sich eines Tages ein Künstler hierher, als er durch die Gegend der nördlichen Halbkugel reiste, um Häuser, Dörfer und Landschaften zu malen“, fuhr sie fort.

„Seine Reise sollte viele Jahre dauern. Unser Dorf muss ihn fasziniert haben, denn er hat es nicht nur gemalt, sondern jedes Haus maßstabgetreu zu Papier gebracht. Und weil es damals genau vierundzwanzig Häuser waren, kam ihm die Idee, die Häuschen mit einer Nummer zu versehen. Inzwischen haben wir hier ja mehrere Anbauten, und am Rand des Dorfes sind weitere Häuser entstanden. Aber der Dorfkern ist immer noch genau so, wie ihn der Maler zeichnete. Das Besondere ist, dass dieser Künstler nicht nur Dörfer, sondern das Leben, wie er es sah, festhielt." Sie legte eine kleine Pause ein, blieb aber unbeweglich sitzen. „Seine Kunst hat nicht nur das Abbild der Dörfer hervorgebracht, sondern der Künstler hauchte ihnen auf unnachahmliche Art ihre Bestimmung ein. Auf diese Weise hat unser Dasein die Zeit der schnellen Veränderungen nicht nur überdauert, sondern seine eigene Form bewahrt."

Auch wenn ich nicht wirklich verstand, was sie da gerade sagte, faszinierte mich die Geschichte. „Er hat … die Zeit angehalten?"

Sie nickte. „Damit ging allerdings einher, dass die Dörfer des Malers nicht mehr auf normalem Wege zu finden sind, wie ihr wisst. Sie sind zu besonders." Frau Rose blickte uns mit großen Augen an. „Was man nicht kennt, nimmt man nicht wahr. Aber das ist es nicht allein." Sie lächelte. „Er muss ein begnadeter Künstler gewesen sein, wie ich finde. Denn er hat dafür gesorgt, dass die Dörfer ihre Anziehungskraft nur auf diejenigen ausüben, die seiner Ansicht nach dringend hierherfinden sollen." Ihr sanftes Lächeln passte genau zu ihrem schönen Gesicht, wie ich fand. „So schlug die Stimmung der von ihm gemalten Dörfer nie um. Eine ungeheure Stabilität macht sie vor Veränderungen jeder Art gefeit. Deshalb wohl können nur Menschen, die ohne Absicht oder Vorbehalte die Anziehungskraft erfahren, zu uns gelangen."

Du bist eine Erwählte, raunte die kleine innere Stimme achtungsvoll und das Glück strömte wild durch meine Adern.

„Und, wie du erfahren musstest, Lu: Ein Dorf kann sich gegen unliebsame Gäste wehren."

Ich nickte und dachte, jetzt sei die Geschichte zu Ende. Das war ein Irrtum.

„Mit seinen Zeichnungen zog der Künstler in eine größere Stadt und tat sich mit einem Bauzeichner zusammen. Der zeichnete die Häuser im Aufriss, so dass man sie ausschneiden und zusammenkleben kann. Der Maler ging daraufhin mit seinen Modellzeichnungen zu einer Druckerei und gab die Vervielfältigung in Auftrag. In der Vorweihnachtszeit sind dann diese Bögen, genau wie es heute noch üblich ist, verkauft worden."

„Hatten da nicht viele Leute solche Bögen? Und gab es früher im Winter sehr viele Besucher hier?

Wieder lächelte sie sanft. „Früher allerdings war Papier, vor allem fester Karton, noch ziemlich teuer, sodass die Adventdörfer nur in Bürgerhäusern zu finden waren. Und jetzt kommt erst die eigentliche Geschichte." Mit ihrer schmalen Hand nahm sie die dünne Porzellantasse und trank einen Schluck. „In einem dieser Bürgerhäuser zog der Hausherr, der gerne mit seinem Sohn zusammen bastelte und werkte, die Schablonen auf Holz auf und sägte sie aus. Die Teile wurden anschließend kunstvoll bemalt und zusammengeleimt. Das Modelldorf erhielt einen Ehrenplatz auf einer großen Anrichte aus Eichenholz. Unter jedes Häuschen wurde etwas zu naschen gelegt. Auch das war ein Privileg für die Kinder der reichen Gesellschaft. In den ärmeren Familien gab es nämlich nichts zu naschen.“ Wieder ihr sanftes Lächeln. „Schließlich vergingen Jahre, und die Holzhäuschen gerieten in Vergessenheit. Das Bürgerhaus war inzwischen zu einem Mehrfamilienhaus umgebaut worden und in eine Etage war eine Familie mit einem kleinen Mädchen gezogen. Dieser Familie stand ein Kellerraum, in dem noch reichlich Gerümpel lag, zur Verfügung. Die Großmutter, die mit in die Wohnung gezogen war, machte sich daran, das Gerümpel zu sichten, und dabei entdeckte sie eine Kiste, in der sich das ausrangierte Winterdorf befand. Es hatte sich jemand die Mühe gemacht, es zu verpacken, obwohl es in einem Zustand war, in dem es eigentlich zum Brennholz gehörte. Die ältere Dame, denn eine solche war sie, immer elegant gekleidet und das lange weiße Haar kunstvoll frisiert, dachte, was jemand so gründlich eingepackt hatte, könne man nicht einfach entsorgen. Also ging sie mit den Häuschen im Karton zu einem Kunstmaler und gab in Auftrag, das Dörfchen bis zum ersten Dezember jenes Jahres vollständig zu restaurieren. So erhielten die Häuser frische Farbe und die Zahlen wurden nachgezogen. Zum ersten Dezember stand das Adventdorf in seiner alten Pracht im Salon der Familie. Im Alter von acht Jahren hat die Enkelin dann eines Nachts das Geheimnis des Modelldorfes entdeckt und ist, genauso wie du, Lu, viele Nächte lang heimlich in dieses Dorf gegangen. Das erschrockene Kind landete bei einem schon ein wenig betagten Ehepaar, das sich ungemein über die kleine Besucherin freute. Als die beiden Alten extra jede Nacht aufblieben, um ihren Gast zu empfangen, um mit ihm zu spielen und ihn ein bisschen zu verwöhnen, wurde das Mädchen immer zutraulicher. Dieses Spiel ging über drei Jahre – immer um die Jahreswende.

Das Kind war inzwischen elf, und es war wieder Advent. Die Welt war in Unordnung geraten, für die Familie des Mädchens eine sehr bedrückende Angelegenheit."

Automatisch blickte ich auf die Standuhr. Nein, die Zeit stand still, ich durfte bleiben und dieser sanften Stimme weiter lauschen.

„Es hörte schlimme Worte aus dem Schlafzimmer der Eltern, nachts, wenn es zu seinem geheimen Ort aufbrechen wollte und lauschte, ob es unauffällig in den Salon gelangen konnte, um sein Vorhaben in die Tat umzusetzen. Was es nicht ahnte, war, dass die Großmutter, inzwischen alt und gebrechlich, wusste, was es mit dem Dorf auf sich hatte."

„Wahnsinn", flüsterte ich, ahnte aber noch nicht, worauf die Geschichte hinauslief.

„Leider konnte das Mädchen sie nicht mehr danach fragen, woher sie Bescheid wusste oder ob die alte Dame gar ihrerseits Erfahrungen mit dem Adventdorf gemacht hatte. Wahrscheinlich hatte sie das Mädchen hin und wieder beobachtet. Alte Leute brauchen nicht mehr viel Schlaf und haben so ihre Gewohnheiten. Sie stehen nachts auf und schauen aus dem Fenster oder sie liegen wach und horchen ins Dunkel. Jedenfalls fielen immer öfter des Nachts bedrohliche Worte zwischen den Eltern, auch Begriffe, die das Kind nicht einordnen konnte. Es hörte die Mutter sagen, dass es für eine Flucht zu spät sei. Jedenfalls für die Großmutter, die dafür auf jeden Fall zu alt wäre, weshalb die ganze Familie bleiben solle. Man könne schließlich nicht die alte Frau alleine zurück lassen."

Oh je, wie schrecklich!, dachte ich. Was für eine Angst musste die Familie ausgestanden haben.

„Die alte Dame muss das gehört haben", fuhr Frau Rose unbeirrt fort, „denn in der nächsten Nacht weckte sie das Mädchen unter irgendeinem Vorwand – und zwar gegen Mitternacht. Nun war sie sicher, dass das Kind wach war und in dem Gedanken, dass die Großmutter bestimmt wieder eingeschlafen wäre, in den Salon schlich. Genau so kam es auch. Das Kind wartete einen Moment und tauchte dann in sein Geheimnis ein. Der Unbeschwertheit bei den alten Leutchen im Adventdorf folgte die Erkenntnis, dass es nicht zurück konnte."

Für einen Moment schien es, als könne die alte Frau nicht weitersprechen.

Ihre Stimme war kaum zu hören. „Jemand hatte das Adventdorf auf der Kommode abgebaut."

„Und das Mädchen musste bei dem älteren Ehepaar bleiben", sprach ich den Satz zu Ende. Frau Rose hatte mich in einen Bann gezogen, der auch mich flüstern ließ.

Kai hatte den Kopf auf die Hände gestützt. „Die Großmutter wollte zumindest ihre Enkeltochter retten", stellte er ebenfalls mit gedämpfter Stimme fest.

„Und das Mädchen? Was wurde aus ihm?" Vor Spannung saß ich kerzengerade.

Frau Rose sah mich eine Weile an, bevor sie sagte: „Das Mädchen weinte erst sehr viel. Es versuchte Nacht für Nacht, ob der Magnetismus nicht doch wieder funktionierte." Sie deutete ein Kopfschütteln an. „Auch Jahre später begab es sich im Winter zur Haustür, um auszuprobieren, ob es nicht doch ein Zurück gäbe. Aber es war nichts zu machen. Die Anziehung hatte aufgehört."

Wie schrecklich!, dachte ich als Erstes. Doch dann kam mir in den Sinn, wie wunderbar es war, dass wenigstens das Kind auf diese Weise hatte gerettet werden können.

„So wuchs das Mädchen hier bei uns im Dorf auf. Die beiden Alten waren längst seine Ersatzeltern – übrigens sehr liebe Leute, die sich freuten, eine Tochter zu haben. Mit dem Kind bewahrten sie aber die Erinnerung an sein Zuhause in der anderen Welt, einer Welt, die anscheinend damals aus den Fugen geraten war."

Ich fühlte, dass die Geschichte an ihrem Ende angelangt war.

„Es war dieses Haus hier, und das Mädchen – das waren Sie", hauchte ich.

Frau Rose lächelte fein. „Ja, das war ich."

Ich hatte mich während des Erzählens nur einmal bewegt – bei meinem Blick auf die Uhr. Ansonsten hatte ich ähnlich wie Kai beinahe reglos gelauscht. Ich sah das Kind vor mir, wie es verstört versuchte, in seine Welt zurückzufinden, und wie es noch weit davon entfernt war, den Gedanken ‚für immer' zu begreifen.

Kai sagte nichts. Wie ernst sein schönes Gesicht war. Ich betrachtete ihn wie ein Gemälde.

„Ich habe es hier sehr gut gehabt und habe es noch gut, müsst ihr wissen. Aber es ist eine eigenartige Sache, nicht wahr? Der eine will hierher und kann es nicht, der andere will wieder fort und darf es nicht", erklärte Frau Rose mit leiser Stimme. Und dann fuhr sie fort, dass es wirklich jemanden gegeben habe, der alles daran gesetzt hatte, hierher zu gelangen.

„Er beobachtete seinen Sohn dabei, wie dieser nachts verschwand. Wie ihr euch denken könnt, hat es der Mann nicht für möglich gehalten, obwohl er sah, was Nacht für Nacht passierte."

Vor Schreck bekam ich Schluckauf.

„Hier, trink was!" Kai hielt mir das Glas mit dem Saft hin, den uns Frau Rose serviert hatte. Ich klammerte mich daran und blickte gespannt in das feine Gesicht der alten Frau.

„Er schlich dem Jungen in sein Zimmer nach, um zu sehen, was doch nicht sein konnte. Er fragte das Kind aus, und der Junge, begeistert von dem, was er hier erlebte, hat es ihm geschildert. Der Mann bestand darauf, dass sein Sohn eine Kamera mitnahm und Fotos machte, damit es Beweise gäbe. Weil das Kind sich nicht traute, ohne Fotos nach Hause zu kommen, hat es hier herum fotografiert. Die Leute im Dorf fragten den Jungen natürlich, wozu er denn in der Dunkelheit mit seinem Apparat herumblitzte und der Junge schilderte seine Not, dass er nicht mehr herkommen dürfte, wenn er keine Bilder brächte, und dass der Vater sehr streng mit ihm sei."

Wie unter Schock starrte ich Frau Rose an. Die Kamera – mein Inneres blätterte in Andreas Fotoalbum, sah den Zwillingsbruder mit seinem neuen Fotoapparat…

„Tatsache war, dass der Mann herausfinden wollte, wo sich das Dorf befand, in das sein Sohn des Nachts abtauchte. Der Junge erzählte ein Jahr später, als er wieder zur Adventzeit hier erschien, dass sein Vater alle Landkarten der nördlichen Halbkugel gewälzt habe, die er hätte auftreiben können. Der Mann schmiedete wohl Pläne für Ferienunterkünfte oder so etwas und wollte eine Art Brücke zwischen den Welten, die doch unvereinbar sind, bauen."

Meine Gedanken wirbelten durcheinander.

„Irgendwann gab der Mann notgedrungen auf, aber der Junge kam noch oft her. Nur musste er jetzt sein Weihnachtsdorf heimlich aufbauen, denn er sollte nicht dorthin, wo sein Vater nicht hingelangen konnte. So hatte der Junge zwar keinen Dachboden wie Torges Vater in dem Waisenhaus, von dem ich euch vor einiger Zeit erzählte. Er erfand aber einen anderen Trick: Er baute sein Adventdorf auf einem Tablett auf, welches er immer unter sein Bett schob. Nur nachts holte er es leise hervor und benutzte es als Medium."

Christian, schrie meine innere Stimme. Meine Eingeweide wirbelten durcheinander. Er *musste* es sein!

„Eines Tages entdeckte die Mutter beim Saubermachen das Tablett und stellte es auf den Wohnzimmertisch, weil sie das Dörfchen so hübsch fand. Da wusste der Vater, dass sein Sohn immer noch Verbotenes tat. Er schlug ihn sehr."

Vor Aufregung verschluckte ich mich und brachte kein Wort heraus.

Nach meinem Hustenanfall fuhr Frau Rose fort: „Die Papierhäuschen zerknüllte der zornige Mann und warf sie in den Abfall."

Eine unglaubliche Aufregung hatte von mir Besitz ergriffen. „Und was geschah dann?", rief ich übermäßig laut.

„Sein Sohn weinte furchtbar und war wohl auch sehr wütend. Er holte die zerstörten Häuschen, die zum Teil zerrissen waren, heimlich aus der Mülltonne und immer, wenn er unbeobachtet war, bügelte er Teile glatt, verklebte sie neu. Sogar einzelne Wände ersetzte er, maß aus, wie groß eine fehlende Häuserwand war oder wie groß das Dach sein musste, damit es passte. Er wollte noch vor dem sechsten Januar fertig werden, um wenigstens noch einmal in sein geliebtes Dorf zu gelangen."

„Und? Funktionierte das zusammengepuzzelte Dorf?" Wie hing ich an den Lippen der Frau.

„Es war Neujahr, als er tatsächlich wieder hier auftauchte. Wir standen damals vor unserem Haus und tranken mit der Nachbarschaft Glühpunsch."

„Wie hieß der Junge?" Bitte, bitte, lass es …

„Hannes! Er heißt Hannes."

Ich sackte zusammen.

Frau Rose fuhr fort: „Hannes sorgte sich in der Tat, dass sein Medium nicht richtig funktionierte, weil es durch die Reparatur so zusammengestückelt war. Immerhin hatte er es hierher geschafft und er wollte schon nach einer halben Stunde zurück. Er war unsicher, ob das mühsam gestückelte Miniaturdorf genug Kraft hätte, ihm die Rückkehr zu ermöglichen. Und so verabschiedete er sich bereits um kurz nach halb eins. Ja – so spät musste es etwa gewesen sein. Und das war sein Glück. Das war sogar ein Riesenglück, denn nur, weil noch eine halbe Stunde Zeit war, um das Winterdorf in seinem Zimmer als Medium zu benutzen, konnte er sich retten."

Ich war so enttäuscht, dass es sich nicht um Andreas Bruder handelte, dass ich kaum noch zuhörte.

„Sein Vater hatte doch tatsächlich mitbekommen, dass der Sohn wieder auf und davon war. Und da erwartete er ihn in seinem Zimmer – der Empfang muss schrecklich gewesen sein. Er schlug ihn grün und blau. Doch für kurze Zeit konnte sich der Junge aus dem Schraubstockgriff seines Vaters befreien – und weg war er. Der Mann erwischte ihn noch an seinem Fuß, weshalb Hannes nur mit einem Schuh und einem Socken herkam. Kaum dass der Junge wieder hier war, sagte er: ‚Den Schuh und den Socken kann er sich meinetwegen jetzt übers Bett hängen!' Das waren seine Worte. Er musste wilde und brennende Schmerzen haben, so wie er aussah. Und in seiner Seele sowieso. Meine Mutter – ich sagte Vater und Mutter zu meinen Zieheltern – legte ihm Schnee auf sein geschwollenes Gesicht. Auch seinen Rücken kühlte sie mit Schnee."

Den Schluss hatte ich wieder einigermaßen mitbekommen. Um nicht unhöflich zu sein, fragte ich: „Ist er nie mehr zurück? Also hat er es nie mehr versucht? Zumindest seine Mutter muss doch auf ihn gewartet haben."

„Nein, er wollte nicht zurück. Niemals."

Wie gut ich den Jungen verstand. Christian war es vielleicht ähnlich ergangen.

„Er wurde sozusagen mein Sohn und mein kleiner Bruder in einem. Wo er nun einmal hier war, konnte er auch gleich bei uns wohnen. Das Unglück stahl sich bald aus seiner Miene und er konnte wieder lachen. Ich fand es wunderbar, dass er bleiben durfte, so wie ich. Wir waren ja beide aus der anderen Welt, einer Welt, die so ihre Tücken hat", schloss Frau Rose.

Ein letztes Fünkchen Hoffnung besaß ich noch. „Hatte er denn keine Geschwister?"

„Doch! Aber er wollte nicht darüber sprechen."

„Nie?"

„Nie!", sagte sie mit fester Stimme. „Ich glaube, es machte ihn zu traurig."

Kai sagte: „Mich hat zwar nie einer gefragt, in welche Welt ich will – aber ich bin heilfroh, dass ich hier bin."

Ich musterte ihn. Wenn du wüsstest, für wie viele Kinder ein solches Versteck wie dieses hier nötig wäre, durchfuhr es mich. Aber das sagte ich nicht. Doch ich freute mich, weil zumindest Frau Rose und Hannes die Chance bekommen hatten, dem Unglück eins auszuwischen. Und Torges Vater und … Christian. Ja, ich war mir sicher, dass er es in eins der geheimen Dörfer geschafft hatte und dass es ihm gut ging.

„Mein Brudersohn hat übrigens einige Monate später … ja, ich erinnere mich genau. Es war Sommer. Also er hat den einzelnen Schuh mitsamt dem Socken versenkt." Frau Rose lachte leise. „Er füllte den Strumpf mit Steinen und stopfte ihn in den Schuh. Das Ganze trug er weit weg zum Kanal. Wir anderen gingen mit ihm. Es wurde so etwas wie ein Ritual. Niemals sollten seine Schuhe wieder zu einem kompletten Paar vereint werden. Wir haben alle Beifall geklatscht, als der Schuh sank. Und der Kanal ist tief, sehr tief."

„Ich finde es gut, dass er so gründlich war. Was weg ist, ist weg. Und was vorbei ist, ist vorbei", sagte Kai.

„Mir tut nur die Mutter leid", warf ich ein. „Die konnte doch nichts dafür, dass der Vater so gemein war. Und die Schwester auch nicht. Falls er eine Schwester hatte, meine ich."

Frau Rose sah mich für einen Moment mit großen Augen an. Dann erklärte sie in ihrer ruhigen Art: „Du musst bedenken, dass die Mutter es auch nicht verhindert hat. Sie bekam ja mit, dass der Vater so streng und ungerecht war – voller Härte und Unbeugsamkeit."

„Der hatte nicht alle auf der Reihe", sagte Kai abrupt.

„So kann man es auch ausdrücken. Jedenfalls wollte ich sagen, dass die Mutter ihren Sohn nicht geschützt hat. Wahrscheinlich ist das mit ein Grund dafür, dass Hannes sich auch von ihr lösen wollte – und lösen konnte."

„Haben Sie später noch einmal mit diesem Hannes davon gesprochen?" Wieder blickte ich Frau Rose gespannt an.

„Ja, das haben wir. Aber nur selten. Es war alles so weit weg. Nicht, dass Hannes keine Erinnerung mehr an sein früheres Zuhause hatte. Aber es wurde ganz einfach unwichtig. Viel schneller als bei mir damals. Ich wäre gerne zurückgegangen – so wunderbar ich es hier auch fand und immer noch finde."

Dabei lächelte Frau Rose wieder unglaublich sanft und die Haut um Augen und Mund legte sich in zahllose winzige Fältchen.

„Mein Brudersohn ist übrigens hier im Dorf geblieben.“

„Wo wohnt er denn?“ Spätestens jetzt war auch Kai neugierig geworden.

„In der Fünf.“

„Das gibt’s ja nicht. Peers, Sonjas und Wibkes Vater“, staunte Kai. „Ob Peer das überhaupt weiß?“

„Ich glaube nicht“, sagte Frau Rose. „Und ihr tätet gut daran, das Geheimnis zu bewahren.“

Beim Abschied sagte ich: „Vielen Dank für die Geschichten.“

Frau Rose zog ein wenig die Augenbrauen hoch. „Ich hoffe, dass sie euch nicht schwermütig gemacht haben.“

„Schwermütig nicht“, sagte Kai. „Es kann einem aber schon unter die Haut gehen. Also … vor allem die Sache mit Peers Vater.“

Arm in Arm gingen wir durch die Straßen. Es war unser erster ernster Abend. Still und nachdenklich sahen wir uns an. Stumm hielten wir uns im Arm. Und sehr feste. Nein – es gab nichts zu sagen, so voll waren unsere Gedanken mit den Geschichten, die wir gehört hatten.

Später nannte ich diesen Tag den Brückentag, weil er mir wie eine Brücke zwischen unseren beiden Welten vorkam. Eine Brücke, weil sie für einige Personen die Rettung bedeutet hatte.

Würde auch ich eines Tages meine gewohnte Welt verlassen?

31. Dezember

Silvester

Es schneite. Ich konnte mir nicht vorstellen, wie es hier ohne Schnee wäre. An das ungemütliche Essen mit seinem trostlosen Grau dachte ich keine Sekunde.

Wenn man nach einer ausgiebigen Schlittenpartie zurückkehrte, sah es aus, als wolle sich das kleine Dorf unter einer dicken weißen Decke verstecken. Aber der Rauch, der aus den Schornsteinen aufstieg, verriet mir, dass es wirklich existierte.

Ich verbrachte die Tage mit Eislaufen, Schlittenfahrten, in der Quasselbude und im Kosmos. Und immer mit Kai.

„Besitzt du noch einen anderen Pullover?“, neckte ich ihn, als wir gerade die *Schräge Acht* verlassen hatten und er sich den dunklen Troyer überzog..

„Keinen wie diesen“, antwortete er. „Meine Großmutter hat ihn gestrickt. Mein Großvater war Jäger und Harpunist – ähnlich wie Torge. Da brauchte er natürlich etwas besonders Warmes. Denn wie du weißt, kann es bei uns ganz schön kalt sein.“

„Allerdings.“

„Und weil mein Opa nicht mehr lebt, gehört er mir.“

„So einen hätte ich auch gerne.“

„Dann strick mal los!“

Kannst du nicht, lästerte die kleine innere Stimme ab. Und ich traute mich nicht, das vor Kai zuzugeben, weil sein Tipp so selbstverständlich geklungen hatte, so, als sei es das Logischste und Simpelste von der Welt, sich den Pullover, den man gerne hätte, einfach zu stricken.

„Gehst du auch zur Jagd?"

„Manchmal begleite ich meinen Bruder. Aber Jäger werden möchte ich nicht." Er legte den Arm um meine Schulter und wir schlenderten los – ohne Ziel einfach vor uns hin. „Wenn ich mit der Schule aufhöre, werde ich Zimmermann – so wie mein Vater. Der Beruf gefällt mir."

Ich sah ihn von der Seite an. Wie genau er wusste, was für ihn passte.

„Und wann hörst du mit der Schule auf?"

„Bald, denke ich. Jedenfalls freut sich mein Vater, wenn wir demnächst zusammen die Dächer erneuern. Das macht Spaß – und es gibt viel zu tun, denn unser Dorf steht schon ziemlich lange."

„Und da erneuert ihr die Dachstühle?"

„Klar. Ist bitter nötig." Er zog mich fester an sich und wir unterbrachen unsere Schritte. Um uns zu küssen.

Allen Ernstes: Ich ertappte mich bei dem Gedanken, mit ihm das ganze Dorf mit kleinen Kais und Lus zu bevölkern, winzige Troyer zu stricken, während er neue Dächer auf die alten Häuser montierte. *Jetzt reicht's*, ächzte die innere Stimme böse und ich schämte mich innerlich für meine dümmlichen Fantasien.

Andrea strahlte vor Glück. Nur zwischendurch war ihre Entscheidungsnot zu spüren, ob sie bleiben sollte oder lieber doch nicht.

„Man muss die Dinge sich entwickeln lassen", sagte sie immer öfter, wenn es darum ging, wie es wäre, wenn sie Berlin – zunächst für ein Jahr – den Rücken kehrte.

Nachts in meiner Koje dachte ich darüber nach, wie ich entscheiden würde. Ich musste nicht lange überlegen.

Wie du es dir in deinem Innersten wünschst ...

Aber dann dachte ich an meine Eltern, an die Schule, an meine Freundinnen. Konnte man einfach gehen und irgendwo neu anfangen? Wenn ich mir vorstellte, ich führe zum Schüleraustausch nach London, dann war mir schnell klar, dass das etwas ganz anderes war, als wenn man aus seiner Welt verschwand. So ganz und gar, als wäre man … tot? Nein, das war es nicht. Andrea zum Beispiel konnte ja zurück, wenn sie wollte. Jedenfalls ab dem ersten Dezember. Nur konnte sie niemandem, der nicht wie ich eingeweiht war, sagen, wo sie sich das ganze Jahr über in Wirklichkeit aufhielt. Das war der Punkt. Mit einem Mal war ich ganz aufgeregt. Es gab Welten, die sich ausschlossen wie Leben und Tod. Jedenfalls so ähnlich. Der einzige Unterschied war nur, dass es einen Weg gab, über den man von der einen in die andere Welt gelangen konnte und wieder zurück. Rovaniemi Weihnachtsstadt. Ich klammerte mich an den Gedanken, diesen Weg zu gehen, wenn der sechste Januar vorüber wäre. So schob ich den Gedanken für immer erst einmal auf Seite.

Einen Tag vor Silvester reiste Nike an, mit Freund und Hund, einem gutmütigen Ungetüm aus Wolf und irgendeiner Sorte Hund – ich kannte mich auf diesem Gebiet wenig aus. Herr Brahmeier zog mit einem Gästebett in die Wohnküche und seine Tochter wurde mit ihrem Liebsten in seinem Schlafzimmer in der ersten Etage einquartiert. Der dunkelgraue Hund mit den wundersam hellgrünen Augen bekam die Werkstatt zugewiesen. Das Frühstück dauerte nun noch länger, weil jetzt auch Nike und ihr Mika erzählten. Vor allem wollten sie jede Einzelheit über den Zwischenfall, wie man Onkel Arnos Ableben inzwischen bezeichnete, hören.

„Ich habe schon lange so etwas befürchtet“, sagte

Nike. „In unserem Dorf war ein Junge, der war irgendwie zeitkrank. Und er erzählte, von seiner Sorte gäbe es jede Menge. Auch Erwachsene. Die würden alles geben, um herzukommen. Das hat er ganz oft gesagt."

„Zeitkrank?", fragten Herr Brahmeier und ich gleichzeitig.

„Zeitkrank. Weil man den ganzen Tag alles Mögliche machen will oder erledigen muss. Chatten – ja so ähnlich hat er sich ausgedrückt – keine Ahnung, was er damit meinte. Und dass er wahnsinnig viele Schulsachen erledigen müsste. Und alle Eltern arbeiteten wie verrückt. Das hat er jedenfalls gesagt", erzählte Nike.

„Und ein anderer, schon älterer Junge meinte, wenn die Leute aus seiner Welt wüssten, wohin er um Mitternacht verschwände, sie wären ganz einfach scharf auf das, was sie nicht haben konnten. Sogar, wenn es hier zum Beispiel eintönig oder langweilig wäre. Hauptsache anders." Mika zuckte die Achseln.

Herr Brahmeier sagte: „Schwer zu begreifen."

Ich sagte nichts.

Silvester kam. Das Dorf setzte zu umfangreichen Vorbereitungen an. Vor die Scheune des Maronimanns, der alle eingeladen hatte, wurde mit Hilfe von Schlitten und Leitern ein riesiger Schneehaufen aufgetürmt. Der festgeklopfte Schneeberg wurde bearbeitet, bis ein grinsendes Ungeheuer erkennbar war. Augen, Nase und Mund waren aus Tannenzapfen. Im Arm hielt das Ungeheuer einen Knüppel und auf dem Rücken trug es einen Tannenbaum. Als nach einem Namen für das Ungetüm gesucht wurde, erinnerte ich mich an meinen Winterlieblingsfilm „Drei Männer im Schnee", in dem die besagten drei Männer ebenfalls einen Schneemann tauften. Der Täufling hieß Kasimir – und genau dieser Name fiel mir jetzt ein.

„Wir könnten ihn Kasimir nennen“ rief ich ganz laut.

Die anderen lachten und Peer schrie: „Treffer!“

Kasimirs Taufe begossen wir mit Glühpunsch.

Die Feuerstelle für das gestiftete Schwein wurde am frühen Abend eingerichtet. Weil es so schön warm war am Feuer und der Braten gut duftete, gab es an Spießdrehern keinen Mangel.

Am späteren Abend traf das andere Dorf ein – mit schwer bepackten Schlitten voller Kisten und Kästen, die in die Scheune getragen wurden. Es gab ein Riesenhallo und die Gäste machten sich ans Auspacken: Riesige Schüsseln mit Salaten, Broten, Pudding und Kuchen wurden auf Tischen ausgebreitet. Leute aus *meinem* Dorf bauten aus groben Brettern eine Art Bühne, auf der die Musiker spielen sollten. Das andere Dorf brachte ebenfalls eine Band mit.

Endlich legte Oles Gruppe los und im Gegensatz zu dem, was ich an peinlicher Zurückhaltung auf Klassenfeten gewohnt war, wurde hier von den ersten Takten an getanzt – und zwar auf der Stelle und in der Gruppe, wo man gerade stand. Zwischendurch ein Häppchen und ein Schlückchen – es war absolut perfekt. Eine Stunde vor dem Jahreswechsel stoppte die Musik und Finja, ein etwas älteres Mädchen aus dem anderen Dorf, betrat die Bühne. Ihre braune Mähne umrahmte ein Gesicht wie das von Mona Lisa – so kam sie mir jedenfalls vor. Vielleicht auch deshalb, weil sie so ein mittelalterliches Kleid trug.

„Also, alle mal herhören! Wir haben soeben gelost, welche Farbe die Teilnehmer des folgenden Spiels bestimmt und gewonnen hat die Farbe Blau.“

Beifall ertönte.

„Jeder, der im Moment etwas Blaues in und an seiner

Kleidung hat, bitte auf die Bühne!"

„Das bist zum Beispiel du", sagte Kai, der eine schwarze Hose und ein weißes Hemd trug und breit grinste. Seine dunklen Haare fielen ihm ins Gesicht, als er mich ansah. Ich bekam einen Megaschreck und wollte mich verdrücken. Auf keinen Fall würde ich auf die Bühne gehen. Wer weiß, was ich da machen musste.

„Wo ist hier die Toilette?", fragte ich leise.

„Durch die Tür links und dann um die Ecke", erklärte Kai, der seine Worte mit ausladenden Gesten untermalte.

Als ich die Toilette erreicht hatte, hörte ich, wie Finja lauthals verkündete: „Da so ungefähr jeder Zweite hier Blau trägt und unsere Bühne restlos überfordert ist, bleiben jetzt diejenigen hier, die ein blaues Oberteil anhaben. Also alle mit blauen Hemden, Pullovern und Blusen auf die Bühne!"

Ich hatte absolut keine Eile. Aber bis Mitternacht konnte ich nicht hier sitzen bleiben. Also wieder zurück und ganz unauffällig tun. Es standen immer noch sehr viele Leute vorne. Vielleicht bemerkte ja keiner, wenn ich einfach hinten stehen blieb. Aber da hatte mich Kai schon am Wickel.

„Nach vorne mit dir!", empfing er mich herzlos und schob mich vor sich her, bis ich an der Bühne stand.

„Wie ich sehe, haben wir immer noch zu viele Kandidaten. Als nächstes entscheidet die Haarfarbe. Also, alle mit blauem Oberteil und blonder Mähne bleiben auf der Bühne."

Diese Finja. Verdammter Mist! Es standen noch vierzehn Leute auf der Bühne – und ich gehörte dazu. Was sollte nun werden? Lass mich nichts vorturnen oder -tanzen müssen, flehte ich zum Himmel. Aber es sollte schlimmer kommen. Finja verkündete: „Jede blonde Person mit blauem Oberteil singt uns jetzt ein Lied vor. Begleitet von unserer Band."

Ich suchte einen Erdspalt im Scheunenboden. Blitzartig gingen mir Fernsehübertragungen mit peinlichsten Karaoke-Darbietungen durch den Kopf. Oder diese Mördercastings vor laufender Kamera. Ich musste verschwinden – irgendwie. In dem Moment ging ein Riesengejohle los ob einer solch genialen Idee. Es gab kein Entrinnen. Da meine Mitstreiter ebenfalls seufzten und ich verschiedene Versionen von „Oh nein! Ich kann nicht singen" hörte, fühlte ich mich wenigstens nicht so alleine. Was sollte ich bloß für ein Lied nehmen? Ich konnte doch kaum einen Text auswendig. Spontan fiel mir *Hänschen klein* ein. Aber das passte wohl nicht ganz. Der Titanic-Song. Ich suchte verzweifelt nach dem Text – mein Gehirn gab ihn nicht frei. Sonst sang ich ihn doch immer mit. Ich wollte bitte in Ohnmacht fallen. Aber ich fiel nicht. Plötzlich erinnerte ich mich an eine Pippi-Langstrumpf Kassette, die ich früher gerne und oft gehört hatte. Der Text war haften geblieben. Das Lied vom kleinen Matrosen Kalle Theodor. So ein Mist! Wie sollte ich das überstehen. Und dann so ein kindisches Liedchen. Warum hatte ich bloß nichts Gescheites auf Lager. *Kalle Theodor* war nicht viel besser als *Hänschen klein*. Aber von allen anderen Stücken, die sich in meinem Inneren abspulten, konnte ich höchstens noch Brocken vom Refrain. Also blieb der *Kalle Theodor*. Immerhin soff der Junge ab und man konnte volle Dramatik in die Stimme legen. Wenn man eine hatte. Ich hatte keine. Jedenfalls keine, mit der man auftreten konnte. Aber ich würde ja höchstens die erste Strophe zum Besten geben – und da heuerte Kalle nur an. Also weniger dramatisch. Ich könnte ohnehin froh und dankbar sein, wenn überhaupt ein verständliches Tönchen herauskäme. Meine Augen verdrehten sich. Oh Kalle Theodor – rette mich!

Als erstes war ein großer, etwas bulliger Mann mit blondem Resthaar dran. Der sang ein Country-Liedchen, wobei er ein imaginäres Lasso schwang. Alles sang schon nach den ersten Worten mit.

Die Stimmung war super. Oh nein! Ich musste schon wieder. Das ging jetzt nicht, sonst würde alles noch peinlicher. Also aushalten und mitlachen. War doch alles nur Spaß. Lu, stell dich nicht so an! Mach doch einmal in deinem Leben einen kleinen Spaß mit. Dich macht schon keiner fertig wie in dieser Superstar–Scheiße im Fernsehen. Ich bin gaaaanz ruhig. Autogenes Training hatte ich vor drei Jahren machen müssen, weil ich an den Nägeln kaute und dauernd Bauchweh hatte. Genau das fiel mir jetzt ein und vor meinem inneren Auge lag ich auf einer blauen Matte – schon wieder Blau – mit geschlossenen Augen, und … Der Cowboy war fertig und jetzt kam ein Mädchen von höchstens acht Jahren dran, das ein Kinderliedchen trällerte. Auch hier sang die komplette Scheune nach einer Liedzeile mit. Das Kind strahlte und bemühte sich, ganz laut zu singen, aber der Riesenchor übertönte alles.

„Wir liefern euch ein mittelalterliches Sauflied", verkündeten zwei junge Männer, bei dem der gemischte Scheunenchor sofort mitgrölte, als wäre keiner mehr nüchtern auf den Beinen.

Jetzt war ich dran. Ich mach gleich in die Hose – nein, mach ich nicht – los jetzt! Ich holte tief Luft.

„Der jüngste und beste Matrose an Bord,
Das war der kleine Kalle Theodor.
(schon hier nahm die Band leise die Melodie auf)
Die Mutter, sie weinte – Geh bitte nicht fort!

Doch ihn rief die See – den Kalle Theodor.

Wenn der Wind durch die Wanten pfiff

Dann schrie er laut: Ahoi Johee!

Hatte kein Heimweh, denn seine Heimat

Das war die raue See.

Ahoi! Johee!“

Die erste Strophe vom „Kleinen Kalle Theodor“ war zu Ende. Ich hatte es geschafft und sprang von der Bühne. Nur wenige hatten mitgesungen. Der Applaus war riesig – und plötzlich rief einer: „Wie geht es denn weiter mit dem Kalle Theodor?“

Kai hob mich zurück auf die Bühne. Die Band hatte sich in die einfache Melodie hineingehört und ohne nachzudenken sang ich weiter:

„Er fuhr auf den Meeren der ganzen Welt –

Der kleine Matrose Kalle Theodor.

Doch dann ist sein Schiff an ‘nem Riff zerschellt –

Und sank mit dem kleinen Kalle Theodor.

Süderkreuz und Polarstern riefen ihm noch nach: Ahoi Johee!

Junge – kein Heimweh, denn deine Heimat

Ist jetzt die graue See.

Ahoi! Johee!“

Überstanden! Die Scheune brüllte sowohl „Ahoi“ als auch „Johee“ mit. Ich fühlte, wie ich in Eifer geriet und mich irgendwie freute, als die Leute „Weitersingen!“ riefen. Und weil ich noch auf der Bühne stand, sang ich Strophe drei.

„Klabautermann nahm ihn in seinen Arm.

Er ist der beste Freund von Kalle Theodor.

Die See ist seine Wiege – die See hält ihn warm,

Den kleinen Matrosen Kalle Theodor.

Wenn der Wind in den Wanten pfeift,

Dann ruft er laut: Ahoi Johee!
Hatte kein Heimweh, denn seine Heimat
Ist jetzt die graue See.
Ahoi! Johee!"

Die Band spielte einen Tusch – die Scheune hob ab. Ich sprang von der Bühne, Kai direkt in die Arme.

Andrea schrie durch die Menge: „Klasse, Lu!"

Und Wibke brüllte: „Was für ein süüüßes Lied."

Wenn das einer aus Essen gewusst hätte. Anna, meine Eltern, meine Klasse. Dass ich irgendwo in der Welt mit dem „Kleinen Kalle Theodor" auftrat. Das glaubte ja keiner. Ein Kinderlied zu Silvester. Warum eigentlich nicht. War doch echt lustig. Der Beifall rauschte noch in meinen Ohren – *...wie du es dir in deinem Innersten wünschst ...*

„Du warst spitze", sagte Kai, griff meine Hände und drehte sich mit mir im Kreis, als wären wir zwei ausgelassene Kleinkinder.

Die anderen mit blauem Oberteil und blonden Haaren sangen auch noch ihre Lieder, alles klatschte und johlte, und dann war es kurz vor zwölf. Die Sektkorken knallten, die Gläser waren gefüllt. Diejenigen, die zusammengehörten, standen beieinander. Auch Kai und ich. Beim lauten Zählen der letzten Sekunden des ausgehenden Jahres sahen wir uns in die Augen. Als die Uhr des Kirchturms zwölf mal schlug und unsere Lippen sich berührten, wusste ich: Zu Hause leuchtete mein Lebkuchenherz. *Liebe ist kosmisch ...*

Die Band – diesmal Oles Leute – setzte mit schnellen Rhythmen ein, und alle gingen vor das Scheunentor und tanzten um Kasimir, dem sie „Alles Gute im Neuen Jahr" und „Prost, Kasimir!" zuriefen. Fast wie in meinem alten Lieblingswinterfilm.

Man trank noch ein Gläschen Sekt und noch eins – und nicht nur ich und Kai waren bester Dinge. Es war fünf Uhr morgens, als ich nicht mehr konnte. Herr Brahmeier, Nike und Mika, die mich in die Mitte nahmen, kehrten mit mir zurück zum Haus Nummer eins.

Als ich endlich todmüde im Bett lag, senkte sich das Zimmer nach links. Ich war blau. So viel war sicher. Das Zimmer war nämlich gestern noch waagerecht gewesen. Dennoch schlief ich nach wenigen Minuten ein.

1. Januar

Als ich aufwachte, war das Zimmer immer noch schief.

„Das mach ich nie wieder“, schwor ich.

„Das ist der Meineid aller Verkaterten“, stellte Herr Brahmeier fest.

„Das Jahr fängt ja supergut an“, murmelte ich. Dann hing ich über der Kloschüssel, wo mir das gestrige Essen nebst Flüssigem aus dem Gesicht fiel.

Nike, die die Kotz-Würg-Geräusche mitbekam, tröstete mich: „Was raus ist, kann nicht mehr quälen. Ich koch dir Tee und du wirst wieder.“

„Kann ich mir nicht vorstellen“, würgte ich heraus. Aber ich wollte alles, wirklich alles tun, was Nike für das Beste hielt.

Es dauerte trotz Tee noch eine ganze Weile, bis sich das Zimmer entschloss, zu seiner alten Stabilität zurückzufinden.

„Mir ist so schlecht“, stöhnte ich und ging bei Nike und Mika eingehakt durch die kalte Luft. So spazierten wir eine ganze Weile durch die Gegend. Langsam bekam das Leben wieder Sinn – als nämlich die Übelkeit nachließ. Ob ich wohl Unsinn geredet hatte? Aber Kai hatte viel mehr getrunken als ich. Hatte ich wirklich gesungen – vor versammelter Mannschaft? Nee, ne? Da war ich, glaub ich, noch nüchtern gewesen. Prost, Kalle Theodor! Hoch sollst du leben, ging es mir durch den Kopf, während ich tief einatmete.

Als Kai uns entgegen kam, fit wie ein Turnschuh, wie ich neidisch zugeben musste, sagte Nike: „Wir übergeben dann mal“, drückte mich Kai in den Arm, hakte sich bei ihrem Mika unter und grinste.

„Bis dann!“ Und weg waren sie.

„Dann wollen wir mal“, sagte Kai, grinste schräg, legte den Arm fest um mich und schlenderte mit mir durch die Sträßchen des Dorfs. Ich konzentrierte mich so auf mein Gleichgewicht und tiefes Ein- und Ausatmen, dass ich gar nicht mitbekam, wo wir eigentlich entlang spazierten.

„Wie geht's denn so im neuen Jahr?“

„Frag nicht so gemeine Sachen.“

„Oooohhh!“, machte er auf falsches Mitleid. Wir sahen uns an – und mir gelang sogar ein Lächeln.

„Es wird“, sagte ich und fühlte mich ein klein wenig besser.

„Mal gucken, wie Peer so drauf ist“, meinte Kai und dirigierte mich um die Ecke. „Der hat gestern ordentlich was weggeschluckt.“

Nach einigen Metern standen wir vor der Fünf, einem zweigeschossigen Fachwerkhaus in der zweiten Reihe, einer Ecke, die mir noch unbekannt war. Die dunkelblauen Vorhänge waren voller goldener Sterne.

„Hier wohnen also Peer, Wibke und Sonja“, stellte ich fest und blinzelte die Fenster an, als wären es geschlossene Augen.

„Scheinen noch zu schlafen.“ Kai zeigte auf die zugezogenen Vorhänge. Ich betrachtete das Haus. Im Vorgarten standen steinerne Enten und ein Schwan. Neben dem Eingang entdeckte ich eine Steinfigur.

„Das ist die kleine Meerjungfrau.“

„Die Geschichte kenne sogar ich“, sagte Kai.

„Und auf der Fensterbank stehen ja Zinnsoldaten.“

„Klar doch! Sie machen hier alles zu Märchen.“

„Wie meinst du das?“

„Sieh mal zum Schornstein!“

Ich blickte nach oben.

„Jeden Winter befestigt Peers Vater die *Schneekönigin* am Kamin.“

Verwirrt betrachtete ich die schmiedeeiserne Figur, die mit einer Krone auf dem Kopf in einem von Rentieren gezogenen Schlitten auf dem Dachfirst saß.

„Die *Schneekönigin*“, sagte ich leise und starrte abwechselnd auf die verschiedenen Märchenfiguren. Meine Gehirnwindungen verknoteten sich und bildeten ungesund schnell neue Verschlingungen.

Was sich jetzt abspielte, geschah automatisch. Ich ging durch den Vorgarten, stieg die beiden Stufen zur Haustür hinauf und guckte auf das Namensschild: Hans Christian Andersen. In dem Moment ging die Tür auf und ein großer Mann stand mir gegenüber, in einer Hand den Schneeschieber, in der anderen einen Abfalleimer.

„Guten Morgen“, sagte er.

Langsam ging ich die beiden Stufen wieder hinunter – rückwärts – den Blick fest auf den Mann mit dem rötlich schütteren Haar geheftet. Ich brachte keinen Ton heraus.

„Du bist Lu. Richtig? Ich hab dich gestern den *Kalle Theodor* singen hören.“

Ich starrte den Mann an. Der blieb im Türrahmen stehen, guckte zurück. „Ich war beeindruckt“, sagte er lächelnd.

Auch Kai rührte sich nicht vom Fleck.

„Ist etwas?“, fragte der Mann.

Ich konnte den Blick nicht von ihm wenden. „Ich bin Lu Kranich.“ Ich hatte sehr langsam gesprochen und jedes Wort betont.

Das Lächeln des Mannes verschwand. „Kranich?“

„Kranich!"

Der Mann ließ den Eimer mit dem Müll fallen.

„Ich bin mit meiner Tante hier. Mit meiner Patentante." Ich schluckte.

Die Augen des Mannes waren an meine Lippen geheftet. Ich sagte: „Andrea!" Und nach einer kurzen Pause: „Andrea Kranich!"

Der Mann starrte mich an, blinzelte, dann zitterte er ein wenig. Keiner sprach. Sein Gesicht war ein einziges ungläubiges Erstaunen. Erst ganz allmählich lösten sich die angespannten Züge. Über eine Wange des Mannes rann eine einzelne Träne. Dann noch eine. Jetzt ließ er auch den Schneeschieber fallen, stürzte auf mich zu, umarmte mich, hob mich hoch. „Wo ist sie?", fragte er heiser. „Bitte, Lu, sag mir, wo ich sie finden kann."

„Komm!"

Und mit Kai an der einen und dem Mann an der anderen Seite liefen wir, ohne ein Wort zu sprechen, den Weg zurück, dann zum Dorfrand, hin zu dem Haus mit der Zweiundzwanzig. Die Türe geöffnet, die schmale Treppe hinauf, die Zimmertüre aufgerissen. Andrea und Torge saßen am Tisch und tranken Kaffee, in dem kleinen Ofen flackerte das Feuer.

Der Mann stellte sich an den Tisch, blieb wie angewurzelt stehen. Dann fasste er Andrea sanft unters Kinn und wendete ihr Gesicht zu seinem. Andrea blickte ihn an. Lange – erstaunt, dann fassungslos. Ihre Lippen öffneten sich, aber sie brachte keinen Laut heraus. Als sie sich erhob, wie in Zeitlupe, begann sie zu zittern, genau wie vorher der Mann. Ich warf Torge und Kai einen Blick zu. Auch Torge stand von seinem Stuhl auf, leise, und wir drei schlichen uns aus dem Raum, hörten noch, wie der Mann „Andrea" stammelte und wie Andrea „Christian“ hauchte, und verließen das Haus.

„Jetzt kann sie endlich sesshaft werden“, lautete Torges erster Satz, als er mit uns das Haus mit der Zweiundzwanzig verließ.

„Wie meinst du das?“, fragte ich.

„Seit ihr Bruder weg war, hatte Andrea kein Zuhause mehr. Jedenfalls kein richtiges. Keins, das einen solchen Namen verdient hätte.“

Kai ließ mich los und stemmte die Arme in die Seiten. „Nur ein Dach über dem Kopf, meinst du?“

Torge nickte. „Genau das meine ich.“

Als wir kurze Zeit später mit Herrn Brahmeier in der Küche saßen und einen Tee tranken – ich verzichtete dankend auf den Rum – gab es nur das eine Thema.

„Warum sind sie sich nicht schon eher begegnet? Letztes Jahr zum Beispiel“, sagte Kai.

„Sind sie vielleicht.“ Torge zuckte mit den Schultern. „Haben sich aber nicht erkannt.“

„Sie waren ja erst zehn, als er wegging“, fiel mir ein. „Da erkennt man sich nach so vielen Jahren nicht.“

„Aber jetzt hat es endlich geklappt“, stellte Torge fest. „Und dabei habe ich monatelang die halbe Schneewelt nach ihm abgesucht.“

„Manchmal passiert irgendwann von selber genau das Richtige“, sagte Herr Brahmeier und blickte mich an. „Nun hast du in unserem Dorf eigene Verwandtschaft.“

„Stimmt!“ Kai schlug sich mit der flachen Hand vor den Kopf. „Peer wird nicht mehr.“

Und damit hatte er Recht. Denn als wir eine Stunde später zum zweiten Mal an diesem Tag zur Nummer fünf gingen, wurde Peer nicht mehr. „Aber du heißt doch gar nicht Andersen.“

„Dein Vater auch nicht. Er hat sich den Namen gegeben – sozusagen als Einstieg in sein neues Leben“, erklärte ich.

„Und warum? Kraniche sind Zugvögel – das hätte doch auch gepasst“, sagte Wibke.

„Er war damals erst zehn Jahre alt. Und er liebte Andersens Märchen.“ Ich sah mich in Wibkes Zimmer um. Auch hier war so ein Ofen, wie ich ihn selber gerne gehabt hätte.

„Aber er heißt Hannes“, wandte Peer ein.

„Bist du ganz sicher?“ Kai zog die Brauen hoch und grinste etwas spöttisch.

„So nennen ihn hier jedenfalls alle“, sagte Peer.

„Er wollte seinen alten Namen nicht mehr – vielleicht, weil er ihn nicht mehr hören konnte. Frau Rose hat erzählt, dass sein Vater ihn so oft angeschrien hatte. Bestimmt auch mit seinem Namen“, erklärte Kai, nun wieder ernst.

„Da hat er sich den Doppelnamen seines Lieblingsmärchendichters gegeben: Hans Christian. Und Hannes wurde sein Rufname“, sagte ich. Wir sahen uns an. Eine Weile sagte niemand etwas. Dann stellte Wibke mit leiser Stimme fest: „Ja. Genau so muss es gewesen sein.“

2. bis 4. Januar

Rovaniemi

Die Zeit hielt ab und zu an, weil ich einfach zu glücklich war, um an sie zu denken. Aber dann schmolz sie doch sachte vor sich hin.

Ich saß mit Andrea in der *Schrägen Acht* und brütete über dem Liebesgedicht, das wir für Deutsch machen sollten. Wir überlegten, was in ein solches Gedicht hinein gehörte.

„Eine Mischung aus romantischer Liebe und Abschied“, schlug ich vor.

„Abschied ist nicht das Gegenteil der Liebe.“

„Nicht?“

„Nein! Das Gegenteil von Liebe ist Entlieben. Das ist ein großer Unterschied zu *Abschied*.“

Das Thema stimmte mich traurig.

„Weißt du“, setzte Andrea an, „ein Abschied bedeutet nicht das Ende. Er lässt doch alle Möglichkeiten offen.“

„Ich weiß nicht.“

„Habe ich ja selber erlebt. Aber wenn man sich entliebt, dann ist es wirklich vorbei.“

„Entlieben kann ich mir nicht vorstellen. Nicht wirklich.“ Nachdenklich zog ich die Stirn kraus. „Es soll nicht vorbei gehen“, flüsterte ich.

„Das muss es auch nicht.“ Andrea nahm meine Hand und drückte sie.

Nach einer halben Stunde war das folgende Gedicht entstanden:

Romantisch soll die Liebe sein –
Man will sich in dem andren spiegeln.
Man lässt wen in sein Herz hinein
Und möchte dieses dann versiegeln.

Doch leider kommt das Einerlei!
Die Großen machen es uns vor.
Und die Liebe bricht entzwei –
Weshalb so mancher sie verlor!

„So könnte ich alleine nie dichten."

„Du kannst ja sagen, dass du mit mir, deiner ach so erfahrenen Patin, über die Liebe diskutiert hast und wir das Gedicht zusammen verfasst haben."

„Das wäre oberpeinlich."

„Dann schreib es einfach nicht in dein Heft."

„Doch!"

Zu Hause würde ich es in mein Deutschheft übertragen. *Zu Hause! Abschied von hier!* Ich zuckte zusammen. *Abschied von Kai!* Was hatte Andrea gesagt? Ein Abschied ist nicht das Ende …

Nun war der vierte Januar und Torges Geschenk stand noch aus. Die Schlittenhunde waren angespannt, die Reisenden in Fellmäntel gepackt, Proviant und Decken auf den Schlitten festgezurrt. Torge erzählte über Lappland und seine Wälder. Natürlich auch über den einzig echten Weihnachtsmann der Erde. „Sein Name ist Joulupukki und der Polarstern ist sein Begleiter. Die Geheimnisse der Weihnacht werden von ihm bewahrt. Nur derjenige, der sich auf den Weg macht, bekommt eine Ahnung davon, was es bedeutet, in diesen großen Wäldern Weihnachten zu empfinden."

Wir lauschten seiner Geschichte.

„Joulupukki trägt keinen roten Mantel. Das passt nicht zu den Wäldern.“

„Was trägt er denn?“, wollte ich wissen.

„Er ist schlicht gekleidet und man kann ihn leicht mit einem Waldarbeiter verwechseln.“

„Und was bringt er für Geschenke?“

„Jedenfalls keine Dinge, die es im Kaufhaus gibt. Seine Spielsachen sind aus Holz. Es ist bekannt, dass sie den Beschenkten zu bislang ungeahnter Kreativität inspirieren.“

Ich fand, Torge hörte sich an wie ein Märchenerzähler.

„Meine Schwesternmutter hat mir damals auch viel von Joulupuk erzählt. Und meine Eltern erst“, berichtete Christian. „Also meine Eltern *hier*“, verbesserte er sich.

„Seinen Schlitten ziehen Rentiere, die sich in dieser unwegsamen Gegend bestens auskennen. Aber nicht besser als meine Hunde.“ Torge grinste und streichelte Ase, seinen Leithund. Dann brachen wir auf.

Schnell waren wir aus unserem Dorf hinaus – in freier Wildbahn. Es war kein Vergleich zu den Bergen, in denen ich sonst zum Skifahren war. Wir befanden uns in der Nähe des Polarkreises – alleine mit den Hunden. Ein grandioses Gefühl ergriff mich – ein Gefühl von Endlosigkeit und Freiheit.

„Rovaniemi ist die Hauptstadt der nördlichsten finnischen Provinz. Sie gilt als offizieller Wohnort von Joulupukki“, erläuterte Torge. Seine Hände umfassten den Griff des Schlittens. Er drehte sich um und rief: „Sie wird als Weihnachtsstadt bezeichnet. Gibt jede Menge Attraktionen.“

Dann sausten wir über die fest gefrorene Schneedecke dahin. Ich musste an die *Schneekönigin* denken.

„Die eigentliche Weihnachtsstadt ist in einen Berg hineingebaut. Vor Jahrzehnten war ich mal dort", sagte Christian. „Es gibt ein eigenes Postamt des Weihnachtsmanns."

„Wer schickt dort seine Post hin?", wollte ich wissen.

„Die Briefe aus den Winterdörfern werden darüber weitergeleitet."

Andrea sah ihren Bruder an. Die Frage, warum er ihr nie geschrieben hatte, stand zwischen ihnen. Unausgesprochen.

Doch plötzlich sprach er es aus. „Ich konnte nicht", sagte er laut und heiser. „Ich wollte dich vergessen!" Sein Atem stieg wie Nebel aus seinem Mund, während er sprach.

Seine Schwester sah ihn noch immer an und nickte.

„Auf dem Postamt arbeitet ein eingeweihter Zusteller, der aus einem der Adventdörfer stammt", wechselte Torge das Thema. Mir hüpfte das Herz. Das bedeutete, dass ich den Freunden sozusagen postlagernd schreiben konnte. Die Briefe würden dann einmal wöchentlich, wie Torge weiter erklärte, weitergeleitet. Jedes Dorf verfügte über einen eigenen Boten, der mit Stiefeln aus den Schlemihl'schen Werken sowie mit Hundeschlitten für größere Sendungen wie Pakete ausgerüstet war. Falls Andrea wirklich bliebe – und es sah ganz danach aus – konnten wir uns wenigstens schreiben. Ob Kai mir schreiben würde?

Die Weihnachtsstadt war wunderschön geschmückt. Die vielen Läden … voller Geschenke. In einer nur mit Kerzen beleuchteten Auslage entdeckte ich Bastelbögen aus Papier. Auf einem war die Eisläuferin, die ich auf dem heimischen Weihnachtsmarkt für Kai gekauft hatte und die immer noch eingepackt in meinem Kojenzimmer auf ihre Bestimmung wartete. Ich hatte mich nicht getraut, sie ihm zu schenken. Jetzt nahm ich den Bogen in die Hand. Kai, der mir über die Schulter sah, bemerkte: „Die sieht so ähnlich aus wie du."

Ich sagte nur: „Wenn du meinst", und legte den Bogen wieder an seine Stelle. Außerdem entdeckte ich ähnliche Bastelbögen mit Adventdörfern drauf wie meins daheim. Ich geriet in Aufregung. Ein Papierbogen war nämlich deutlich anders als die übrigen. Er zeigte ein Dorf mit Iglus.

„Andrea! Hast du das hier schon gesehen?" Ich hielt ihr den Bogen unter die Nase. „Wenn du wirklich bei Torge bleibst, kann ich dich spätestens am ersten Dezember in diesem Jahr besuchen."

„Du kannst auch im Sommer herfliegen und wir verabreden hier einen Treffpunkt. Weihnachtsdörfer und Weihnachtsstädte sind für uns zu erreichen", sagte Torge.

Hinter ihm stand der Weihnachtsmann, der allerdings nicht der eigentliche Joulupukki sein konnte, denn er trug die Touristenausführung: den roten Mantel und einen langen weißen Bart.

„Solche Treffen haben wir öfter", meinte er schmunzelnd und ließ uns fünf alleine.

Wir überschritten die Linie des Polarkreises. Dann verließen wir die Zivilisation wieder, um in der Wildnis ein Picknick zu machen. In mit dickem Fell überzogenen Flaschen gab es Glühpunsch, der zwar nicht mehr ganz heiß war, aber warm genug, um sich einzubilden, dass er einem auch innerlich ein wenig einheizte. Ich lernte die Felle, in die wir uns nun wieder einpackten, zu schätzen. Im Berg des Weihnachtsmannes war es mollig warm gewesen – aber als es wieder auf den Schlitten in voller

Fahrt über Schnee und Eis ging, waren wir über jede Decke und jedes Fell froh.

Unter einem unglaublichen Sternenhimmel flogen wir dahin, bis wir spät in der Nacht in unserem Dorf ankamen. In der *Schrägen Acht* wärmten wir uns bei frisch aufgebrühtem Glühpunsch auf, den wir kochend heiß schlürften.

Mit dem Ärmel wischte ich mir über den Mund. „Am liebsten hätte ich so einen Hund." Mit einem von Torges Schlittenhunden hatte ich Freundschaft geschlossen. Zu gerne hätte ich ihn mitgenommen – dann hätte ich nicht nur einen kleinen Freund, sondern auch eine Art Pfand aus der Welt, die mir alles bedeutete.

„Huskies brauchen die Kälte. Sie gehören hierher", zerstörte Torge meinen Traum. „Sonst könntest du dir einen Welpen aussuchen, wenn du uns demnächst besuchst. Aber glaub mir, euer Leben ist nichts für so ein Tier."

Torge hatte sicher recht, aber schön wäre es trotzdem gewesen. Schon deshalb, weil dann immer jemand auf mich gewartet hätte, wenn ich nach Hause kam.

Mitternacht war durch, als ich in meiner Koje lag. Morgen brach mein letzter Tag im Dorf an. In der nächsten Nacht würde es zurück in Andreas Wohnung gehen und danach käme die Heimfahrt von Berlin nach Hause. Und dann der allerletzte Besuch in der Nacht zum siebten Januar. Ich hatte noch den Sternenhimmel vor Augen, roch die Kälte und das Abenteuer des Tages. Wie würde ich meine Trauer ertragen können? Ich würde Andrea fragen.

5. Januar

Der letzte Tag

Nike und Mika hatten genau wie ich heute ihren letzten Tag bei Nikes Vater. Aber im Gegensatz zu mir konnten sie immer herkommen.

„Du musst nicht so traurig gucken“, sagte Herr Brahmeier. „Heute bist du ja noch hier. Denk einfach, dass es wie mit Urlaub ist. Jeder Urlaub geht mal zu Ende. Ist ganz normal.“

Ich versuchte ein Lächeln. Was Herr Brahmeier sagte, stimmte ja. Was hatte ich schon für tolle Ferien mit netten anderen Urlaubsgästen erlebt. Dabei waren sämtliche Freundschaften bereits nach kurzer Zeit eingeschlafen. Man schickte sich noch diverse Male eine Mail, rief sich vielleicht auch einmal an oder chattete. Bald hatte einen der Alltag wieder,und im Grunde hatte man zu Hause genug Freunde. Doch dass es in diesem Fall ganz anders war, spürte ich nur zu deutlich. Bloß nicht erdrücken lassen. Heute nicht. Noch hatte ich diesen einen Tag. Mit Kai.

Als er mich abholte, kam es mir so vor, als sei seine gute Laune reichlich dick aufgetragen. Auf keinen Fall werde ich heulen, beschloss ich.

Auf dem Schneeberg war es voll wie immer. Hier war für Traurigkeit schon mal kein Platz. Mittags aßen wir mit den anderen im „Kasten“. Es gab Eintopf mit Bockwurst und Brot. Zu Hause gehörte das nicht zu meinen Lieblingsspeisen, aber hier und heute hätte man mir auftischen können, was immer man wollte: Es wäre alles mein Leibgericht gewesen. Weil es hier war.

Abends im Kosmos sagte Wibke: „Du kommst doch im Dezember wieder?“

Ich nickte nur und schluckte den Kloß hinunter.

Andrea kam mich abholen. „Es ist so weit! Morgen Nacht kommst du ja noch einmal her – über dein eigenes Adventdörfchen.“

Kai drückte mich so fest, dass ich hoffen durfte, ohnmächtig zu werden. „Bis Morgen!“, wisperte er in mein Ohr. Dann blickte er mich an, die Augen verschleiert. In unserem gegenseitigen Blick lag alles. Nein – es gab keine Zweifel. Nicht jetzt.

Es war kurz vor eins. Torges Winken war das letzte, was ich sah, bevor ich auf Andreas Matratzenlager landete. Und während mir noch durch den Kopf schoss, Andrea könnte sich vielleicht nicht von Torge trennen, saß sie schon neben mir. „Du warst großartig!“ Sie legte den Arm um meine Schulter. „Und morgen …“

„… kommt dann der Schlusspunkt“, sagte ich traurig.

„So musst du das nicht sehen. Es wird zwar eine Weile dauern, aber wir sehen uns wieder. Und ich schreibe dir.“

„Ja klar! Bestimmt!“

„Und ein Abschied ist nicht das Ende der Liebe.“

Ich sagte nichts.

„Komm, wir machen das Öfchen an, und einen Tee kann man immer vertragen“, sagte Andrea, und es wurde noch ein bisschen gemütlich.

Ausblick

Andrea brachte mich am folgenden Tag nach Hause.

Abends, als sie längst wieder abgefahren war, kehrten auch meine Eltern zurück, die mit ihrem Urlaub sehr zufrieden waren. Dass ich so wenig von Berlin und den Ferien mit Andrea erzählte, fiel nicht besonders auf, weil meine Eltern mit dem Gepäck und der liegen gebliebenen Post beschäftigt waren und anschließen ihre E-Mails checkten.

In der Nacht besuchte ich ein allerletztes Mal *mein* Dorf. Andrea war pünktlich nach Berlin zurückgekehrt, um von ihrer Wohnung aus zu Torge zu gelangen.

Zum Abschied schenkte ich Kai die Eistänzerin. Es folgte ein langer Kuss und das unkontrollierbare Verlangen, ihn nie mehr loszulassen.

Am nächsten Morgen, dem siebten Januar und letzten Ferientag, erstarrte ich beim Blick in den Spiegel: War das mein Schatten, der hinter meinem Rücken stand, dessen Linien wie hinter Milchglas verschwammen, sich auflösten? Würde er von jetzt an als Traumschatten umherirren? In jener Welt, die alles für mich war?

Zurück in meinem Zimmer ergriff mich eine fürchterliche Traurigkeit, schnürte mein Herz ein und machte, dass ich mich nur wie in Zeitlupe bewegte. Wie in Trance blickte ich auf den Fußboden, der mir ohne die Gästematratze fürchterlich leer vorkam. Meine Landebahn war einfach weg – zurück an ihrem langweiligen Ursprungsort, der Bettschublade, weil ich sie für lange Zeit nicht brauchen konnte. Eine unvorstellbare Tatsache. Es kam mir vor, als zögen die dicken Regenwolken in mein

Zimmer, um mich jeden Moment zu ersticken. Paralysiert guckte ich auf das Winterdorf, das unverändert an seinem Platz auf der Fensterbank stand. Wie aus dem Nichts heraus hörte ich Kais Stimme: *Wie du es dir in deinem Innersten wünschst*, sagte sie leise.

Eine halbe Stunde später nahm mich Frau Sawinsky, als ich mühsam an meinem Frühstück kaute, in die Arme: „Ich habe es gerade fortgeräumt", sagte sie leise. „Ich dachte, es ist besser, wenn du nicht dabei bist."

Ich sprang auf. Das Klirren des Tellers paarte sich mit dem metallenen Aufschlag des Messers. Doch ich nahm es nicht wahr, sondern schrie: „Wohin haben Sie es getan?"

„Es ist in einem Karton im Keller. Dort wartet es auf seinen Einsatz im nächsten Winter. Versprochen."

Mir kamen endlich die Tränen. Sie liefen und liefen, als sollte mein ganzer Kummer hinausgespült werden. Dabei klopfte mein Herz gegen die Enge in meiner Brust.

„Lu! Ich weiß, wie du dich jetzt fühlst und ich habe Angst um dich", sagte Frau Sawinsky, kümmerte sich nicht um die Scherben, sondern nahm mich wieder in die Arme. „Aber du musst zurück finden. Zurück in dein Leben! Hier bei deinen Eltern und deinen Freundinnen. Es lässt sich nun mal nicht dran rütteln, dass du hierher gehörst."

„Bitte nicht", brachte ich heraus, konnte immer noch nicht aufhören zu weinen. Die Sehnsucht zerrte schon jetzt an mir. Schlimm war, dass es keinen Weg gab, der zurück führte – für eine lange Zeit. Wie würde ich mich in einer Woche fühlen? In einem Monat? Wie sollte ich ohne meine Liebe durch das Jahr kommen? Warum nur waren die beiden Welten unvereinbar?

„Und hier bist du ja bei mir." Frau Sawinsky strich

mir übers Haar wie jemand, der es gewohnt war, andere zu trösten. Und langsam dämmerte mir, welche Rolle unsere Haushälterin für mein Leben spielte. Es war ein gutes Gefühl, sie zur Komplizin zu haben. Nein, sie war mehr als eine Komplizin. Sie war eine richtige Freundin. Nicht mehr und nicht weniger. Mein Herz wurde ein ganz klein wenig leichter, obwohl sich das Empfinden, weit fort zu sein von ihm, von *meinem* Dorf, wie ein Krake in meinem Bauch ausbreitete. Gemeinsam mit Frau Sawinsky hob ich die Scherben auf.

Im Frühjahr trennte ich mich von meinen Mandeln.

Als ich im Krankenhaus lag, erzählte mir die Haushälterin ihre Erlebnisse. Von früher. Aber das ist eine andere Geschichte. Ebenso wie die von meinen Ferien in Rovaniemi, wo ich am Flughafen mit Andrea und an der Post der Weihnachtsmannstadt mit Kai eine Verabredung hatte und eine ungewöhnliche Erfahrung machte.

Nach den Weihnachtsferien beichtete ich den Eltern meine versemmelten Arbeiten in Mathe und Englisch und bestimmte, dass ich trotzdem keinen „Privatunterricht" mehr haben wollte.

Für die Eltern ging es beruflich bergab und wir mussten uns deutlich umstellen.

An einem Wochenende fuhr ich mit Andrea und einigen Freundinnen nach Hamburg. Wir sahen eine Neuauflage des Musicals „Das Phantom der Oper", machten eine Hafenrundfahrt und besichtigten die Stadt. In einem Ausstatter für Seeleute kaufte ich von dem Weihnachtsgeld meiner Großeltern einen Troyer: Wie versprochen, den wärmsten Pullover der Welt!

Anna und ich verkauften auf einem Flohmarkt bergeweise Kram. Wir bearbeiteten Annas und meine gesamte Kleidung mit schwarzer Textilfarbe und erzielen interessante Ergebnisse.

Anfang März musste mein Vater in Untersuchungshaft. Eine fürchterliche Katastrophe passierte, mit der ich lernen musste umzugehen. Und ich hatte zum ersten Mal in meinem Leben Angst. Richtige Angst!

Doch das ist noch nicht alles. Jemand sorgte dafür, dass ich eine ungeheure Entdeckung machte. Auch lernte ich eine höchst ungewöhnliche Person kennen.

Ach ja – beinahe hätte ich etwas Wichtiges vergessen: Wenige Wochen nach den Winterferien in *meinem* Dorf erhielt ich zwei Briefe. Der eine war von Andrea. Sie schrieb, dass ich im Spätsommer Patentante würde.

Der andere war von Kai.

Danke…

- Sonja, dass du mich ermutigt hast, deine Lieblingsgeschichte aufzuschreiben,
- Susanne und allen meinen Testlesern und -leserinnen,
- Maik, für das intensive Vorlektorat,
- Nadine und Sarah, dass ihr auf höchst unterhaltsame Weise dem Roman den letzten Schliff verpasst habt
- Anja, dass meine Geschichte so ein wunderbares Zuhause bekommen durfte.

Henni Liz Borßdorff